이미 모든 일이 일어난 미래

염승숙 소설집

이미 모든 일이 일어난 미래

초판 1쇄 발행 2025년 8월 27일

지은이	염승숙
펴낸이	이광호
주간	이근혜
편집	김필균 윤소진 허단 유하은 최은지 김다연
마케팅	이가은 허황 최지애 남미리 맹정현
제작	강병석
펴낸곳	㈜문학과지성사
등록번호	제1993-000098호
주소	04034 서울 마포구 잔다리로7길 18(서교동 377-20)
전화	02) 338-7224
팩스	02) 323-4180(편집) / 02) 338-7221(영업)
대표메일	moonji@moonji.com
저작권 문의	copyright@moonji.com
홈페이지	www.moonji.com

ⓒ 염승숙, 2025. Printed in Seoul, Korea

ISBN 978-89-320-4437-8 03810

이 책의 판권은 지은이와 ㈜문학과지성사에 있습니다.
양측의 서면 동의 없는 무단 전재 및 복제를 금합니다.

이 책은 서울특별시, 서울문화재단 '2025년 창작집 발간지원사업'의
지원을 받아 발간되었습니다.

이미 모든 일이 일어난 미래

염승숙
소설집

문학과지성사

차례

프리 더 웨일 ● 7
믿음의 도약 ● 53
구옥의 평화 ● 97
진영의 논리 ● 137
북극성 찾기 ● 181
한낮의 정적 ● 229

해설 | '더 나은 실패'를 위하여_소유정 ● 275
작가의 말 ● 292

프리 더 웨일

1

미래는 보이지 않는다.

누구에게도.

그래도, 무정해지고 싶지 않아.

우상우는 어깨를 옴츠리며 말했다. 창밖으로 시야가 흐리도록 폭설이 내렸다. 낮부터 소주를 홀짝이다가 자정을 넘겨서까지 뒷골목의 작은 술집으로 찾아들었던 겨울밤. 그는 등받이 없는 플라스틱 의자에서 몸통을 끄덕거리다가 뒤로 넘어갔다. 스물일곱이었고, 이제 소설 같은 건 그만두고 취직하겠다, 선언하듯 이야기했던 날이었다. 졸업 이후에도 아르바이트를 하며 소설을 써서 투고해왔지만 어디에도 희망은 없다는 걸 어렴풋이 알아가던, 분노를 넘어 우울에 이르던 시기였다.

내 처지에 누굴 만날 때가 아닌 거 같아.

나는 술잔을 가득 채워 그에게 건넸고, 우상우는 문득 서글픈 눈빛으로 그것을 바라보더니 냉큼 입에 털어 넣고는 고꾸라져버렸던 것이다. 크게 나동그라졌는데도, 입고 있던 오리털 점퍼 때문에 그는 검은 이불을 둘둘 말아 덮은 모양새로 평온히 잠들어버렸다. 넘어지고도 넘어진 줄 모르고 곯아떨어진 모양이 웃겨서 웃다 울었다. 어린애처럼 숨을 고르는 그의 곁에서 나는 무엇을 생각했나?

무정해지고 싶지 않다니.

그를 사랑했는지도 모를 일이다.

그래서 도망쳤는지도 모를 일이다.

미래는 보이지 않으니까. 누구에게도.

그게 맞는다고 생각했는데, 다음 날 나는 고개를 숙인 채 울면서 오후를 지나갔다.

일방적으로 이별을 통보한 지 반년 만에 다시 그의 앞에 섰을 때 나는 아무렇지 않게 굴려고 애썼다. 우리 사이에 비어 있던 시간은 조금도 없었다는 것처럼. 그는 나와 자주 가던 단골 카페를 빠져나오다가 머쓱하게 서 있던 나를 발견하고 눈 맞췄다. 나 왔어, 하고 말했는데 한참을 대꾸 없이 그대로 서 있었던가.

왔네.

그의 대답은 그게 다였다. 그저 빙그레 미소 지으며 비난이나 책망도 없이 나를 받아주던 그의 얼굴과 그런 말들을 나눌 때 조용히 우리 곁을 스쳐 가던 바람과 잠시 후 '놀랐지?', 싶게 목덜미에 후드득 떨어져버리고 말던 빗방울까지 생생하다. 검은 구름 한 점 없이 쏟아지던 의문의 소나비 사이로 그와 손을 잡고 뜨거운 아스팔트 위를 뛰었던 여름이.

갈 데가 있어.

우상우는 오늘이 마지막 날이라며 전시회에 가자고 나를 이끌었다. 두근거림이 멈추지 않던 이유가, 상업 공간을 잠시 빌린 특별 전시장이 후미진 골목에 위치해 있어서 오래 헤맸던 탓인지는 모르겠다.

다 찾게 돼 있어.

길을 잃고도 오히려 여유롭던 그의 말 한마디에 그래도 나는 조금 안심했었다. 전시는 현대 유명 작가들의 작품을 배경 삼아 신인 작가들이 오마주한 작업을 배치하는 형태로, 관객 참여를 유도하는 퍼포먼스였다. 입장과 동시에 키를 재고 그 숫자 옆에 이름과 방문 시간을 적었는데 우상우가 까치발을 들어서 웃고 말았던 걸, 기억한다.

그날 나는 '바스 얀 아더르'의 대형 사진 앞에 놓인 테이블에서 눈을 떼지 못했다. 그녀가 자신의 우는 얼굴을 직접 찍어 친구들에게 보냈다는 사진엔,「너무 슬퍼서 아무 말도 할 수 없어I'm too sad to tell you」라는 한마디가 씌어져 있었다. 울고 있는 작가 앞에는 또 다른 작가가 테이블에 턱을 괴고 앉았는데 맞은편 자리에 의자 하나가 더 놓였다. 관객들은 빈자리에 차례로 1분가량 머물다 일어났다. 나는 어쩌면 영원히 울고 있는 바스 얀 아더르와 그 앞에서 눈물 흘리는 퍼포머를 번갈아 바라보며 이들은 어째서 슬픈가…… 그리고 소설을 쓰고 있고 또 계속 쓰고 싶어 하는 나는 또 어째서 이토록 슬프기만 한가 생각했다.

 소설을 쓸 때면 슬픔이 잊히는 것 같던 때가 있었는데, 현실이지만 현실 아닌 세계에서 마음껏 공상하고 활개 치는 내 모습이 마음에 들어 조금 살 만하게 느껴지던 때가. 그것 빼고는 살면서 딱히 좋은 날, 좋은 기분이었던 적은 없었다. 진실로 그랬다. 그러나 쓰면 쓸수록, 소설은 그 자체로 도달해야 할 미래의 지점처럼 여겨졌다. 나는 천재도 부자도 아니잖아! 술만 마시면 고함을 쳤고, 조바심에 자주 일그러지곤 했다.

 쓰는 게 맞느냐고 내가 묻고, 우상우가 그렇다고 답하던 그런 대화. 그랬던 말들. 정작 국문과는 나고, 우상우는 한 살 많은 공대생이었는데도 자기 확신과 열정의 강도는 비교가 안 됐다. 비전공자를 위한 소설 창작 수업에서 만나게 된 건 순전히 내가 인기 많은 전공 강좌의 수강 신청에 실패했기 때문이었다.

우리가 함께 지나온, 술에 취해 휘청거렸던 대학 시절을 지울 수 없다는 걸 알면서…… 서로 온전히 엉켜들지 않으면 좋다는 걸 알면서도 우리는 만났다. 우상우는 자취방을 정리하고 보잘것없는 살림살이를 들고 왔다. 스물여덟. 원래 영문 모를 방향으로 삶이 이끌리는 거라고 위로하면서. 일정 부분 체념해버리면서.

왜 자꾸 쓰고 싶을까?

이상한 아름다움이지.

보답 받지 못하는데도?

그런 마음 때문에 인간은 쓸쓸해지는 거고.

우상우는 뭐든 다 안다는 듯 굴었다. '그런 것은 그런 것이 아니야'라든가, '의미 없음의 의미를 발견해내는 의미에 대하여' 같은 우스운 말을 잘도 내뱉었다. 그래도 그때에, 우리는 뭐든 열심을 다해 상상하고 이야기하고 그것을 이루려 했는데. 이루어지지 않을 내일을 상상한다 해도 우리는 웃었을 거야. 어쩌면 낙심이나 절망도 사치였던 그 시절에 말이지…… 그는 쉽게 회의하거나 조소하지 않는 태도로, 문학을 향한 맹목적인 호의나 세계를 향한 비겁한 갈망 따위도 없이, 묵묵히 썼다. 끝도 없는 아르바이트로 생활비를 벌고, 소설 쓰기에 매달리고, 참고 기다리면 뭔가 기약할 수 있으리라고 믿으면서. 인내란 그런 것이라고.

그로부터 10년.
미래는 이미 와 있고 그는 없다.
나는 한 아이의 엄마가 되었고, 직장에 다닌다.
더는, 소설을 쓰지 않는다.

2

어느 날부터인지는 모르겠다.
창문이 닫혔네.
뻐근한 뒷목을 주무르는데 무심히 눈에 들어왔다. 닫혀 있는 창문이. 그저 그렇게 생각하고 노트북 화면으로 시선을 옮겼다. 다음 호 교재 해설을 마무리 지어야 해서 입안이 마르는 지경이었다. 어머니, 우리 아이를 위해 이것만은 꼭 알려주세요. 나는 빠른 속도로 키보드를 두드렸다. '논리적인 사고와 풍요로운 이해의 길라잡이'에 관한 단락을 정신없이 쓰다가 불쑥 생각했다.

왜 닫혀 있지?

나는 멍하니 닫힌 창문을 바라봤다. 최근 들어 생각이 자꾸만 조각난다고 해야 하나. 그 잘린 단면들을 그러모을 때면 여지없이 허둥대곤 했다. 창문이 닫혀 있다, 왜 닫혔나……에 이르기까지 이리도 삐거덕거릴 일인가?

이달의 책과 새달의 책으로 이어지는 '생각의 미로'까지 정리하고 스크롤을 올려서 해설의 구절들을 점검하다가, 새삼스레 귀를 기울였다. 키보드 타자음, 프린터 출력과 복사기 작동, 전화벨과 구둣발 소리에 더해 끊임없이 들려오는 갖가지 지시와 전달 사항 들…… 마스크를 쓴 탓에 동료들은 PC 메신저에 집중했지만 어떤 이들은 간헐적으로 목소리를 더 높이기도 했다. 산더미 같은 교재나 복사용지를 안고 가다 바닥에 주르르 흘리는 소리도 빈번하게 들려왔다.

딱히 잊지 않으려고 하는 건 아닌데, 잊히지 않는 장면 속에 '전'의 목소리가 있다. 입사 초기에 만난 선임. 파티션 너머로 들려오는 동영상 소리 때문에 집중이 흐트러지고, 또 며칠씩 계속되기에 고심 끝에 그에게 말을 건넸었다. 이어폰 빌려드릴까요, 하고. 선배니까 최대한 예의 있고 담백하게 말하려고 출근길에도 몇 번이고 혼자 연습해서 입을 뗀 거였다.

주제넘게 굴지 마요.

네?

아줌마는 이래서 안 된다니까.

그게……

제가 성이 전씨여도 겸손하질 못해서요, 아줌마.

전은 창백한 얼굴로 이기죽거렸다.

주제넘지 말라고, 수경 씨, 제발 주제넘게 굴지 말라고…… 그때 나는 그런 말을, 두 손에 다 쥘 수 없는 크기의 공처럼 어, 어, 소릴 내며 받아안고는 어쩔 줄 몰랐다. 나쁜 뜻은 없었다고 말할 새도 없이 그는 일해요, 하더니 밖으로 나갔다. 한참 만에 자리로 돌아왔을 땐 온몸에서 담배 냄새가 짙게 풍겼다.

그래 그러고 보니 그때도, 나는 또 아무 일도 없었다는 듯 굴었다. 공은 이미 저리로 굴려버렸다는 듯이. 그게 무슨 말이냐고 왜 따져 묻지 않았을까. 화내지 않더라도 불쾌한 감정을 숨기지는 않아도 됐을 텐데. 아니. 당연히. 나는…… 무서웠던 것 같다.

'바른 출판, 바른 교육'이라고 씌어진 모니터 배경 화면에서 헤엄치듯 마우스를 움직이다 보면 '더러워서' 자기는 곧 나갈 사람이니까 조금만 참으라던 전의 표정과 목소리가 부지불식간에 떠올랐다 사라진다. 그와는 전혀 닮지 않고 상관도 없는 이가 옆자리에 잠깐만 앉아 있어도 모르는 새 휘청거리기도 한다. 뺨이라도 갈기려고 누군가 달려드는 기세를 반사적으로 느낄 때처럼. 다른 파티션 너머의 동료들은 힐끔거리기만 하고 아무도 제대로 고개를 들어 바라봐주지 않았었다. 다들 주제넘지 않으려 했던 거겠지. 잠깐 위축되었을 뿐이니 소심해지지 말자고, 나는 이따금 생각 자체를 치워버리려고 노력했다.

누군가 필요에 의해 창문을 닫아놓았나? 싶어서 시간을 두고 기다렸지만 딱히 그런 것 같진 않았다. 에어컨을 켰더라도 창문은 열어놔야지. 방역 지침이기도 하니까. 거리두기는 완화되지 않고, 감염에 대한 불안과 우려도 사그라지지 않고 있었다. 계속 신경을 쓸 바에야 여는 게 좋겠다 싶어서 나는 마스크를 매만진 뒤 의자에서 몸을 일으켰다. 귀에 끼고 있던 이어폰을 빼려다가 줄이 꼬이는 바람에 책상 아래로 볼펜과 메모지 들이 굴러떨어지려는 걸 가까스로 잡고, 닫힌 창문 가까이 다가갔다.

창문은 밖으로 여닫는 형태였다. 매끈한 은색 경첩을 손으로 잡고 힘주어 꺾은 뒤 밀어냈다. 둔탁한 소음을 내며 틈이 벌어지자 약간의 빛이 새어들었다. 그 빛을 파고들어 부유하는 먼지도 함께. 사무실은 북동향이라 해가 잘 들지 않았다.

 누구도 나의 행동에 관심 두지 않는 걸 나도 안다. 그런 시기였고, 그것이 당연하게 여겨졌다. 자리로 돌아와 다시 업무에 몰두했다.

 그러나 뻐근한 허리를 매만지며 다시 고개를 들었을 때 창문은 도로 닫혀 있었다.

 왜…… 닫혀 있지?

 사무실 누구도 움직이지 않은 듯했는데. 아무도 닫은 것 같지 않은데. 분명히 닫힌 채였다. 나는 의아해져서 두리번거렸다. 시곗바늘은 분명히 이동했다. 좀 전과 다르지 않은 자세의 동료들. 피로하고 번잡한 소리들. 한데 뒤섞이고 헝클어졌다가 못내 풀어지고 마는 불쾌함들.

 ─국어과 주간 회의, Studio B, 3시.

 그사이 메신저 알림이 떠서 나는 조급하게 다시 키보드에 손가락을 올렸다.

 초등 과정 필수 도서 리스트를 어디에 두었더라, 형광펜은……

 이리저리 책상 위를 휘젓다가 서랍장을 열었을 때 나는 보게 되었다.

 Free the whale!

 노란 포스트잇에 선명하게 새겨진 파란색의 문장. 나도

모르게 신중히 몸이 기울어지고 말았다.

3

 '아이와 함께 토론해보세요. ①'까지 쓰다가도, '이런 책들도 먼저 살펴봐주세요. 아이에게 내용을 미리 들려주셔도 좋아요'까지 쓰던 중에도 나는 의자를 뒤로 밀고 일어났다.
 환기가 필요해.
 종종걸음으로 걸어가서 열었다. 손잡이를 잡아 밖으로 밀고 또 밀어냈다. 그럴 때마다 창문은, 어쩔 수 없다는 듯 투박한 몸짓으로 열렸다.
 창문이 있고, 있는데 닫혔으며, 항상 닫힌 창문 앞에 서 있었다. 누군가는 — 분명 누군가는 있을 테니까 — 창문을 닫고 나는 열고. 그러다 보면 두통이 왔다.
 창문을 열고 자리로 돌아오면 교재 사이에, 펜 무더기 아래 또 포스트잇 한 장이 끼어 있었다. 주위를 둘러봐도 누가 놓고 간 것인지, 누가 나에게 말 거는 것인지 알 수 없었다. 애잔한 마음이 들기도, 짜증이 치밀기도 했으나 어느 때는 그저 혼란스럽다고 느꼈다.

Free the whale!

얼마 전부터 사내 게시판에 익명으로 짧은 글이 올라온다고 술렁이는 이야기를 언뜻 들었다. 게시되고 얼마 지나지 않아 관리자에 의해 삭제되는 것 같다고. 나는 사내에서 누구와도 말을 잘 섞지 못했는데 그래선지 한편으론 누구나 다 내 앞에선 말을 조심하지 않았다. 이런 따돌림이 지겨우면서도 무력함을 느꼈다.

딱 한 번이지만 나도 본 적이 있다. 끝내지 못한 업무가 있어서 한밤중에 그룹웨어에 접속하려다가 보게 됐는데, *Free the whale!* 이라는 제목 아래 본문에는 단 한 줄만이 적혀 있었다.

모든 차별을 멈춰라.

고래는 회사 엠블럼이었다. 대왕고래, 북극고래, 참고래, 혹등고래, 밍크고래⋯⋯ 노래를 한다고 알려진 여러 종의 고래 중에서도 '바다의 마에스트로'라고 불리는 혹등고래가 회사 교재 상단에 찍힌 상징적인 문양이었다. '혹등고래는 어린 시절부터 노래를 부르지요. 다른 혹등고래들의 노래를 들으면서 자신만의 노래를 시작합니다. 노래는 조금씩 바뀌지만 언제나 반복된답니다. 우리 친구들도 자신만의 노래를 즐겁게 부르세요!' 교재의 첫 장을 넘기면 바다의 수면 위로 도약하는 혹등고래의 사진과 함께 이런 설명이 덧붙여 있다. 미국 하와이주에서 녹음된, 8분 2초간 지속되었다는 혹등고래의 노래를 적은 악보와 함께.

가장 단순하게 노래 부르는 고래는 참고래, 가장 복잡한 선율과 구성으로 노래 부르는 고래는 혹등고래…… 이런 문장들에 가끔은 눈길을 두기도 했었다. 단순하면 안 되나. 단순하기가 제일 어려운데. 복잡한 건 무조건 좋은가. 이리저리 입맛을 다시기도 하면서. 대왕고래는 수십 년간 변함없는 노래만을 부른다니, 놀라워하기도 하면서.

Free the whale!

아이가 잠든 자정 너머의 고요와 적막 속에서 나는 그것을 오래 응시했다. '뒤로 가기'를 눌러 다시 목록으로 돌아왔을 때, 글은 그사이 삭제된 듯 보이지 않았다. 이후로도 지속적으로 글이 올라왔고, 그러다 보름쯤 후엔 점검을 이유로 게시판 사용이 아예 중단되었다. 그랬다고, 알고 있다. 열흘, 아니 일주일? 정확하지는 않다.

휴지통에 버리기도 애매한 그 포스트잇을 발견하면 주머니에 재빨리 넣어버렸다. 아무도 나를 바라보지 않는데도 주시받는 기분으로 그것을 챙겼다. 좁은 공간에서 서로를 비껴가듯 뭔가 간신히. 남들에겐 성실해 보일지 몰라도 대체로 나는 그런 태도로 일하는 사람이었다. 회사 업무도, 육아도, 내게 '간신히'가 아닌 적은 없었다. 모든 걸 혼자서, 겨우, 가까스로 해내는 중이었다.

등단 이력이 더해져 어쩌면 손쉽게 자리를 얻었는지도 모른다. 아이를 낳은 뒤로는 글을 쓰고 있지 않으니까 소설가라고 할 수도 없는데, 그저 동료들과 같은 업무를 초조히 할당받고 있을 뿐인데 그들은 마치 물 흐르는 한 마리의 이종(異種)을 바라보듯 나를 본다. 오로지 즐거워서, 즐겁기 때문에 노래를 부르는 건 아닐 것이다. 혹등고래가 노래를 부르는 건 그러니까 '나도 이 무리에 속해 있어'라고 말하는 방법. 어울림의 방식.

어느덧 근속 3년 차. 우상우 없이 아이는 어린이집에, 우상우 없이 나는 직장에. 여기가 나의 밥줄이고 동아줄이라는 생각으로 버틴다. 내년이면 마흔이고, 연말엔 인사이동을 앞둔 최종 고과가 남아 있다. *Free the whale!* 은밀하게 요구해오는 동조에 응할 기운이 내겐 없다. 내부의 무리에 섞여들 수 있다고 믿지 않은 지 오래되었다. 바꿀 수 있다고 믿지 않으니까. 바뀐다고 생각하지 않으니까.

이따금 머릿속이 헝클어질 때면 목 뒤편이 찌르르 울렸다.

마음을 완전히 닫고 살지는 마.

귓가에 맴도는 익숙한 목소리.

적당히 거리를 두면 돼.

누구에게?

누구에게나.

무엇에?

무엇에라도. 가까워지기도 하고, 멀어지기도 하고.

그게 의미가 있어?

의미가 있지. 다 이유가 있고, 또 다 즐거울 수 있지.

우상우는 늘 그런 식이었다. 나는 그 말을 믿지 않았다. 어쩌면 마음 깊이 격렬히 반대했는지도. 그러나 달리 말하면, 믿고 싶었는지도 몰랐다. 그의 대책 없는 낙관을. 무방비한 희망을. 그건 내가 갖지 못한 세포 같은 거였다. 그와 함께해서 그것을 가질 수 있다면, 대신할 수 있다면 좋겠다고 나는 생각했던 걸까?

괜히 눈시울이 뜨거워져서 관자놀이를 꾹꾹 누른다.

알고 있다. 나는 아주 느린 사람. 시간 가는 것에 느리고 감정이 내 속으로 드나드는, 들고 나는 지점을 곧장 알아차리기가 어렵다. 즉각적인 것들은 종종 나를 상처 입혔으니까. 뒤늦은 후회와 자책으로 몰살당하는 기분에 휩싸이게 했으니까. 나는 점차로 무감해지는 것을 택해왔는지도 모른다. 무엇이든 바짝 외면하며 살아왔는지도.

그가 나의 애틋한 구원과도 같은 사람이었다는 걸 인정한 지는 오래다. 원망스럽지 않다고 할 수 없지만 원망할 새도, 그립지 않다고도 말할 수 없지만 그리워할 새조차 없어서 쓴웃음이 난다.

그가 떠난 지 4년, 아이의 나이도 어느덧 네 살. 그는 영원히 나이 먹지 않고 서른여섯에 머물겠지만 아이는 매 순간 시간을 잡아먹으며 자라났다. 나는 생살을 뜯기는 기분으로 살아왔다.

4

아무것도 가진 것 없이 시작해서 둘이 아등바등 모은 돈으로 마련한 전셋집. 방 두 개에 부엌과 화장실, 손바닥만 한 마당이 딸린 서울 외곽의 단층짜리 주택에서 홀로 아이를 키우게 될 줄은 몰랐다. 우상우를 사고로 잃고 돌멩이 파편처럼 남겨질 미래를 전혀 예상도, 감각도 못 했다. 아이가 들어섰으니 비좁긴 해도 터가 좋다고, 매매는 아니지만 저축을 좀더 늘려보자고 그가 기뻐하며 맥주 캔을 따던 얼굴이 선한데, 그럴 때면 꼭 상복 입은 등짝에 매달린 채로 침 흘리며 고개를 가누지 못하던 아이의 모습까지 떠오른다.

　서른이 되기 직전에, 마지막이라고 생각하고 투고한 작품으로 나는 데뷔했다. 그러나 막상 당선 전화를 받고 나니 허탈해졌다. 결국 내가 소설 쓰기를 놓지 않은 건 되도 않는 반쪽짜리 인정 욕망 때문이었나, 깨닫게 된 탓이었다. 나는 내가 단지 시절을 통과하는 유일한 방법으로, 소극적인 도피의 방식으로 소설을 써왔다는 걸 알았다. 목표 지점을 잃고 일주일이 넘도록 고열에 시달렸다. 붉은 포진이 뒤덮여 얼룩덜룩한 얼굴로 신춘문예 시상식을 마치자마자 우상우는 전기 설비 기사로 취직했다고 말해왔다.

　너는 써. 나도 쓸 거야.

　당연한 수순이라는 듯 그가 너무 재빨라서 나는 어리둥절했다.

　이불을 뒤집어쓰고 맥없이 그를 기다리는 날들이 이어졌다. 일 마치고 돌아와서도 힘든 내색 하나 없이, 많이 썼어? 저녁 뭐 먹을까? 하며 그가 자연스레 냉장고 문을 열면, 미친 듯이 화가 솟구쳤다.

　안 써! 그만둘 거야, 자신 없다고!

　내가 감정을 제어하지 못하고 소리 지르면, 그는 또 예의 그 어리둥절한 얼굴로 가만 서 있다가 씩 웃었다. 아, 정말 시원하다, 말하며. 냉장고 문은 닫지도 않은 채였다.

다 찾게 돼 있어.

버둥거리는 나를, 우상우는 숨이 막히도록 껴안고 놔주지 않았다.

길이란 찾게 마련이야, 좀더 들여다봐.

노래하듯 답했던 우상우는 그러나 전봇대에서 떨어져 죽었다. 인간의 허망한 끝이, 그의 가난한 죽음이 가여워서 나는 그 사실을 부정하기도 전에 혼절했었다.

정전 신고를 받고 달려간 그가 마지막까지 들여다보았던 건 제비집이라고 했다. 다섯 시간의 사투 끝에 제비 새끼들이 입 벌려대는 나뭇가지 둥지를 사다리차에 고이 옮겨두고, 이제 내려갑니다, 무전과 동시에 추락했다고. 보고서를 감식하듯 다 전해 들은 이야기다. 그는 전봇대 꼭대기에 전선으로 뒤엉켜 지어놓은 제비집을 떼어내려 힘쓰면서, 그리고 결국 둥지 안의 제비 새끼들을 들여다보면서 무슨 생각을 했을까. 어쩌면 나도, 내 아이도, 우상우를 향해 입 벌리는 제비 새끼가 되었을지도 모르지. 그런 생각을 할 때면 맹렬히, 아찔해진다.

삶이 녹록지 않다고 생각할 틈도 여력도 없었다. 나는 아이를 씻기고 먹이고 재우며 시간을 보냈다. 장례 마지막 날, 전혀 왕래도 없던 사이에 시부모라며 찾아와 우상우 지분의 전세금을 빼 간다는 걸 외사촌들이 한데 뒤엉켜 온몸으로 막아줬던 일만 빼면 그럭저럭 고요한 날들이었다. 다행히 아이는 백일이 지나자마자 통잠을 잤다. 잠든 아이 곁에서 나는 숨죽여 울곤 했다. 베개로 귀를 막아도 전신주에서 떨어지는 우상우의 비명이 들리는 듯했다.

 나는 최대한 살림의 규모와 씀씀이를 줄였다. 외출하지 않고 아이만 돌보는 데도 만만치 않은 비용이 들었으니까. 농사짓는 외가 식구들이 쌀과 잡곡, 온갖 구황작물 들을 보내왔지만 다른 필요한 물건도 너무나 많았다.

 아이를 기관에 맡길 수 있게 되면 언제든 일을 시작해야겠다는 생각만을 하면서 수시로 중고 물품 거래 사이트를 들락거렸다. 얼마 남지 않은 분유와 기저귀, 멸균 우유의 양을 헤아리고, 이유식 재료와 만드는 방법을 찾고, 외투와 내복, 양말과 신발 때로는 아기자기한 머리핀과 머리방울 들도 들여다보면서…… 아이에 관해 살 수 있는 거의 모든 것을 '키워드 알림 설정' 해놓고 나는 그것들을 모두 구매했다기보다는 '구했다'. '오염, 스크래치 없어요. 새것 같은 컨디션입니다'와 같은 문구를 유심히 읽고, 중고여도 도무지 엄두가 나지 않는 가격의 상품들을 구경하듯 지나쳤다. '무료 나눔'과 '최저가'를 찾아 스크롤을 내리고 또 내리다 보면 어딘가로 한없이 추락하는 나른한 기분마저 들었다. 모든 걸 되돌릴 수는 없을까.

끝나지 않는다. 이 슬픔이 좀처럼.

다시 소설을 쓰겠다는 마음은 버렸다. 우상우가 추락해버린 순간에 이 세계를 향한 호감이나 바람은 갖지 않겠다고 나는 생각했으니까.

다만 아이를 잘 길러내야 한다는 책임만이 잔열처럼 내게 남았다.

일상이 달라진 건 지난해부터. 날씨와 미세먼지에 더해 전날의 바이러스 확진자 수를 경계하듯 노려보게 되었다.

하루는 늘 엇비슷하게 흘러간다. 아침에 눈을 뜨면 서둘러 씻고 나와 머리를 말린다. 빠르게 옷을 입고 화장을 한 뒤 주방에서 아이와 간단히 먹을 걸 준비하고, 식탁에 앉아서 휴대폰을 집어 든다. 어린이집 알림장에 올라오는 공지 사항을 훑는다. 맞벌이 가정의 아이인 경우, 부득이한 상황에 한해서만 '긴급 보육'이 제공된다는 안내문. 나는 '가정에서 원으로' 탭을 누르고 '긴급 보육 신청합니다. 선생님께 감사드립니다'라고 적는다.

사는 게 언제는 부득이하고 긴급하지 않았던 적 있었나?

멍해지다가 감사합니다, 감사드립니다, 사이에서 매번 서늘한 심정이 되어 머뭇거린다. 지나치게 저자세인가 싶다가도 '합니다'를 지우고 보다 공손한 뉘앙스로 고쳐 쓴다. 감사드립니다. 감사를 드립니다.

곤히 자는 아이를 깨우고, 세수를 시키고, 아이가 아침을 먹는 동안에 어린이집 가방을 챙긴다. 전날 씻어놓은 식판과 수저와 물병을 넣고, 고리가 달린 수건도 잊지 않는다. 냉장고에 자석으로 붙여놓은 수도, 전기, 가스 요금과 관리비 내역서, 보육비 고지서를 바라보면서 각각의 납부 기일을 유념하고, 그러다 화들짝 놀라 식탁 위에 놓인 시계를 본다. 아이의 체온을 재고 마스크를 씌운다. 혹시 분실되거나 뒤바뀔까 봐 마스크 앞면에 펜으로 이름을 쓰고, 운동화 끈 재질의 마스크 줄도 매단다. 그것이 현관문을 나서기 전 매일의 일과이자 노동.

집에서 가까운 어린이집에 아이를 보내기 위해 나는 오래 대기했고, 대기하는 기간 내내 2, 3일에 한 번꼴로 전화를 했다. 아직 자리가 나지 않았나요. 네, 알지만 혹시 갑자기 비는 자리가 나진 않았나 하고요. 출산율이 낮다는데 아이 하나 맡길 보육 시설을 찾기가 힘들었다. '아이사랑' 홈페이지에서 수십 군데도 넘는 어린이집을 검색하고 대기자 수를 확인했던 무수한 밤을 간간이 돌아본다. 두 자리 혹은 세 자리의 대기 번호가 아리송할 지경이었다. 아이를 보내시겠냐는 원장의 전화를 받았을 땐 그러니 감격스러웠을 정도였다고 해야 하나…… 아이가 두 돌이 막

지났을 무렵이었다.

 지금은 그렇지 않다고 들었다. 저희를 믿고 아이를 보내주세요. 폐원을 막기 위해 원장이 학부모들에게 직접 전화를 걸어 방역과 개별 소독 절차를 설명하기도 한다고. 자리가 없어 오래 기다리던 때와는 확연히 달라졌다. 바이러스 감염이 무서워서. 아이를 집 밖으로 내보내지 않는 것만이 최선이라고 믿으니까. 그러나 아이를 밖으로 내보내야만 최선인 상황에선…… 나는 죄의식에 사로잡힌다. 자주. 아니, 매 순간.

 어린이집 앞에서 나는 아이의 작고 보들보들한 손을 놓치듯 떼어놓는다. 마스크를 잘 매만져준 뒤 안으로 들여보낼 때는 마음이 애틋하게 아려온다. 보육교사의, 웃고 있지만 분명히 우려 섞인 시선을 받으며 나는 찡그리듯 웃는다. 감사드립니다. 잘 부탁드립니다. 고개와 허리를 수그리고 돌아선다.

엄마는 신이 아니다. 완전하지 않다. 잔말 말고 맡기자.
 지난날에 나는 맘카페에서 보았던 구호와도 같은 문장들을 중얼거리며 어린이집에 보낼 준비물을 빠짐없이 챙겼다. 아이는 의외로 울지 않고 보육교사의 손을 잡았지. 정말 대견하죠?라고 말하는 '담임샘' 앞에서 나는 비로소

안심했던가. 그리고 이력서를 썼다. 서너 군데 면접을 보고 나서 같이 일해보시죠, 소리를 들었다. 운이 좋았다.

대기업이라고는 할 수 없지만 업계에선 그래도 규모가 제법 큰 학습지 회사였다. 빠지는 과목 없이 초중고 교과목의 거의 모든 학습지를 발행하고, 대형 학원으로의 교재 납품 비율도 높아서 해마다 실적이 좋았다. 서른일곱 나이에 그나마 경력직으로 입사할 수 있었던 배경도 회사가 인력난에 시달렸기 때문이다. 신춘문예 소설 당선이면 문장을 잘 쓰시겠네요. 책도 많이 읽으셨을 테고요. 면접 담당자는 호쾌하게 말했다.

그즈음 대대적으로 기혼 여성들을 채용한 회사의 방침에 불만스러워하는 직원이 많았다는 건 나도 잘 안다. 모를 수가 없었다. 기껏 들어왔는데 물이 흐려졌다느니, 더러워서 나간다느니 꽁초를 짓이기듯 수군대는 소리가 여기저기서 들려왔으니까. 등단이 무슨 프리 패스야? 소리는 분명 나를 향한 것이었다. 그래도 귀를 닫고 다녔다.

아이를 기르기 위해서는 자리를 지켜야 한다고 생각했다.

그러나 이곳엔 너무 많은 'h'와 '손'이 있었다.

나는 h도 손도 아니었다.

5

 사무실에 들어서면 언제나 두 가지 감정이 동시에 든다. 지각하지 않았다는 안도감. 또,라는 낭패감. 내 자리에 h가 앉아 있을 때 그랬다. 저기요. 내가 낮은 한숨을 내쉬며 말 걸면, h는 일어난다. 보고 있던 노트북이나 교재 같은 걸 챙기며 기계적으로 몸을 일으킨다.
 하루에도 몇 번씩 h에게 자리를 뺏기게 되는 날도 있다. 커피 한 잔 마시고 오거나 복사를 해 오거나 잠시 잠깐 바람 쐬고 돌아오는 시간에도 h는 어김없이 책상과 의자를 차지한다. 비켜달라고 말하면, 머리를 숙이고 무엇엔가 골몰해 있다가도 멈칫하며 자리에서 일어난다. 그리고 나와 눈을 맞추고는 진중한 걸음으로 멀어져간다.
 h를 처음 본 건 입사 첫날이었다. 지 부장님, 경력직 사원이 새로 왔습니다. 인사과 직원의 안내에 h는 빙긋 웃었다. 그러고는 환영합니다, 하며 보고 있던 잡지를 챙겨 호방하게 뒤돌았다.
 신경 쓰지 마세요.
 지침은 그것이었다.
 그러나 h는 날마다 시선을 끌었다. 자율 복장인 회사 지침에도 불구하고 언제나 흰 와이셔츠에 양복바지를 입고 반질거리는 검은 구두를 신었다. 누구에게나 반말을 하면서도 그게 무례하다고 전혀 생각하지 않는 듯했고, 아무도 호응하지 않는 박수를 쳤고, 오십대 초반의 나이로 짐작되는 옛날식 개그를 즐겼다. 처음엔 지서장 출신인가 했지만 아니었다. h가 회사에서 가장 오래 근속한 사원이라는 것과 퇴직 권고를 받아들이지 않고 벌써 2년째 '버티기' 중이라 호칭만 '부장님'으로, 자리도 없이 출퇴근만 반복하고 있다는 사실을 나는 눈치껏 알게 되었다.

절대 해고하지 않아.

책상과 의자를 빼버리지.

웅성거리는 말들을 통해서였다.

h는 예상을 비껴난다. 휴게실에만 머물거나 자신감 없이 웅크려 숨지 않는다. 소심하게 사람들 눈을 피하지 않는다. 사무실 내에 빈자리가 생기면 어디서든 나타나 자리를 차지한다. 볼펜을 돌리며 집중하고 무람없이 책자를 넘긴다. 다른 이에게 걸려 온 전화를 제 방식대로 받거나 메모를 끼적이며 떠든다. 월말이면 회의실을 점령하듯 붙어 앉아서 내내 일만 하는 손들에게 허리에 손을 얹고 잡무를 지시한다.

저게 다 쓸데없는 돈 낭비지, 쇼라고!

큰 소리로 중얼거리며 무안을 준다.

직원들 대부분은 h와 말을 섞으려 들지 않는다. 자신의 자리로 돌아와 h가 앉아 있는 걸 보면 한숨을 쉬고 부장님, 하며 책상을 두드릴 뿐.

Seat stealer.

h는 그렇게 불렸다.

허허실실 웃던 h는 그러나 1년이 더 지나서 비교도 되지 않게 바짝 마른 얼굴로 회사에서 사라졌다. 부당 해고로 인한 소송을 진행했지만 회사는 도리어 분기별 고과 점수를 내세워 근무 태만으로 인한 피해를 주장했고, h는 패소했다. h가 전혀 의식하지 못했던 일거수일투족이 객관적인 지표로 제시되어 그를 스스로 회사 밖으로 걸어 나가게 만들었다. 사표는 빠르게 수리되었다고 들었다. h는 한 명이었다. 그 하나뿐이었다.

지금은 아니다.

나는 누군가의 자리가 환부처럼 도려내지는 걸 본다. 인사 적체 해소와 성과에 따른 직무 조정. 사내 직원 전용 게시판에 올라오는 공지 사항은 언제나 그것이었다. 가끔은 마스크를 쓰고 파티션 뒤에 가려진 동료들을 의식한다. 정체된 공기 속에 제각각 머물러 있는 그들을. 나는 서글퍼지려다가도 머리를 흔든다. 쉽게 감상에 젖는 태도를 조심하자, 가진 것도 없이 자신을 동정하고 세계를 비관하는 것도 교만이다, 생각해버린다.

그러면서도 가끔은 고개를 수그리고 정신없이 펜을 움직여대는 손들을 바라본다. 이번 달에도 '바른 교육, 바른 출판'과 함께해주시는 부모님 감사합니다. 이달의 교재는 특히나, 아이와 눈 맞추며 이야기 나누기에 참 좋으실 거예요…… 그들은 유아·초등부 단기 아르바이트. 과목별 교재 발송 전에 차출되어 온종일 손글씨만 쓴다. 손글씨를 쓴 듯 종이에 인쇄하는 게 아니라 정말 일일이 쓰고 또 쓰는 약칭, 손. 라인이 인쇄된, A5용지 크기의 포스트잇을 주로 사용한다. 회사는 손글씨로 전하는 그런 '진정성'이 교재 구독자들의 마음을 잡을 수 있다고 여겼다. 너무 순진한 발상이 아닌가 생각될 정도로 정작 글씨를 쓰는 손들의 표정에선 아무것도 읽어낼 수 없었고, 그럴 때면 내가 손을 바라보듯 누군가도 나를 바라보는 게 느껴졌다. 둘러봐도, 눈을 마주칠 만한 상대는 보이지 않았지만.

집단 감염이 길어지면서 온라인 교육 추세로 접어들자 회사는 더 호황을 맞았다. 주가가 오른다, 오르기 전에 교육 관련 주 좀 사둘걸, 탄식하는 목소리들도 간간이 들려왔다. 교재 가입자가 상상 이상으로 늘어나면서 직원들에겐 더 많은 개별 업무가 주어졌다. 바이러스 확산 초기에 고객 센터 부서에서 감염자가 나와 건물 전체가 폐쇄되었던 며칠을 제외하면, 지속적인 출근이었다. 각 과목별 교재의 즉각적인 수정과 배포가 이루어져야 하고, 동영상 강의 녹화도 병행되어야 해서 재택근무는 불가능했다.

나는 남은 일거리를 챙겨 눈치 보며 퇴근했다. 확산세가 강할수록 버스와 지하철을 갈아타는 게 두려우면서도 인사고과에 불리하게 작용할까 봐 아무런 말도 하지 않았다.

누구와도 잡담하지 않고 눈길 주지 않고 나태하지 않는 것. 늘 그것을 염두에 둔다. 사내 인트라넷에 접속해 사원번호를 입력하고 조회 버튼을 누를 때의 긴장감을 잊지 않으려고 한다. 직무 수행 능력과 잠재 능력은 '중간', 능률 평가 항목에서는 '최하'였던 지난 분기 '근무 평정' 내용을 곱씹는다. 세부 항목 중 '팀워크에 기여 했는가'에서 이례적으로 씌어져 있던 서술형 평가를 의식하고 있다. '전혀 기여되지 않음.' 나는 그 문장을 곱씹고 되뇐다. '기여되지 않음'이라니. '기여하지 못함'도 아니고. 잘못된 문장만큼이나 마음이 복잡하게 얼크러진다. 전혀? 전혀 도움이 못 된다면 여기서 더, 뭘, 어떻게 해야 하지?

허공을 걷는 느낌이 드는 날이면 나는 오래된 습관처럼, 우상우의 손을 잡고 따라갔던 지하의 전시장을 떠올린다. 입장하면서 키를 재고 이름과 방문 시간을 적고 나니 발급되던 티켓 한 장. 어떤 형태의 전시든 한 번씩 참여할 수 있는, 말하자면 방문객이 그 자체로 전시의 한 형태가 되는 체험이었다. 울고 있는 '바스 얀 아더르'의 사진 앞에서 눈물 흘리는 퍼포머, 그 테이블에 앉을 수도 있었지만 그보다 마음이 이끌렸던 건 '로만 온닥'의 전시를 오마주한 「좋은 시대의 좋은 감정good feelings in good times」이었다.

사람들은 저마다 티켓을 손에 쥐고 전시장 맨 안쪽의 vip실 앞에 긴 줄을 선다. 나도 줄의 맨 끝에 가서 거리를 두고 선다. 대열에 줄지어 섰던 1분간, 나는 희고 매끈한 벽에 빔으로 쏘여지던 로만 온닥의 전시 영상을 바라본다. 흑백 필름에 담긴, 런던 프리즈 아트페어의 vip실 앞에 줄 서고 있는 퍼포머들. 일상이라는 듯 아무런 특이 행동도 없이 그들은 그저 줄만 서고 있다. 결코 줄어들지 않는 줄을. 열리지 않는 문 앞에서. 따분한 얼굴로. 도무지 아무 일도 일어나지 않는 일을 그들은 하고 있다. **로만 온닥, 사회 불평등과 관료주의에 초점을 맞춘 그의 작품들은 동유럽 공산주의의 시대상을 반영한다**…… 기계적으로 자막을 읽어나가던 그때 그 시간. 결코 좋은 시대도 좋은 감정도 아닌 줄 서기의 감각. 원제인 'good feelings in good times'를 나는 내 식대로 바꿔서 부른다. 좋은 날, 좋은 기분.

프리 더 웨일

이제는 안다. 티켓은 아무런 효용도 없다. 줄을 서도 변하는 건 없다.

문은 열리지 않는다. vip실에 들어가지 못한다.

퍼포먼스가 아니다.

그것이 현실.

현실엔 기분의 좋고 나쁨 따위는 없는 것이다.

전혀, 기여되지, 않음. 그렇다면 이 평가의 의미를 나는 곱씹을 필요도 없어진다.

그렇게 크는 거라곤 하지만 아이는 툭하면 열이 났다. 인후염, 편도샘염, 비염, 축농증, 중이염, 결막염, 다래끼…… 하다못해 모기에만 물려도 피부가 퉁퉁 붓고 고름까지 차는 아이를 업고 나는 야간 진료 소아과를 찾아 헤맨다. 누구보다 가장 일찍 연차를 소진한다. 네 시간짜리 '반차'를 두 시간 단위로 쪼개어 쓰느라 허덕인다. 어쩔 수 없지만 그 어쩔 수 없음으로 인해 팀워크를 방해한다. 어쩌려고 이러나. 그러니 혼잣말이 늘어난다.

아이의 손을 잡고 집에 돌아올 때마다 현관문의 잠금장치를 수차례 잠그고 또 잠그면서도, 초소형 사이즈의 마스크를 찾느라 새벽까지 휴대폰을 손에서 놓지 못하면서도, 마스크와 마스크 줄 사이의 오만가지 잡념에 시달리면서도, 온라인 교육의 강세에 맞춰 더 많은 콘텐츠를 마련해야 하는 회사의 특성상 좀더 집요하게 매달리면 또 다른 기회를 잡을 수 있다는 걸 알면서도, 언제 어느 때 어린이집 담임샘에게 전화가 올지 모른다는 불안감에 시달리면서도, 그리고 여전히 비어 있는 모든 자리를 탐하는 h들을 보면서도 중얼거린다. 어쩌려고. 어쩌려고 이러나.

그들은 짧게는 반년 대체로는 1년 이상을 버티면서 고용 불안정에 항의하거나 임금피크제를 건의하는 등 회사와 협상하려 들었다. 나도 저들과 같아질 수 있다. h가 된다면, 남을 것인가 떠날 것인가. 고민해야 할 것이다. 결정해야 할 것이다. 모욕은 이미 알고 있지 않았냐는 듯 도리어 의외라는 표정으로 찾아올 테고.

'전혀 기여되지 않음.'

나는 이미 통보를 받은 게 아닌지?

h들에게 수시로 내 자리를 빼앗기고, 또한 그들이 자리로 찾아와 서명에 동의해줄 것을 요구할 때마다 머리가 아파온다. 하물며 *Free the whale!* 쪽지까지. 어쩐지 부당한 마음이 들고, 이쯤 되면 회사가 무언가 시험하고 있는 건 아닐까 의심스러워지고 만다. 아이를 남겨두고 나 또한 추락해버릴까 봐, 남겨질 아이가 가여워서, 나는 화장실 빈 칸에 들어가 몰래 운다.

6

 아이도 '탐하는' 존재라는 걸 엄마가 되기 전엔 알지 못했다. 아이는 엄마가 손에 쥔 무엇이든 제가 가져야 했고, 손에 쥐고 있지 않은 것도 모조리 빼앗고 싶어 했다. 더, 더 줘, 더 많이 줘…… 아이는 온몸으로 울부짖으며 제 무게를 실어 품에 안겨왔다. 어쩌면 임신 사실을 확인한 이후부터 막연히 그것을 예감했는지도 모른다. 출산 직전까지도 절절히 체감했다고 해야 할까. 아이는 자궁에 들어앉아 모든 걸 빨아들였으니까. 더 나갈 데가 없을 때까지 다리를 뻗었으니까. 아이가 쭉 내민 발이 부풀어 오른 뱃가죽의 맨살에 도장처럼 찍히는 찰나에 나는 고통과 기쁨을 동시에 느꼈다. 이 아이가 세상 밖으로 나와 더 강하게 날릴 펀치의 두려움은 애써 외면하면서.

 저 어제 방 뺐어요. 축하해주세요.

 지금 방 빼러 가요. 좀 무서운데 잘할 수 있겠죠?

 맘카페에서 그런 글들을 자주 보곤 했다. 아이가 들어 있는 방. 내 아이가 곧 울며 빠져나오게 될 방. 엄마가 아이에게 내주어야 할 방은 자궁으로 끝나지 않을 거였다. 그것을 각오해야 했다.

 이 아이가 나를 묻거나 태울 것이다.

아이를 낳은 즉시 그런 생각을 했던 것 같다. 엄마가 되자마자 엄마를 땅에 묻었던 날이 떠오른 건 아이러니하지만 사실이었다. 생명을 품에 안은 존귀함이나 숭고함과 같은 무게로, 여름날 땡볕에 산등성을 오르던 때의 꽃가마에 누힌 어미의 중량이 감각되었다. 바람 한 점 불지 않았던 그때, 나 역시 다만 아이에 불과했던 그날, 어른들이 관을 내리기 위해 미리 파놓은 땅의 깊이가 다만 아찔하게 느껴지던 광경과 던져라, 하는 외삼촌의 축축한 한마디, 손아귀 안에 쥐어지던 흙 한 줌의 뜨거움까지. 어린 나는 흙더미 위로 종이 한 장을 같이 던졌다. 서툰 솜씨로 그린 엄마, 알록달록한 색연필로 서툴게 칠한 엄마의 얼굴 위로 검붉은 흙이 덮였다. 미안해, 아가야. 가슴 위에 놓인 새빨간 아이가 잠깐 울음을 터뜨리고 평온해지는 찰나에 나는 목이 메어 말했다. 그건 미처 예측하지 못한 감정이었다.

예정일이 가까워 오면서 나는 인터넷 포털 사이트를 돌아다니며 출산 당일, 분만 후기 등을 끊임없이 검색했다. 준비물을 점검하거나 경험해보지 못한 상황에 대비하고자 했지만 무엇보다 두려웠기 때문이라는 걸 이제는 안다. 얼마나 많은 여자가 이 시간을 감내했을까 문득 숙연해진다. *고통스럽지만 분명히 기쁘다.* 대체로 그런 '소감'들을 탐하며 읽었다. 얼마나 작고 예쁠까에 대한 기대로 무사히 낳을 수 있을까 싶은 공포를 극복하려고 했다. 그러나 마침내 피를 흘리며 아이를 받아 안았을 때 처음으로 마주한 감정이 슬픔이라니. 고통스러우며 분명히 슬프다. 기회가 주어졌다면 그런 출산 후기를 남겼을지도. *미안하고 슬펐어요. 온 힘 다해 키워낼 거지만, 사랑으로 돌볼 테지만, 이 작은 아기에게 먼 훗날 나를 묻거나 태워달라고 할 생각을 하면……*

이 슬픔이 끝나지 않으리라고 생각하면서도 나는 깜짝 놀랐다. 내가 많이 슬펐구나. 괜찮으냐고 누가 물어오면 사는 게 바쁘고 정신없어서 슬플 새도 없었다고 웃어버렸는데, 그간에 나는 많이 슬펐던 거구나. 나의 엄마도 오래 슬펐겠구나. 그런 생각을 했다. 엄마가 되어 엄마가 걸어온 삶을 다시 살고, 아이를 남겨둔 채 깊고 어두운 땅 아래로 홀로 묻혔다. 죽어서도 무서웠을 것이다. 아이를 기르는 동안에는 이 슬픔이 끝끝내 지속되는 거구나. 나는 깨달았고 이후로도 그건 여진처럼 남았다. 엄마를 땅에 묻었던 순간에 느꼈던 비통함과 가슴 위에 놓인 아이의 심장박동이 잇따라 일어나는 작은 지진처럼 일상의 곳곳에서 불시에 내 무릎을 꺾어놓았다.

소설만 그런 건 아니었다. 육아에도 이상한 아름다움이 있었다. 어찌해도 온전히 회복되지 않는 몸 상태와 좀처럼 울음을 그치지 않던 아이 때문에 신생아 시절이 괴로웠지만, 만인의 증언대로 아이는 너무나 예뻤으니까. 예쁘고 소중해 애지중지 키웠다. 아이를 '더' 애지중지하기 위해서는 더더욱 많은 게 필요하다는 걸 절감해가며 아이의 성장 앞에서 마음이 거듭 미끄러졌다. 뉴스만 보면 이 세계는 너무나 위협적이고 위험천만한 곳. 어린이집 학대와 방임은 물론이고 아이의 존재 자체를 둘러싼, 믿기 힘든 사건 사고가 즐비했다. 미세먼지와 황사와 그에 더해 이제는 바이러스 감염까지…… 얼마나 더 오래 아이에게 마스크를 씌워야 할지 암담해졌다. 그리고 불쑥불쑥 그 마스크 줄에 관한 생각을 멈추지 못했다.

나는 줄곧 아무 내색도 하지 않았다.

등원 때마다 담임샘은 친절하게 맞아주었지만 근심 어린 표정으로 어제오늘 확진자가 또 늘었어요,와 같은 말을 인사치레로 한다. 아이가 많이 느려요, 말도 느리고 행동도요. 집에서도 비슷하죠? 안 운다고 좋은 건 아니거든요…… 어느 날엔 그런 말도 아무렇지 않게 흘린다. 요즘엔 똑똑한 엄마가 많아요. 알아서 척척 지도하시더라고요. 가정 보육을 권하는 담임샘의 그 무심함으로 엄마의 마음이 종일 닳고 닳을 걸 상관하지 않는다는 듯 웃으며. 아이의 등허리나 팔다리에 멍이 들고 상처가 나 있어서 연락해도 담임샘은 말한다. 놀다 보면 흔히 그럴 수 있어요. 나는 언제나 대답을 머뭇거리고 만다. 알지만…… 그래도 잘 살펴주세요. 그런 말, 부탁에 가까운 말도 유난스러워 보일까 봐 참는다.

아침에 머리카락을 모아 찔러준 머리핀이 오후엔 고무줄로 교체되고, 집에 와 꺼낸 식판 안에 수저가 들어 있지 않을 때, 아이가 두고 온 애착 인형을 찾으러 다시 어린이집으로 갔을 때 네 건 네가 잘 챙겨야지, 선생님이 어떻게 다 챙겨주니? 하고 허리에 손을 얹고 아이를 향해 제법 근엄한 표정을 지어 보이는 담임샘 앞에서도 짐짓 고개를 튼다. 타 과목 부서와 연계 회의가 잡혀서 퇴근이 늦어질 때 전화 한 통으로 아이의 안전과 안위를 부탁할 수 있는 유일한 곳이니까.

하원은 4시 반부터. 그것이 애초에 불가능하니 나는 늘 감사하다고만 한다. 담임샘이 뭐라고 해도 네, 감사합니다…… 감사드립니다…… 아이를 잘 보살펴주어 감사한 마음에서 혹시나 아이에게 해가 될까 저어하는 마음까지 혼재된 가슴을 부여잡노라면 언제나 출근길에 속이 울렁거린다. 다른 아이들이 모두 하원하고 혼자 우두커니 장난감 앞에 앉아 있을 아이를 생각하며 군중 속을, 승강장을, 환승 통로를, 개찰구를, 에스컬레이터를 토할 것처럼 달리는 퇴근길에서도 마찬가지. 끝 모르게 밀려드는 고단함과 서러움과 그 모든 걸 뛰어넘는 중량의 미안함을…… 어떻게 해야 할지 막막해진다.

그러나 마스크는, 마스크는 다르지 않나?

다른 아이의 이름이 버젓이 적힌 마스크를 아이가 쓰고 있는 걸 보았을 때, 곱게 빗겨주었다고만 생각한 아이의 머리카락이 마스크 줄과 뒤엉켜 고무줄로 매듭지어진 걸 발견했을 때, 나는 화를 삭이기 위해 노력해야 했다. 좀처럼 제어되지 않는 이 분노가 어디에서 비롯되는 건지 고민하면서. 무언가 잘못되었다고 느끼지만 이 잘못을 바로잡을 수 있는 가장 '단정한' 방법이 없을까 못내 신중해지면서. 아이의 머리카락과 마스크 줄을 같이 묶어 보낸 건 담임샘이 아니라 나였던 건 아닌가, 나 자신을 책망하면서.

이 모든 것의 답은 '아니다'였던 게 아닌지. 예민하게 굴 일이 아니다, 화를 낼 일이 아니다, 항의할 일이 아니다…… 최면이나 암시를 걸 듯 마음을 고쳐먹고 나는 또 침묵했다. 아이가, 아이 또한, 아이 역시, 자신의 자리를 잃지 않아야 하기에.

7

 고개를 들어 사무실을 둘러본다. 교재를 잔뜩 품에 안은 누군가가 자리에서 일어나고, 저 멀리 탕비실에서 또 누군가가 문을 열고 나오는 모습도 시야에 잡힌다. 누군가가 h인지 아닌지 구분할 수 없고, h와 손과 나도 구분할 길 없이 어지럽다.

 언제나 그렇듯 창문이 닫혀 있다. 나는 내가 열고자 하는 것이 창문인지 무엇인지 알 수 없다는 생각만을 하고 있다. 우상우가 떠난 빈집에 들어와 포대기에 싼 아이를 보행기에 내려놓고 내가 제일 먼저 한 일은, 사람을 불러서 집 안 곳곳의 창문을 막아버린 거였다. 단층 주택의 낭만은 버려두고 창살을 두르고 걸쇠를 걸었다. '방범'이라는 이름으로 꼼꼼히. 걸음마를 시작한 아이가 닫힌 창문 앞에 서 있는 걸 보면서, 뛰어다니고 굴러다니며 쓱쓱 그려놓은 그림들을 창문에 붙이는 걸 보면서도, 나는 그것을 열지 못했다.

 겉으로는 기혼 여성 고용에 빈정 상해 그만둔다는 듯 굴었지만 중등 역사 교과를 담당했던 전은, 누구보다 늦게까지 남아 야근하는 타입이었다.

 워라밸은 무슨, 요즘엔 워라블! 워크 앤 라이프 블렌딩,

몰라요? 잘 섞어야죠, 섞어야 잘 살죠!

변죽 좋게 굴던, 사근사근한 성격이었다. 그는 결국 h가 되지 않으려고, h로 남지 않기 위해 먼저 자리를 박차고 일어났을 뿐이었다.

다만 그는 자기 자리를 잃는 순간의 분노를 회사가 아닌 동료에게 레드카드처럼 꺼내 들었다.

내 모든 화의 근원은 너라는 듯이. 모든 게 너희 때문이라는 듯이. 집에서 빤빤히 먹고 놀다가, 제 배로 낳은 애 하나도 키우기 싫어서 남의 손에 맡기고 놀러 나온다는 듯이. 돈 번다고 집안일 반반 운운하며 유세 부리지 말라고, 이 나라의 남자들이 얼마나 개고생하는지 아느냐고, 이게 다 역차별이라고, 그러니 주제넘게 굴지 말라고.

모욕을 줘도 침묵했던 날을 나는 잊지 않지만 대응도 하지 않았다. h가 지 부장 한 명이 아니었듯이 전도 하나가 아니었다. 여럿이었고, 집단이었다. '더러워서' 떠난 전도 많지만, '더럽다'면서 떠나지 않은 전도 많았다.

지난 분기 교과목 통합 회의 시간에, 역사과와 다른 의견을 낸 나에게 전은 조소를 감추지 않았다.

수경 씨 참 재밌는 사람이야…… 근데 그거 알아요? 혹등고래 암컷이 새끼를 데리고 있으면 수컷들이 곁에서 헤엄치며 지켜주는 거. 젠틀해 보이죠? 이유는 따로 있어요.

다음번 짝짓기 상대가 되기를 기대하는 거라던데…… 이게 더 재밌지 않아요, 수경 씨?

몇몇이 동시에 낄낄거렸다.

전과 닮은 그들. 다르지 않은 그들. 다 자란 수컷들이 낮고 쉰 소리로 '우우' 소리 내며 노래하고 나는, 나는, 저 멀리서 내 새끼가 '삑삑' 하고 입 벌리는 가냘픈 목소리를 듣는다. 나는 그들에게서 이제껏 입 다무는 법을 배워왔는지도 모를 일이다.

그날 내게 가한 수치와 모욕을 누군가 녹음해 제출했고, 그래서 전이 호출된 거라고 들었다. 징계나 해고가 아니라 퇴사 '권고'를 받았다고.

전은 정말로, 더러워서 떠나버린 것이다.

진입할 수 없는 고래의 무리가 있다.
따라 부를 수 없는 노래의 선율이 공중에 돈다.
모두가 안다.
무리에서 빠져나와 완전히 다른 노래를 부르려는 고래들도 있다.
나도 안다.

어느 날 출근길에 나는 회사 건물에 매달린 낯선 어떤

것을 놀란 채로 응시한다. 10층 건물 높이의 외벽에 수직으로 거대한 막이 드리워져 있다. 포스트잇 한 장을 그대로 확대한 듯 노란 바탕에 휘갈겨진 새파란 글씨.

Free the whale!

모든 차별을 멈춰라.

나는 출입증을 찍고 체온 측정을 하고 손 소독제를 바른 뒤 로비로 들어간다. 엘리베이터에 오르고, 사무실로 들어선다. 각각의 자리를 빼곡히 채운 이들의 등과 정수리. 오늘따라 조금의 소음도 없고, 창문은 여전히 닫혀 있다. 아무도 관심 두지 않는다. 에어컨의 찬바람으로 마스크 속에 송골송골 맺혔던 땀이 빠르게 식는다. 망설이다가 조심스레 걸어간다. 손잡이를 향해 팔을 뻗는다.

열지 마요.

손잡이를 잡고 밖으로 젖히는데 목소리가 들려오고, 누군가 싶어 돌아보려는 사이 창문 밖에 걸린 대형 현수막이 펄럭인다. 곧, 거대한 포스트잇 한 장이 찢겨져 나부끼다가 낙하한다. 아래로, 아래로. 괴성을 지르며 떨어져 내리는 걸 본다.

그때에 내 안의 무엇이 건드려진다고 나는 느끼고, 내가 그걸 아주 오래 들여다볼 것을 알지만 여전히 나는 옴짝달싹도 못 하고 서 있다. 무서워서. 무서워서 벌벌 떤다.

미래는 보이지 않지만 무정해지고 싶지 않다던 우상우는 학부 시절, 소설 창작 수업에서 이런 소설을 써 왔다. 오래도록 내 마음에 고요히 파동을 남기던 그 소설 속에서 엄마는 작디작은 아이를 품에 꼭 껴안고 속삭인다. 아이의 이름이 어째서 '연이틀'인가에 대해 들려준다. 자장가를 부르듯. 아이를 호위하는 노래와도 같이.

─이틀. 너를 낳을지 말지 고민한 건 겨우 이틀이야. 내 인생에서 가장 긴 이틀이었지.

─사흘을 고민했으면요?

─네 이름은 사흘이 됐겠지.

─천만다행이네요.

─아무렴.

─사흘, 나흘, 닷새, 엿새……

손가락으로 셈하던 아이에게 엄마는 빙긋이 웃고는 말한다.

─걱정 마라, 그렇게까지 길지는 않았으니까.

다시 소설을 쓰고 싶지는 않다.

대책 없는 낙관과 무방비한 희망이었대도, 그 비루한 다정함이 내 것이었으면 하고 바랐었다.

좋은 날, 좋은 기분.
그것을 알지 못한다.

나는, 소설을 쓸 수 없을 것 같다.

○ 소설 속에서 '우상우'가 '나'를 전시회에 데려간 장면들은 박보나, 『태도가 작품이 될 때』(바다출판사, 2019)의 내용을 참고, 변형하여 만들었다.

믿음의 도약

철과 영은 부부였고, 아이는 다섯 살이었다.

여름이 시작될 무렵 어스름 짙은 저녁에 영은 집주인으로부터 연락을 받았다. 전세 만기가 다가오니 이야기를 좀 해야 할 것,이라는 내용의 문자였다.

또 나야.

영은 철에게 전화기를 내밀었다. 크림소스가 묻은 아이의 입을 물티슈로 닦아주고 난 뒤 철이 식탁에서 일어났다.

전세금 올려달라는 건데.

거실에서 통화를 마치고 돌아온 철이 말했다. 전세 만기 석 달 전으로 접어들며 둘 다 예상하고 있던 터였다. 다만 영은, 부부 둘 모두의 전화번호를 알고 있으면서 집주인이 매번 자기에게 연락을 하는 게 못마땅했다.

뭐든 당신한테 얘기하라고 몇 번을 얘기했는데 내 쪽이 만만하다는 거야 뭐야.

곱씹을수록 영은 점점 더 불쾌함을 느꼈다.

내부 수리 공사를 하게 해주면 전세금을 올리지 않겠다고 그러네.

철이 다시 말해왔다.

얼마나?

한 달하고 보름쯤 더.

모욕이라도 받은 것처럼 영의 얼굴은 어두워졌다. 몸만 달랑 빠져나가서 한 달 반을 살라면 여관방이라도 잡겠지만, 어린이집에 다니는 아이를 데리고 어딜 갈 수 있단 말인가. 게다가 요즘같이 무서운 때에 이 많은 살림살이를 껴안고.

그간에 — 전세 계약 2년간 — 집은 여러모로, 정말 가지가지로 말썽이었다. 툭하면 전기와 수도가 끊겼고, 누수로 인한 곰팡이가 방마다 벽을 타고 번져나갔다. 그럴 때마다 집주인은 문제의 원인을 잡겠다며, 어쩔 수 없지 않느냐는 태세로 온갖 업자들을 데리고 찾아왔다. 집 좀 볼게요. 집주인으로부터의 연락은 언제나 불청객처럼 느껴져 곤혹스러웠다. 코로나 시국이니 빨리 볼게요, 마스크 쓰면 되잖아요, 아주 잠깐만 열어줘요, 하던 그는 말마따나 코로나 시국에 아니 자꾸만 이렇게……라며 난감해하는 영에게 어느 날엔 여긴 내 집이고 당신은 그저 세입자, 라고 순간 무서운 눈빛을 보이기도 했다. 아래윗집에서 항의가 심해서 그래요. 집을 고쳐야 세입자도 살기가 좋죠, 안 그래요? 그날 밤 영은 집주인의 회유가 너무도 뻔뻔해서 섬뜩하더라는 말을 반복했다. 이불 속에서도 치를 떨다가 태아 자세로 콜콜하게 곯아떨어졌다.

그리고 하루도 지나지 않아서 영은 퇴근한 철의 눈앞에 인터넷 서치 화면을 들이밀었다.

봐, 이 집 내놨어!

하자 있는 부분을 대대적으로 고쳐서 바로 매도하겠다는 의미였다는 걸 철은 그제야 알아차렸다. 포털 사이트 부동산 매물에 업로드 된 지 두 달이나 되었는데 몰랐다니. 어쩐지 배신이라도 당한 기분이었다. 집을 보러 오겠다는 사람이 없다는 사실에 조바심 난 집주인이 만기일을 기점으로 좀더 대대적인 수리를 할 모양이라고, 그래서 영과 철은 짐작하고 있었다.

그러니까 한 달 반을 나가 있으라는 말이지? 우리가 생돈 들여서? 그동안에도 그렇게 괴롭혀놓고, 전세금 올려 받지 않겠다는 생색을 다 내네. 미치겠다.

영은 밥상을 차리거나 밥숟가락을 입에 떠 넣으면서도

수시로 발끈했지만, 엄마 우리 이사 가?라고 묻는 아이에게는 목소리를 낮췄다.

아니야, 아직 정해진 건 없어.

철은 쓴물이 올라오는 걸 느꼈다. 미간을 찌푸리며 명치 부근을 손바닥으로 문지르는 철을 보며 영은 걱정스러운 듯 식탁에서 일어나 찬장을 열었다.

물을 많이 마셔.

영이 내민 캡슐들을 철은 말없이 삼켰다.

안 되겠어. 집을 옮기자.

다음 날 저녁에 영은 결심한 듯 말했다.

옮기자고? 어떻게?

이참에 사자.

사자고?

그럼 별수 있어? 언제까지 전셋집을 전전해.

잠시 젓가락을 움직이던 철도 고개를 끄덕였다.

그런가. 그래도 아무거나 살 순 없잖아.

아무거나 살 돈도 없어.

영은 잔뜩 심란해하면서도 집을 사야 한다고 우겼다. 치사해서 못살겠고, 더러워서 못살겠고, 서러워서…… 중얼거리다가 말을 멈췄다.

머리로는 이 집을 나가는 게 맞는데. 치솟는 아파트 값은 버겁고, 후미진 변두리의 빌라나 지은 지 오래된 구축 오피스텔도 괜찮을까. 아이는 곧 학교에 가야 할 것이다. 아이가 초등학생이 되고 철과 영이 학부모가 된다면 정서적 — 물질적 — 으로 안정된 생활환경을 아이에게 마련해줘야 한다는 의무와 책임으로부터 자유롭지 못할 거였다. 빌라거지. 요즘 애들은 그런 말을 쓴다는데.

  그날 밤 부부는 마음이 무거운 채로 눈썹을 모으고 잠들었다.

  다음 날은 토요일이었고, 오전 9시쯤 철이 침대에서 몸을 일으켰을 때 영은 이미 집을 나서고 없었다. 철은 이불 속에서 미적대는 아이를 일으켜 식탁 의자에 앉히고 물과 유산균을 줬다. 잊어버리지 마, 절대 잊으면 안 돼. 아침에 한 알. 당신도 먹고, 아이도 줘. 물을 많이 마시게 해. 영은 변비로 고생하는 아이에게 유산균을 챙겨 주는 걸 중요하게 여겼다. 매일 살뜰히 먹여도 하루 한 번 화장실에 가지 못하는 걸 안타까워하는 영을 볼 때면 철도 덩달아서 마음이 애잔해지곤 했다. 유산균 외에도 영은 아이에게 종합비타민(종비는 필수야), 오메가3(머리 좋아져야지), 칼슘(성장기잖아), 마그네슘(잠을 잘 자야 키도 큰대), 비타민

D(실내에서는 햇빛을 못 받으니까)와 엘더베리 젤리(면역력 높여줘야 해)를 주고, 때마다 당근주스와 배도라지즙을 마시게 했다.

철은 성격상 그다지 예민하지 않고 변화를 알아차리는 데 소질이 없었다. 뭐든 아이 엄마가 알아서 하겠지 싶은 게으른 사고도 있어서 영이 이러이러한 걸 샀어, 저러저러한 걸 사봤어,라고 해도 기억조차 잘 못 했지만 바이러스가 유행하면서 영이 느끼는 두려움과 초조함은 철도 의식할 만한 정도였다. 언젠가 철이 뭘 이렇게 많이 먹여…… 하고 무심히 놀랐을 때 영은 억울한 뉘앙스로 동동거리며 대답했다.

아니 그럼 코로나 시국에 이 정도도 안 먹인단 말이야?

영은 날씨를 확인해 옷을 고르듯 하루도 빠짐없이 지역별 확진자 수와 확진자 이동 경로를 체크하곤 했다. 철의 회사 근처 지명을 아예 검색창에 고정해놓고 오늘은 거기 가면 안 돼, 절대로, 조심해, 하고 주의를 줬다. 영은 코시국, 코시국 소리를 입버릇처럼 달고 살았고, '경각심을 가진다'라는 걸 모토로 삼은 사람처럼 굴었다.

정신 차려야 해.

주의 깊게 살피고, 여보.

건강은 아무도 안 챙겨줘.

영은 철에게 그런 말들을 반복했다.

우리한테 누가 있어, 여보. 아무도 없어, 아무도.

어떤 뜻인지 철도 잘 알았다. 철은 사무실에 자주 들르던 이의 우연한 소개로 영을 만났는데, 처음 본 순간에 같은 부류의 사람이라고 느꼈다. 상대와 내가 정말로 다르지 않은, 닮은꼴이라는 호감. 사귀는 중에도 그건 확신으로 이어졌고, 이만하면 됐지 싶어서 반지를 내밀었다. 타고났다거나 가진 건 없지만 불만보다는 보람을 갖는 편이 낫다고 여기는 쪽, 열정까진 아니어도 일을 맡으면 끈질기게 붙들고, 호구나 숙맥 소린 안 들었지만 욱하는 것 없이 순한 성정. 뭐가 더 필요한가. 철은 그거면 좋았다.

그러나 철은 결혼한 뒤에 영이 좀더 다부지고 고집이 센 편이라는 걸 알게 됐다.

아이는 나중에 갖고 싶어.

영은 철이 자취하던 월세방으로 살림을 들여놓으며 선언했다.

2억 정도 모으면 임신 계획을 세울 수 있을 거야.

어째서 2억이냐는 말에 영은 그것이 최소한의 보증금, 이라고 말했다.

비좁고, 어둡고, 방음이 되지 않는 곳에서 아이를 키울 수는 없을 테니까.

철은 영이 자신을 비난하는 게 아니라는 걸 알면서도 어쩐지 부끄러웠다.

같이 모으자.

영의 말이 다 옳았다. 양가 부모님 모두 의지할 형편이 아니라는 것과 버젓한 형제자매가 없다는 것은 우리가 허리띠를 졸라매고 돈을 모아야 하는 이유였고, 또한 철과 영이 인간관계가 좁은 데다 별다른 취미 생활이 없고 사치품에도 큰 관심을 두지 않는 것은 돈을 모을 수 있는 근거가 되었다. 우리한테 누가 있어, 아무도 없지. 아무것도 없고. 영은 자조하듯 곧잘 흥얼거렸다. 돈 되는 일은 뭐든 구해서 움직였다.

결혼한 지 10년 만에야 그들은 작지만 바람과 볕이 잘 드는 빌라를 구하고, 임신을 확인했다. 출산 이후 아이가 두 돌이 될 때까지 영은 일다운 일을 하지 못했지만 이후에 철이 은행 대출을 조금 받아서 지금의 방 두 칸짜리 아파트 전세로 이사했다. 영은 아이를 낳은 뒤로는 좀처럼 저축이 되지 않는다며 자주 근심했다. 영의 한숨이 늘수록 철은 마음이 쪼그라들었다. 아이의 토실하고 보드라운 뺨을 매만지며 철은 억세고 거친 삶의 형태에 대해 생각했다. 매달 월급에서 빠져나가는 대출 원금과 이자를 셈하다 보면, 조금만 부주의해도 살갗이 찢기고 베이는 듯 날 선

종이 위에 서 있는 기분이었다.

영이 빠듯한 살림에도 영양제에 들이는 돈이 무시 못할 금액이라고 생각했지만 철은 그다지 상관없다고 여겼다. 아내가 느끼는 공포 — 코시국에 코로나에 걸리면 모든 게 끝 — 와 자기 위안 — 코시국에 코로나에 걸리지 않는 게 돈 버는 것 — 논리에 비교적 공감해버렸기 때문이다. 건강을 돈으로 살 수 있다면 사는 게 맞겠지, 사야 하는 거겠지, 지금은. 철은 영이 사들이는 영양제 택배 박스가 하루가 멀다 하고 도착하는 걸 알면서도 굳이 의식하려 들지 않았다. 다만 바이러스가 돌면서 영이 지나치게 불안해하는 모습이 마음에 걸렸다.

오렌지 아니면 포도?

철은 식탁에 앉아서 츄어블 유산균을 씹으면서도 졸고 있는 아이에게 물었다. 주스라면 반색하는 아이는 전원이 들어온 로봇처럼 갑자기 생기가 돌면서 고심하더니 둘 다, 하고 배시시 웃었다. 철은 아이 앞에 어린이용 주스 팩 두 개를 모두 놓아주고 뒤돌아 식빵 봉지를 뜯었다. 접시에 딸기잼이 발린 토스트를 올려주고 나서야 철은 영이 지금 한창 달리고 있을 대리석 바닥을 떠올렸다.

샤넬 오픈 런 대신해드려요.

영은 카카오톡 프로필에 그런 문구를 썼다. 살면서 샤

넬 가방은 메본 적도 없던 영은 우연한 기회에 사촌언니의 부탁을 한 번 들어준 뒤로 코시국에 돈이 되겠어, 라고 말해왔다. 백화점 개장 전에 줄 서 있다가 말 그대로 오픈 런 하는 거야. 번호표 받고 사달라는 대로만 사다 주면 되는 거니까 어려운 일은 아니야, 라고 말했지만 영은 녹초가 되어 돌아오곤 했다. 매장마다 물건이 많지 않거든. 몇 점 안 들어오는데 금방 빠지고. 영은 전투적으로 카톡 메시지를 주고받으며, 의뢰인이 요구하는 상품을 구할 때까지 온종일 백화점을 돌았다. 롯본(롯데 본점), 압현(압구정 현대), 신강(신세계 강남), 판현(판교 현대)을 가리지 않고 뛰었고, 어느 날엔 수수료 두 배를 준다고 해서 지금 파주 아웃렛 가는 중이야, 먼저 저녁 먹어, 라는 문자를 보내오고도 결국 구하지 못했다며 쓸쓸히 귀가했다. 오픈 런은 번호표를 받은 대기자가 매장에 들어가고, 그 대기자의 이름이 적힌 카드로만 상품을 구매할 수 있었다. 영은 제 카드로 우선 구매한 뒤 상품과 영수증을 구매자에게 주고 현금에 수수료를 더해 이체 받았는데, 종종 카드 내역서를 내 눈앞에 흔들어 보이기도 했다. 이달에 1억 가까이 쓴 거야, 나. 영은 백화점 vip였지만 언제나 모자를 깊이 눌러쓴 채로 트레이닝복과 점퍼를 입고 백화점을 누비고 달렸다.

영이 알바를 뛰는 동안 철은 아이를 먹이고 챙겼다. 코로나만 아니라면 부업으로 대리운전을 뛰며 토요일 아침이 다 되어서야 집에 들어섰을 거였다. 철은 잼도 바르지 않은 빵을 묵묵히 씹다가, 뱃속이 꾸르륵거리는 소리를 들었다. 철은 영이 소분해서 담아둔 영양제를 꺼내 두 번에 나누어 의식적으로 삼켰다. 물을 많이 마셔야 해. 영이 바로 옆에서 떠드는 듯해서 물 한 컵을 다 비웠다. 크기와 모양과 색이 다른 여남은 개의 캡슐이 식도를 지나 내려가는 게 느껴졌다. 영양제에 대해서라면 영은 아이와 다를 바 없이 철을 대했다. 유산균(장 건강이 최우선), 종합비타민(종비는 필수야), 오메가3(나이 들면 뇌세포가 자꾸 죽는대), 비타민C(코시국에 제일 중요하지), 비타민D(실내에서는 햇빛을 못 받으니까), MSM(식이유황인데 관절 통증에 좋아), 실리마린(간 건강은 말이 필요 없고), 소화효소(가장 중요한 건 소화력), L-테아닌(우울증 예방)을 주고, 때마다 사과식초와 배도라지즙을 마시게 했다.

나 근데 배가 아픈 것 같아.

영양제를 입안에 털어 넣으며 철이 말하면,

이 정도 먹으니까 그나마 그 정도인 거야.

영이 눈을 흘겼다.

결혼하기 전에 철과 영은 사무원으로 일했다. 철은 회계사 사무실에서 사무 보조로, 영은 디자인 회사에서 일하다가 아이를 낳은 뒤엔 외주 프리랜서로 돈을 벌었다. 철은 성실히 근속하는 편이었지만 월급 자체가 적은 데다 상여금이나 복지 혜택이 적었고, 영은 일을 꼼꼼히 잘한다고 평판은 좋았으나 벌이가 매달 들쭉날쭉했다.

집을 살 기회는 여러 번이었다고 철은 자주 생각했다. 살 수 있었다,라고 말하기는 어렵지만 적어도 집을 사야 하지 않나, 진지하게 고민했어야 했던 때. 그런 때는 분명 여러 번 — 철은 두고두고 과거를 복기하는 유형이었고, 그런 자신이 싫었지만 하는 수 없다는 듯 상념에 잠기기 일쑤였다. 이렇게 생겨먹은 걸 인정한다는 투로 — 이었다. 아이를 임신했을 때, 아이를 출산했을 때, 아이를 어린이집에 맡기던 때, 그들은 그때마다 주택 구입을 망설였다. 집값이 너무 높잖아, 곧 떨어질 거야, 좀더 기다려보자. 아이가 초등학교에 입학하기 전에는 꼭 정착해야겠지. 그건 맞아. 그러나 집값은 자고 일어나면 고점을 갱신했다. 여기가 꼭대기야, 싶었는데 더 위가 있었다.

작년에만 샀어도, 아니 재작년……

영이 발작하듯 아쉬워할 때면 철은 입맛을 다셨다. 철의 생각도 다르지 않아서 그랬다. 두 해마다 전세값을 올려주며, 만기마다 복비와 포장 이사 비용을 지불하며 더는 안 된다 하면서도 선뜻 결정을 못 했다. 대출 원금과 이자 납입이 무서워서, 남들은 영혼까지 끌어모은다지만 끌어모을 영혼이 없었다. 수입이 일정치 않았고, 직장이 안정적이지 못했고, 미래 계획을 세우기엔 엄두가 나지 않았다. 월세와 반전세를 피해 제법 저렴하고 컨디션 좋은 전세를 구했다며 만족하고 안주했던 때가 있었다니. 뒤늦게 후회되었다. 이 모든 게 핑계이고 회피라는 걸 아는데도 철은 스스로가 무기력하게만 느껴졌다. 마음이 졸아들 때마다 그래서 새벽마다 현관문을 나섰고, 콜을 받아 대리운전을 뛰었다. 수수료를 입금하고 손에 돈 5만 원을 쥔 귀갓길에는 매번 어깨에 선득한 한기가 돌았다. 강도 높은 거리 두기로 밤 9시면 식당과 술집 문을 닫는 코로나 시국이라 그마저도 일이 끊긴 뒤에는 무수한 밤을 뜬눈으로 보내기도 했지만.

매물 있나 좀 알아봐.

영은 전날에 당부했다. 구체적인 예산을 세우는 게 먼저지만 그래도 시간 날 때 인터넷으로라도 지역과 시세를 알아둬야 하고, 여차하면 직접 보러 가기도 해야 할 거라고.

철은 영의 말을 유념하면서도 아무것도 하지 못했다.

아이에게 만화영화를 틀어주고 가만히 앉아 있었다. 사고의 흐름이 정지된 듯 눈을 끔뻑이면서.

영은 또 웃으며 돌아오려나. 철은 그런 생각에만 잠겼다. 영이 오픈 런을 뛰고 돌아와서도 그날의 일들을 수다스레 떠들어댈 때마다 철은 영의 지갑 속에 있는 카드 한 장이 무시로 떠오르곤 했다. 아침이 밝아오던 그날, 철이 대리운전을 뛰고 번 돈을 영의 지갑 안에 넣어두려다가 발견한 그것. 아주 작은 글씨로 인쇄된 카드 크기의 종이엔 '자기암시 박수'라고 씌어져 있었다.

> (가사는 외치고, ∨표는 손뼉을 친다)
> 나∨는∨내∨가∨정∨말∨좋∨아∨
> 나는∨∨내가∨∨정말∨∨좋아∨∨
> 나는내가∨∨∨∨정말좋아∨∨∨∨
> 나는내가정말좋아∨∨∨∨∨∨∨∨
> (함성 2초 발사)

영이 얼마나 자주 이 카드를 펼치고 박수를 쳐왔을지 철은 헤아릴 수 없었다. 다만 코팅된 모서리가 닳고 닳아 있는 그것을 검지로 매만져보았다. 보지 않은 척 다시 카드를 지갑 안에 넣어두고, 돈은 지갑 위에 그저 얹어놓았지만 이후로 철은 영이 카드를 들여다보는 모습을 상상하게 되었다. 나는 내가 정말 좋아,라고 자기암시를 해야 하는 시간은 아내에게 얼마나 자주 오는 것일까. 가사를 외치고 손뼉을 치면 정말로 자기암시가 된다. 되기는 되나. 함성은 얼마나 크게 내질러야 하나. 목 메이는 순간은, 없을까. 이 남자와 결혼하고 아이를 낳고 가난한 세간을 꾸려가며 나는 내가 정말 좋다고 리듬에 맞춰 박수를 칠 때…… 함성을 지를 때…… 목이 메는 순간이.

평소처럼 돌아올 줄 알았는데 영은 오후 늦게야 창백한 낯빛으로 들어섰다.

집주인에게 전화가 왔어.

뭐라는데.

철이 걱정스레 물었고, 영은 머리를 감싸 쥐며 말했다.

왜 답이 없냐는 거야.

답이라니?

어느 집이고 문제없는 데가 있는 줄 아느냐, 시세보다 싸게 들어와서 2년 잘 살았으면 적당히 감수하는 부분도 있어야 하지 않겠냐고.

영은 주먹을 쥐고 정수리를 통통 내리쳤다.

잘?

철이 발끈했다.

어디 가서 이만한 아파트를 구할 거냐며 숫제 배짱이더라.

영의 목소리엔 기운이 없었다.

이만한? 이만한 아파트? 누가 들으면 정말 대단한 건 줄 알겠어. 다 낡아빠진 한 동짜리 가지고 유세는.

틈만 나면 단전 단수에 온갖 벌레가 들끓고, 엘리베이터는 교체해야 할 시기가 훨씬 지났는데도 관리 부족으로 목숨 걸고 운행 중이며, 건물 화재 보험조차 들어 있지 않아서 소방서 경고장이 유리문에 붙어대는 이 위험천만한 아파트의 실상을 모르고 들어온 게 죄라면 죄라고, 영은 무엇엔가 시달려 기어이 다 내주고 말았다는 듯 주절거렸다.

한 달 반 나가 있으라는 게 요점이지?

철이 물었다.

아니.

영은 고개를 저었다.

그럼?

원한다면 이 집을 사도 좋대.

사도 좋다고?

세입자니까 조금 저렴하게 해준다고.

해준다고?

철은 기가 차서 영의 대답을 듣지 않고 말을 이었다.

내가 다시 말할게. 앞으로는 절대, 나한테만 전화하라고.

활달해 보이지만 의외로 나이 많은 사람이 그물 밖으로 공을 몰 듯 툭툭 건드리는 대화를 영이 유난히 힘들어한다는 사실을 철도 잘 알았다. 미안하고 안쓰러우면서도 그보다 양심 없는 집주인을 향한 짜증과 분노가 먼저였다.

집을 사자. 진짜로.

철이 말했다.

이 집은 말고.

그래, 이 집은 아니야.

영은 나 화장실 좀, 하고 들어가더니 오래도록 나오지 않았다. 철은 초조한 심정으로 그 시간을 견뎠다.

입맛이 별로 없다며 저녁을 헐하게 먹고 나서 영은 힘없이 찬장을 열었다. 그리고 손바닥 하나 가득 쏟은 영양제를 물과 함께 내밀었다.

더 많아진 거 같은데?

철이 갸웃거리니,

한 알 더 는 거야. 코큐텐. 항산화제.

영은 대수롭지 않다는 듯 입술을 달싹였다.

알잖아, 여보. 건강은 아무도 안 챙겨줘.

철은 유산균, 종합비타민, 오메가3, 비타민C, 비타민D, MSM, 실리마린, 소화효소, L-테아닌에 더해 코큐텐까지, 한꺼번에 입안으로 털어 넣었다. 식도에 묵직한 것이 덩어리째 내려가는 기분이 들어서 평소보다 물을 더 많이 마셨다.

이 시국에 아프기까지 하면 되겠어?

영의 말에,

이 시국?

철이 되묻고,

코로나 시국에 더해 우리가 들어가 살 집도 없는 때를 말하는 거야.

라며, 영은 철과 같은 양의 영양제를 결연히 삼켰다. 밥은 새 모이처럼 먹고 영양제를 그렇게 많이 먹어도 되냐고 철이 걱정스레 물었지만, 베지 캡슐이라 괜찮대…… 영은 우물거렸다.

그날 밤, 자정이 넘도록 부부는 잠을 이루지 못했다. 철은 얼마 되지 않는 자산을 끌어모아 가늠하고, 은행 대출을 얼마나 더 받을 수 있을지 금리를 살폈다. 대출 규제, 집 담보대출 금리 인상 등의 신문 기사도 정독했다. 철의 곁에서 영은 인터넷에 올라와 있는 부동산 매물을 검색했다.

 다음 페이지, 다음 페이지만 보고 자자······

 영은 생각하며 최신순, 가격낮은순 등 조건을 달리해 페이지를 넘겼다. 눈꺼풀이 무거운데도 잠이 오질 않았다. 가진 돈은 빤했고, 눈에 드는 집은 비쌌다. 성에 차는 매물이면 교통이 나빴고, 금액이 괜찮다 싶으면 너무 좁았다.

 철이 집주인에게 전화해 저희 전세 만기로 집 빼겠습니다,라고 고지한 뒤 부부는 정신없이 바빠졌다. 세 달이면 충분히 집을 구하고 이사를 준비할 수 있는 시간이겠지 싶다가도 여유 있는 기간은 아니라는 조바심이 일었다.

 철과 영은 평일과 주말을 가리지 않고 집을 보러 다녔다. 철의 회사 근처와 아이를 보내고 싶은 학교 주변으로 지역을 한정하고 감히 쳐다볼 수도 없는 가격의 대단지 아파트를 제외하자 의외로 매물이 많지 않았다. 빌라든 오피스텔이든 마땅하기만 하다면, 예산을 조금 웃도는 금액의 매물이라도 나오기만 한다면, 우선 보고 결정하자고 부부는 머리를 맞댔다.

 어차피 한도 끝까지 대출한다고 생각해, 30년 만기로. 다들 그렇게 한다니까.

철은 영에게 말은 그렇게 해두었지만 근무시간에조차 이따금 눈앞이 캄캄해져왔다. 다들 그렇게 하고 있어…… 지금이 아니면 제대로 생긴 집 한 칸 마련 못 하고 길에 나앉게 된다고…… 마음을 다잡았다. 심란한 건 어쩔 수 없다고 여겼다.

이거 괜찮을까?

영이 매물을 공유해주면 철이 부동산 대표 번호로 전화해 약속을 잡았다. 방문이 낮에만 가능하다고 하면 철이 눈치를 보며 반차나 반반차를 썼고, 늦은 오후에만 가능하다고 하면 아이를 유치원에서 하원시켜 함께 움직였다. 그들의 이동은 대체로 긴박하고 기민하게 이루어졌다.

아시잖아요, 집값이 고점이라 매물이 안 나와요.

네. 알죠, 알죠.

코로나 시국이라 집 보여주는 것도 다들 꺼리세요. 이 시간 아니면 못 보여준다고 하시네요.

그럼요. 알죠, 알죠.

영과 철은 마스크를 단단히 고쳐 쓰고 남의 집에 들어갈 때마다 허리를 숙였다.

이 시국에 죄송합니다.

그러는 찰나에 철은 이 시국에 집을 사려 해서 죄송하다고 사죄해야 할 것만 같은 자조가 밀려왔고, 사죄를 누구에게 하나, 싶어 맥이 빠졌다.

집이 너무 깨끗하네요.

창밖 경치가 훌륭하네요.

잘 봤습니다.

……

깍듯하게 인사하고 나와서도 영은 평수가 이리 작은데 이 가격이라니 믿을 수 없다거나 어쩐지 집값이 싸다 싶었어, 창호가 엉망이라 여기는 너무 좀 그렇지, 여보? 하고 철에게 동의를 구해왔다. 신축 빌라는 엘리베이터가 없고 비좁은데 가격이 턱없이 높았고, 주상복합 오피스텔은 관리비가 비싸고 유동 인구가 많아서 아이를 키우며 살기는 어려워 보였다.

신축을 고집하면 안 된다고 철이 말하고 난 다음 일주일 동안, 구축의 상태와 구축 안에서 펼쳐지고 있는 삶의 규모와 형태에 그들은 동시에 비애와 무력감을 느꼈다.

내부 수리비가 만만치 않겠어.

영은 해쓱한 얼굴로 시선을 떨어뜨렸다. 영이 말하는 건 언제나 납득할 만한 것이었지만 그럴 때면 철은 자꾸 뱃속이 요동쳤다. 그렇다고 화장실로 달려가고 싶지는 않아서 기분 탓일까, 긴장한 까닭일까 고민했지만 분명한 복통이었다.

근데 이 집 좀 봐, 아무리 산속 오지여도 정말 너무 잘 고쳐놨다, 인테리어 구경 좀 하러 갈까?

집 보러 다니는 횟수가 늘어날수록 영은 기분 전환 삼아 바람 쐬러 가자는 듯 되도 않는 조건의 매물을 보러 가자고 했다. 이런 가격을 무슨 수로,라고 철이 말하면 아니 그냥 보기만 하는 거지, 보는 것도 못 해? 영이 팩하니 대꾸해왔다.

부부는 바지런히 움직였지만 뭐든 쉽지 않다는 체감만을 반복했다. 매물을 보러 차를 타고 가는 중에도 먼저 방문한 사람들과 가계약이 되었다며 붕 뜨는 경우가 빈번했고, 중개업자와 함께 4, 5층 가파른 계단을 올라 방문했는데도 어디서 나오셨죠, 매물 내린 지가 언젠데 다짜고짜 찾아와요?라며 따가운 시선을 받기 일쑤였다. 낯모를 타인들의 예고 없는 공격성에 숨이 막혀와서, 철과 영은 이건 아닌데 싶을 정도로 지치고 말았다.

집을 알아본 지 한 달이 되어가던 어느 날, 철은 식은땀을 흘리며 퇴근했다. 배가 찢어지는 것처럼 아프다는 철의 말에 영은 놀라서 급히 야간 진료 내과를 예약했다. 의사는 장이 과긴장되어 있는 상태이며, '장누수증후군'이라고 진단 내렸다. 그러더니 의사는 뜻밖에 영의 얼굴을 유심히 바라보다가 진료받아보시죠, 하고 말했다.

그저 뾰루지일 뿐이에요.

영은 손사래 쳤지만,

통증 없는 대상포진일 수도 있어서요.

의사는 표정 변화 없이 대꾸했다. 영이 망설이다가 이내 진찰대에 누웠다.

평소에 소화가 잘 안 되시죠? 대상포진은 아니네요. 피부 알레르기 정도이지만 식욕 저하에 평소 설사도 있으셨을 거예요.

네……

영이 시무룩하게 대답했다. 철은 영이 화장실에서 꽤 오래 나오지 않던 시간을 떠올렸다. 자신이 복통을 견딘 것처럼 영이 견딘 것도 다르지 않아 보였다.

부부는 같은 병명을 진단받았다.

유해 세균이 과다 증가해서 균형이 깨진 상태라고 보시면 됩니다. 장내 미세융모의 길이가 줄어들고 불규칙해지면 독소가 침투할 수밖에 없죠. 조급하게 생각하시면 안 되고 천천히 치료해서 면역력을 높이셔야 하고요.

의사는 형편없이 짧고 흐물흐물해진 미세융모의 사진을 보여주고, 프리바이오틱스와 초유, 글루타민을 처방했다.

근데 저희, 유산균은 먹고 있어요. 날마다요.

영이 말하자,

다행이네요. 유산균의 먹이도 같이 몸에 넣어줘야 합니다. 그게 프리바이오틱스.

의사가 답했다. 영은 고개를 주억거렸다.

그날 밤 늦도록 철은 영이 소파에 눕지도 않고 앉아서 뭔가 타는 듯이 졸아든 얼굴로 휴대폰을 들고 있는 걸 보았다. 어서 이 하루가 끝나버렸으면 싶다가도 피로감이 극에 달하면 잠도 오지 않는 것처럼 영은 눈꺼풀을 느리게 열고 닫는 중이었다. 영이 분명 영양제에 대해서, 영양제끼리의 조합에 대해서, 의사가 말한 병명에 대해서, 그에 더해 들어봤음 직한 여러 증상에 대해서 검색하고 있을 거라고 철은 짐작했다. 다음 날 여지없이 두통에 시달릴 걸 알면서 영은 병증을 검색하고, 그것이 꼭 자신의 ― 우리의 ― 것인 것만 같다고 느끼고, 그리하여 다시 영양제를 매치업해 검색하는 일을 반복해왔다. 사고자 하는 ― 사야만 하는 ― 영양제가 사이트 내에서 품절이면 불안해했고, 쉴 틈 없이 웹페이지를 새로 고침 하며 '입고 알림' 버튼을 클릭했다. '이미 입고 알림이 신청된 품목입니다'라는 안내 문구가 신기루처럼 떴다가 사라지는 걸, 철은 영의 전화기 화면 속에서 곧잘 목격하곤 했으니까.

먼저 잘게.

철이 손을 들어 보였고,

어……

영은 느리게 대답하다가,

아무래도 분말이 낫겠지? 흡수가 빠를 테니까.

웅얼거렸다. 캡슐과 알약과 분말의 세계를, 영은 정신없이 부유하고 있었던가. 이겨야 하는 싸움에서 끝내 지고 말았다는 얼먹은 태도와 그러나 이제라도 다급히 시정하고 재정비해야 한다는 흥분 상태로.

당신 좋을 대로 해.

철이 말하고, 맥없이 방으로 들어서는 모양을 영은 흐린 눈으로 보았다. 장내 유해 세균 증가, 독소 침투, 균형이 깨진 상태, 장누수증후군…… 의사가 해준 말들이 머릿속에서 조각배처럼 둥둥 떠다녔다. 우리에게 누가 있느냐고, 코시국에 건강마저 잃으면 다 잃는 거라고, 돈이 없어도 건강만은 지켜야 살아남을 수 있다고, 좋다 싶은 건 다 사들이며 악착같이 먹고 또 식구들도 먹여왔는데 누수라니. 다 샌다니. 새어버리고 있었다니. 이 아까운 게…… 영은 서글픈 마음으로 영양제를 검색하고, 고민을 거듭하다가 새벽 배송으로 주문했다.

다음 날부터 철과 영은 유산균, 종합비타민, 오메가3, 비타민C, 비타민D, 실리마린, 소화효소, L-테아닌, 코큐텐까지 아홉 개의 캡슐을 물과 함께 삼킨 뒤, 식간 공복마다 프리바이오틱스, 초유, 글루타민 분말을 각 2그램씩 덜어 우유에 타서 마셨다.

좋아지는 건가.

철이 혼잣말처럼 물으면,

시간이 걸린다잖아.

영이 격려하는 눈빛으로 답했다.

그래.

자신이 삼키고 마시는 그 모든 과정을 영이 기도하듯 끈질기게 바라본다는 걸 철은 알았다.

한여름이 되면서 철과 영은 모기와의 사투를 벌였다. 창호가 부실하고 방충망이 헐거워서 온갖 벌레가 집 안으로 날아들었다. 대표적인 것이 모기였지만 정체를 알 수 없는 날벌레들도 호를 그리듯 떼 지어 날거나 벽을 타거나 해서 골치가 아팠다. 밤낮으로 살충제를 쓰고, 야외에서나 사용할 법한 모기향도 피웠다. 아침에 눈을 뜨면 집 안 곳곳을 돌아다니며 죽어 있는 모기와 날벌레 들의 사체를 쓸어 모으고 화장실에 들어앉는 것이 철의 모닝 루

틴이 될 정도였다.

여보, 얼른 좀 나와.

안 그러던 영은 부쩍 화장실 문을 두드렸다.

우리 괜찮은 건가……

문을 열고 나오며 철은 고민스럽게 중얼거렸다. 의사의 처방대로 매일 꾸준히 영양제를 먹고 있는데 증세가 좋아지기보다는 더 나빠지는 것만 같았다. 복통과 설사도 문제였지만 뭔가 제대로 설명할 수 없는 '멍함'이랄까 '멍해짐'이랄까, 아무 생각도 할 수 없을 정도로 자주 졸리고 나른해진다고 철은 식탁에서 덧붙였다.

나도 그래…… 난 손까지 떨려. 어지럽고.

영이 붉어진 뺨으로 고백했다. 얼굴에 미열이 도는 것 같았다. 철과 영은 첫 진료 이후 보름 만에 다시 진료 예약을 잡았고, 의사로부터 간단명료한 답을 들었다.

유해 세균이 사멸하면서 독소를 배출해서 그렇습니다. '다이 오프 Die off' 증상이라고 하는데요, 손 떨림, 어지러움, 브레인 포그 Brain fog 라고 순간 혈류의 흐름이 멈춘 듯 멍해지거나 할 수 있습니다. 당연한 수순입니다. 항생제를 한 달 치만 좀 추가하죠. 도움이 될 거예요.

집으로 돌아오며 철과 영은 아무 말도 나누지 않았다.

일종의 명현 반응이라는 거구나.

믿음의 도약

영이 창밖을 내다보며 혼잣말했지만 철은 별말 없이 운전에 집중하려 했다. 누군가 두 사람을 본다면 혼자가 아닌데 혼자인 채로, 함께인데 따로인 듯 그들이 각자의 안개 속을 헤매고 있다고 생각할지 몰랐다.

집에 돌아와서 철과 영은 프리바이오틱스, 초유, 글루타민 분말을 각 2그램씩 덜어 우유에 타 마시는 걸 잊지 않았다. 끼니를 해치우듯 저녁밥을 지어 먹고, 이어서 유산균, 종합비타민, 오메가3, 비타민C, 비타민D, 실리마린, 소화효소, L-테아닌, 코큐텐과 의사의 처방약인 천연 항생제 베르베린까지 모두 열 개의 캡슐을 두 번에 나누어 물과 함께 삼켰다.

더는 보러 갈 매물도 없고 전세 만기는 다가오는데 어째야 해.

그 밤에 철은 영이 잠꼬대처럼 말하는 걸 들으며 눈을 감았다. 그리고 잠에 취해서조차 끝도 없이 누수되고 있는 무엇에 대해, 아무리 삼키고 털어 넣어도 도저히 몸의 내부에 모아지지 않는 '영양'이란 것에 대해 생각했다.

문제는 만성적이야…… 집을 사야 해. 집이 있어야 돼.

철은 자신이 사고 싶은, 하자 없고 제대로 생겨먹은 게 집인지 몸인지 아리송해하면서 잠에 빠져들었다.

다음 날 철은 출근하자마자 부동산 중개인으로부터 연락을 받았다. 혹시나 싶어서 지역 일대의 부동산마다 전화를 돌려놓았던 게 기억났다.

괜찮은 매물이 나오면 전화달라고 하셨죠?

수화기 너머로 호쾌한 목소리가 흘러나오는 걸 철은 가만 귀 기울여 들었다.

철은 급히 오전 반차를 내고 차를 몰아, 마침 아이를 등원시키고 막 귀가한 영을 데리러 갔다.

결혼한 지 10년 되셨으면 신혼부부 특별 공급도 어려운데, 부양하는 노부모도 없이 어린애 달랑 하나요? 세 식구로 분양이나 청약은 불가능이라고 봐야죠. 망설일 것도 없이 지금 집 사셔야 합니다. 더 고점이 와요. 장담합니다.

양복 입은 중개인은 도착하자마자 말을 내뱉다가 아이고, 제가 벌써 환갑입니다, 집 보러 다닌 것만 30년 경력이에요,라고 자신을 소개했다. 마스크를 썼기 때문에 눈매만 드러났는데도 젊어 보였다. 키가 헌칠하고 어깨가 굽지 않아서 평소 규칙적인 운동으로 단련된 몸이라는 태가 났다. 목소리가 시원시원하고 달변가라는 인상을 받았다.

그를 따라가며 철은 왠지 모르게 긴장했다. '두 분께 이 집이 딱'이라는 표현을 써가며 제안하는 매물이 어떤 곳일지 가늠하느라 영이 잔뜩 미간을 찌푸린 걸 저도 모르는 새 살피게 되었다. 벌써부터 배가 싸륵거리는 기분이었다.

지하 1층부터 10층까지 한 동짜리 아파트인데, 여기에 세 집이 나왔어요. 층마다 평형이 다르니 잘 골라보세요.

중개인이 현관 유리문에 붙은 도어 록의 비밀번호를 눌러 문을 열어젖혔다.

지금 우리 전셋집이랑 비슷하다……

영이 철에게 눈짓했다.

세 집이 동시에 나온 건가요?

철이 묻자,

아, 집에 문제가 있는 건 아니에요. 우연이죠. 이사철 아닙니까.

중개인이 웃으며 대꾸하곤 엘리베이터의 버튼을 눌렀다. 잠시 후 문이 열리는 순간에 복도 센서 등이 깜빡이지 않았나 헷갈렸지만 중개인이 등을 두드리며 타시죠, 했기 때문에 생각은 생각으로만 그쳤다.

승강기 내부는 깨끗하지 않았다. 세라믹 코팅이 벗겨지고 키 판이 낡아서 경계심이 들었다. 연식이 좀 됐죠, 그래서 가격적으로 '메리트'가 있는 거고요. 관리비가 모아져 있으니까 노후 시설은 교체 시기 맞춰서 바꾸면 그만입니다, 하고 중개인이 선수 치듯 말을 이었다. 철은 전기, 누전, 상하수도, 열쇠, 도어록, 용달 이사 등 덕지덕지 붙은 홍보 스티커들 사이로 지하 1층 주차장 버튼 아래 *Free the whale!*이라고 휘갈겨 씌어진 파란색 영문을 발견했다. 웬일이라면…… 고래인데. PC방인가 중국요릿집 광고인가 알 길이 없었지만 오래 시선 두지 못하고 7층에서 내려야 했다.

철과 영은 중개인의 능숙하고 매너 있는 안내에 따라 7층을 둘러보았고, 그다음엔 계단으로 한 층 내려가 6층, 그다음 또 계단으로 한 층을 더 걸어 내려가서 5층을 보았다. 각각의 주인들은 마스크를 쓰고, 부부가 고심하며 집 안 구석구석 살피는 걸 인내심을 갖고 기다려주었다. 실내도 대체로 깔끔하게 정돈되어 있었다. 어느 집을 선택한다 해도 무람없이 마음에 들 정도로 차이가 없었다. 다만 7층은 18평형, 6층은 23평형, 5층은 28평형이었고 각 층마다 1억씩 가격 차이가 났다. 철과 영은 한 층 한 층 내려설수록 차례로 면적이 넓어지는 집을 마주하게 되는 탓에 어쩐지 더 큰 환대를 받는 기분에 사로잡혔다. 세 집 모두 볕이 잘 드는 남향이고 동일한 구조였지만 다섯 평씩 커지는 체감은 놀라웠다.

잘 봤습니다.

철과 영은 얼떨떨한 채로 5층을 나섰다. 다시 엘리베이터 버튼을 누르고 문이 열리자 올라탔고, 승강기 내부가 유독 낡았네, 생각을 이을 틈도 없이 현관문을 열고 빠져나왔다.

고민해보시고 바로 연락 주십시오, 가을이 되고 본격적으로 이사철이 되면 집값은 더 뛸 겁니다. 이런 매물은 금방 나가죠.

정중히 고개 숙이고 돌아서는 중개인을 바라보며 철과 영은 멍하니 서 있었다. 그리고 어딘가 모르게 익숙한 심정이 되어, 고개를 꺾고 10층짜리 건물을 망연히 올려다보았다.

18평에서 어떻게 살아, 너무 좁겠지?

집으로 돌아오는 차 안에서 영이 입을 뗐다. 선팅이 벗겨진 지 오래라서 여름 볕이 강하게 들어와 철은 눈을 찌푸렸다.

왜 못 살아?

그러려고 한 건 아니었는데 철은 괜히 사나운 심정이 되었다.

다 사람 사는 데야. 그리고 우리 예산으로는 7층이 맞지. 그것도 대출 풀로 당겨야 하고.

철은 많은 걸 바라지 않았다. 불가능한 걸 꿈꾸거나 허황된 미래를 희망하고 싶지 않았다. 막연한 긍정이나 낙관보다 한 계단, 한 계단, 천천히 위로 올라서면 된다고 믿었다. 거창할 것도 없었다. 그저 세 식구 마음 편히 발 뻗고 지내는 것, 맛있는 거 아이의 입에 넣어주며 살을 찌우고 뼈를 키워주는 것, 그거면 되지 않나, 그게 행복 아닌가, 행복이 별건가, 생각하고 싶었다. 속이 좁고 배포가 작다고 욕한대도 상관없었다. 발끈하는 자기의 옆얼굴을 영이 고요히 응시하는 걸 철은 모르는 척 방향을 틀어 운전했다.

못 산다는 건 아니고……

영은 항상 말없이 자신의 의견에 따라주고 맞장구쳐주던 철이 새삼 낯설게 느껴졌다. 은근히 속이 상하고 심술이 나다가 그것도 잠시, 언젠가 우연히 철의 메신저 창을 보게 됐던 날이 떠올랐다. PC에 자동 로그인 된 사실을 철이 깜빡한 듯해서 로그아웃하려다가 영은 저도 모르게 스크롤을 올려보게 되었다. 대화는 대부분 업무 지시 사항과 처리 여부, 간간이 점심 메뉴 선정과 시답지 않은 커피 메뉴 주문 등이 주요 화제였는데 철의 답은 한결같았다.

넵. 넵~ 넵! 넵!!! 넵…… 넵ㅜㅜ

네, 외에 다른 말은 세상에 존재하지 않는 사람처럼 철은 사무실 직원들 간의 단체 채팅방에서 단답만을 반복하고, 다른 직원들은 철이 그런다는 걸 의식조차 하지 못하는 것 같았다. 사람 하나가 두 발을 딱 붙이고 서 있는 모양의 글자가 무수히 도열한 철의 대답을, 영은 답답한 심정으로 읽었다. 의견을 내. 바로는 무리이고 오후까지 처리하겠다고, 아이스아메리카노가 아니라 뜨거운 걸 마시고 싶다고 제대로 말하라고, 여보. 이번에 철은 자신의 의견을 말한 것뿐이라고 영은 애써 고개를 돌렸다.

그날 저녁 식탁은 조용했다. 아이에게 만화를 틀어주고, 철과 영은 무표정하게 밥알을 씹었다. 다섯 평에 1억. 다섯 평을 더 가지려면 1억이 더 필요하고, 열 평을 더 가지려면 2억이 더 필요했다. 그들은 도저히 가질 수 없는 면적에 대해 골몰하기 시작했고, 그것은 꼭 어떤 침잠과도 같이 깊이를 모를 밑바닥으로 철과 영을 데려다 눕혔다. 인상되지 않는 월급 — 세금은 해마다 올랐지만 — , 불안정한 삶의 토대 — 대단지 아파트에 입성하고 싶지만 — , 아이 교육에 관한 불확실한 미래 — 학군 좋은 곳에서 키우고 싶지만 — , 필연코 무언가 남겨야 한다는 부담감 — 저축, 주택, 건강이라도! — 이 철과 영의 현실 그 자체였다. **욕심 부리지 마.** 어마어마한 것을 원한 게 아니었다는 억울함과 영혼을 끌어모아도 가질 수 없는 게 있다는 체념 어린 분노를 조용히 삭여야만 했다. 두 사람은 좀처럼 식욕이 돌지 않는 얼굴로 밥을 절반 이상 남겼다.

식사를 마치고 영은 화장실로 들어갔다가 진저리가 난다는 표정으로 빠져나왔다. 그리고 급히 교대한 철이 변기의 레버를 내리고 밖으로 나왔을 때, 영은 선 채로 머그잔의 손잡이를 한 손에 잡고 티스푼을 휘저으며 말했다.

방법은 하나뿐이야.

무슨 방법?

영이 내민, 프리바이오틱스와 초유와 글루타민 분말이 2그램씩 뒤섞인 우유를 철이 받아 들고 단숨에 마셨다.

다이 오프 증상이 계속될 때 말이야. 알아보니까 빨리 나을 방법은 한 가지뿐이래.

빨리?

어.

뭔데.

증량.

증량?

먹는 양을 늘리는 것만이 유일무이한 방법이라고, 영은 말했다. 그 얼굴이 너무나 단호해서 철은 감격할 뻔했다.

방법이 있다는 게 어디야.

철과 영은 점점 더 많은 영양제를 먹었다. 여남은 개의 캡슐은 유산균과 비타민C와 오메가3를 증량하여 열여섯 개로, 프리바이오틱스와 초유와 글루타민은 두 배를 증량하여 4그램씩 우유에 타 마셨다. 영양제만 먹는데 배가 불러왔다. 하다못해 세상 쓸모없고 해로운 균도 죽을 때 독소를 내뿜는데 인간은 어떻지…… 악바리 같은 근성이 필요한 때가 아닌가…… 철은 한순간 눈앞이 기우뚱하다고 느꼈다.

여름이 끝나갈 무렵 어스름 짙은 저녁에 영은 집주인으로부터 연락을 받았다. 중개인이 세입자를 데리고 집을 좀 보러 갈 것,이라는 내용의 문자였다.

또 나야.

영은 철에게 전화기를 내밀었다. 짜장소스가 묻은 아이의 입을 물티슈로 닦아주고 난 뒤 철이 식탁에서 일어났다.

중개인이 미리 찍어둔 사진을 보여줬대. 입주 의사가 있는 사람들이래. 별 탈 없으면 계약할 것 같으니 집 구경시켜주라고.

거실에서 통화를 마치고 돌아온 철이 말했다. 이사를

앞두고 둘 다 예상하고 있던 터였다. 집주인으로서도 공사를 빌미로 집을 비워두기는 아까울 거였다.

이렇게 문제 많은 집에 들어오려 한다니, 운도 없지.

영은 코웃음을 쳤다.

부부는 일주일 전 고심 끝에, 7층 18평형을 매매하기로 결정했다. 대출 원금과 이자에 대한 부담이 큰데 더 큰 평형을 욕심내기는 무리라고 판단했던 것이다. 한 동짜리여도 아파트는 아파트니까 지나치게 무리하지 않는 선에서 타협하자, 시세보다 저렴하고 전망도 나쁘지 않으니 이만한 매물을 구한 것도 다행이야…… 철과 영은 밤마다 많은 대화를 나눴다.

여기도 7층인데 또 7층으로 가게 됐네?

영이 토끼 눈을 뜨고 웃기도 했다.

결론이 나기까지 철은 중개인에게 전화를 걸어 계속 질문했다. 의구심을 갖는 것만이 불안을 잠재울 방법이라고 믿었는지도 몰랐다. 엘리베이터가 너무 노후된 게 아닌가요. 전기나 상하수도 설비는 괜찮을지. 건물 관리는 어떻게 진행되나요. 입주민들 간의 의사 교환은 잘 이루어지는 걸까요. 따로 경비업체가 없는데 보안에 취약하진 않을까요. 중개인은 수화기 너머로 호탕하게 답해왔다. 걱정하지 마세요. 아무 문제도 없습니다.

부부는 중개인의 안내에 따라 매매계약서에 도장을 찍었다.

이삿날은 부쩍 선선한 바람이 외투 앞섶을 파고들어서 가을이구나, 실감했다. 영은 눈뜨자마자 미리 먹어둬야 한다며 급습하듯 커다란 사이즈의 머그잔을 철의 코앞에 들이밀었다.

이것뿐이야?

영이 내민 희뿌연 물 한 잔이 의아해 철이 물었다.

마시기만 하면 돼.

마시기만?

그동안 삼켜온 캡슐들을 하나씩 까서 안에 든 분말만을 모두 녹였다고, 영은 말했다.

그 많은 캡슐을? 일일이?

어, 믿을 수가 있어야지.

영이 대꾸했다. 베지 캡슐이라 삼키면 위장에서 자연히 녹는다고 했는데, 영은 이제 분말을 감싼 껍질이 뱃속에서 녹아 사라지는지의 여부마저 의심하는 모양이었다.

분말이 훨씬 낫대. 흡수 속도가 빠르니까.

철은 영의 마음 졸임을 이해하면서도 저토록 긴급히 몸 안에 거두고 모아들여야 하는 간절함의 정체가 무엇인지 혼란스럽다고도 느꼈다. 영이 물에 타 준 분말은 혀가 얼얼할 정도로 쓰고 떫고 시고 매웠다. 식도가 타들어가는 듯했다.

영이 아이에게 마스크를 단단히 씌워주고 옷깃을 여며 유치원으로 데리고 나간 직후에 철은 이삿짐센터 직원들을 맞이했다. 그들은 도착하자마자 엘리베이터가 낡아서 이삿짐을 내리기는 어렵겠다고 말해왔다. 철은 난감했지만 하릴없이 사다리차 비용을 추가해야 했다. 짐을 꾸리는 동안 아파트 앞 도로에 사다리차가 도착했고, 직원들은 능숙한 손길로 거실 전창을 뜯어냈다. 이삿짐이 속도감 있게 컨테이너 안으로 이동되었다.

끝까지 말썽이네.

돌아온 영에게 철이 사다리차 비용을 얘기하니까 영은 아랫입술을 깨물었다.

이사는 순탄하지 않았다. 비용도 예산을 훨씬 초과했다. 막상 짐을 싣고 옮겨 간 건물에서도 사다리차 비용이 한 번 더 청구된 탓이었다.

이쪽 엘리베이터도 만만치 않아요. 이사하다가 억 소리 나는 승강기 값 물어내느니 33만 원 쓰시는 게 낫죠.

직원의 말에 철은 수긍했다. 입주민들이 엘리베이터의 노후화에 대해 인지하고 있고, 곧 협의에 의해 수리하거나 교체할 것이라는 말을 들었으니 믿고 기다릴 수밖에 없었다. 이제 철도 자가 세대주가 되었으니 수리비에 일조해야 할 테지만 이미 관리비가 모아져 있다고도 하고, 안전을 위해서라면 당연하지 않은가 생각했다.

짐이 옮겨지는 동안에 철은 복비와 이사 비용, 등기 이전을 위한 법무사 비용까지 치르느라 신경을 곤두세우며 집과 부동산을 정신없이 오갔다.

포장 이사였지만 직원들이 짐을 성글게 부려놓고 돌아간 저녁에는 집도 사람도 만신창이인 것 같았다.

살면서 천천히 정리해야지, 뭐. 첫날부터 무리하지 말자.

철은 심란해하는 영을 달래며 저녁밥을 배달시켰다.

근데 아무도 들여다보는 집이 없네?

종일 이사하느라 소란인데 아무도 안 와본다고 영이 갸웃거리고, 떡이라도 해서 돌려야 하나, 철이 고심했지만 둘은 금세 의견을 맞췄다.

됐어, 코시국이잖아.

비대면으로 현관 앞에 놓아두고 간 짜장면과 볶음밥을, 그들은 먼지 구덩이 속에서 먹는 둥 마는 둥 힘겹게 넘겼다.

엄마, 여기가 우리 집이야?

묻는 아이에게 영은 목소리를 낮췄다.

그래, 이제 여기가 진짜 우리 집이야.

영의 얼굴에 피로한 미소가 번졌다.

철은 그런 영을 물끄러미 쳐다보다가 마음 깊은 곳으로부터 우러나오는 불안에 휩싸였다.

나아질까.

나아져야지.

철과 영은 협동하듯 말을 나눴다. 무형의, 눈에 보이지 않는, 어떤 증명할 수 없는 것을 향한 절실한 믿음만이 필요하다고 여겼다.

그날 밤, 가까스로 펼친 침구 속에 몸을 뉘였다가 철과 영은 무언가 쾅! 내리치는 소음에 눈을 떴다. 천둥 아닌 폭격 비슷한 소리였다. 동시에 몸을 일으켰지만 영은 아이를 끌어안은 채로 침대 위에 남았고, 철은 거실로 뛰어나가 베란다로 향하는 문을 열었다. 건물 바깥쪽 벽으로 폭포수 같은 물이 쏟아져 내리고 있었다. 온전하다 믿었던 창호의 틈새로 물이 들이쳐 베란다는 이미 물바다였다. 이사 기념으로 새로 산 잿빛 슬리퍼가, 아직 뜯지 못하고 정리를 미뤄두었던 아이의 전집 박스들 위로 둥둥 떠다녔다. 폭발음은 이후로 한 번 더 들렸다. 철과 영은 밤새 잠들지 못했다.

다음 날 아침에 철이 마스크를 쓰고 현관 밖으로 나갔다 돌아와서야, 부부는 옥상 물탱크가 터졌다는 사실을 알게 되었다. 일주일간 단수되었고, 수도와 변기를 쓸 수 있게 된 뒤로는 지하 정화조가 넘쳤다는 이유로 다시 단수되었다. 복도 가득한 오물과 유해가스 때문에 숨조차 제대로 쉴 수 없을 지경이었지만 부부는 입술을 깨물고 개중에 값이 가장 싼 생수를 사들였다. 그러다 아이를 데리고 하원한 어느 퇴근길에, 철과 영은 '고장'이라는 빨간 경고등이 들어온 엘리베이터 앞에 서게 되었다. 그제야 그들은 이 건물에 처음 들어섰을 때와 밖에서 이 건물을 올려다보았을 때의 기시감이 무엇이었는지 알아차렸고, 아이 앞에서 돌연 험하고 매서워지려는 마음을 누그러뜨리기 위해 애써야 했다.

구옥의 평화

인간은 비밀번호를 잊어버리는 존재다.

그런 생각을, 구옥은 하고 있었다. 도무지 풀 길 없는 현관문 도어록 앞에 서서. 구옥은 참담해진 기분으로 장바구니를 발밑에 내려놓았다. 이 집을 드나든 지가 얼만데 이렇게 순식간에 깜깜해지나. 귓가에서 날벌레라도 윙윙거린다는 듯 구옥은 허공에 여러 번 손을 내저었다.

유자야.

부르고, 구옥은 잠시 기다렸다.

유자야. 유자야.

초인종을 누르고 주먹을 쥐어 문을 두드리고 귀를 대어 보고 하다가, 구옥은 하릴없이 문자를 남겼다.

전화 안 받네. 반찬 좀 나눠 주려고. 보면 연락줘.

그리고 내려놓았던 장바구니를 다시 들고 돌아섰다. 구옥은 새삼스레 주변을 두리번거리며 계단을 내려왔다. 오르는 것보다 내려서는 것이 더 힘에 부쳤다. 초겨울로 접어드는데도 콧잔등에 땀이 뱄다.

애가 잠이 들었나, 다 저녁에 어딜 갔어?

구옥은 흘러내리는 마스크를 고쳐 올리고 아파트 단지를 느리게 가로질렀다. 유자가 사는 101동 501호에서 제 집인 105동 101호를 향해 걸었다. 그리고 집 앞에 이르러서야 구옥은 또 한 번 무언가 어스레했다가 가물거리다가…… 다시 시야가 흐려졌다. 순간적인 거라고 믿었다. 카드키를 찾아 허둥대며 지갑을 뒤져보려 할 때 익숙한 숫자들이 생기 있게 머릿속을 부유했으니까. 구옥은 숨을 크게 내쉬며 이끌리듯 여덟 자리 번호를 힘주어 눌렀다. 82882588. 경고음과 함께 '잘못되었습니다'라는 문구가 뜨고서야 구옥은 아, 하고 탄식했다.

이게 유자네 건데.

구옥은 신경질이 났다. 오래 복기하고 사용해온 숫자들이 이토록 한순간에 휘발될 수 있다니. 놀랍기도, 당혹스럽기도 했다.

유자의 이름은 은자였다. 구옥은 유자로 부르기를 좋아했다. 시장에서 싸게 팔더라며 은자가 두 손 무겁게 노지 감귤을 들고 왔던 오래전 어느 날 이후부터였다. 봉지 안을 들여다보니 어느 것은 크고 어느 것은 작아 크기가 들쭉날쭉했는데, 은자가 배시시 미소 지으며 구옥에게 귤사람을 만들어주었다. 아래에 큰 것을, 그 위에 작은 것을 골라 올려놓고 은자가 말했다. 팔팔한 친구들이에요. 일렬로 잔뜩 늘어선 귤들을 바라보며 구옥은 맞장구를 쳤던가? 그래 참, 어리네, 어려. 은자는 귤사람을 더 많이 만들어 세웠다. 귤사람은 귤사람들로, 점차로 굉장한 무리가 되었다. 구옥은 어쩐지 콧등이 시큰해졌고, 그걸 감추느라 손바닥으로 이마를 문지르며 돌아섰다. 빨리 팔팔이오 팔팔. 유자가 제집의 비밀번호를 쉽게 외우도록 이렇게 외워요, 하고 짚어줬는데.

혼자 죽더라도 빨리 발견되면 좋잖아요. 유자는 그런 무서운 말을 웃으며 잘도 했다. 중요한 건 그거예요, 언니. 요즘 노인네들 고독사한다고 말이 많은데 나는 전혀 고독하진 않으니까, 고독사 아니라고 말해줘요. 유자가 말하고, 누구한테? 구옥이 물었다. 글쎄 뭐, 장의사한테라도? 오해받긴 싫어요. 유자가 당차게 고개를 흔들어댔다. 아무튼 빨리 발견되는 게 좋으니까 빨리 팔팔이오 팔팔. 아예 지금 바꿔놔야겠어요! 그날 유자는 당장에, 하면서 비밀번호를 바꿨다. 혼자 사니까, 무슨 일이 생길지 모르니까, 그래도 우리 되도록 빨리 발견됩시다, 하고 유자는 웃었다.

큭, 짓궂은 소릴 내면서. 구옥은 유자의 빠른 판단력과 망설이지 않는 실행력을 좋아했다.

다음 날 구옥은 자신도 유자에게 여분의 카드키 한 장을 내주어야 하나 고민하다가 그만두었다. 대신에 1661로 시작하는 번호를 눌러 독거노인 돌봄 센터에 전화했고, 상담 끝에 생활보호사 파견 서비스를 신청했다. 60세 이상의 노인 여성으로 자녀가 있지만 따로 살고, 우울감과 기저 질환 등으로 정기적인 안전 여부를 확인해줄 것을 요청하는 칸에 체크했다. 혼자 사니까, 무슨 일이 생길지 모르니까, 되도록 빨리 발견되어야 할 테니까. 유자의 말이 다 맞는다고 동의하면서. 그러나 나중에 유자는 구옥의 집으로 생활보호사가 다녀가는 사실을 알게 되었을 때 '그게 다 혈세 낭비'라고 소리쳤다. 나이 든 사람들이 나라 곳간이 비어가는 줄도 모르고 나태하게 군다고.

구옥은 이제라도 다시 돌아가볼까 고민이 되면서도 어쩐지 힘에 부쳤다. 땀이 급히 식으면서 한기가 느껴졌다. 카드키를 대고 무기력하게 집 안으로 들어섰다. 무릎도 허리도 성하지 않았지만 최근에 부쩍 격한 통증에 시달리는 눈이 문제였다. 너무 과민하지 말자. 유자에게 연락이 곧 오겠지. 밤에 잘 못 자는 그이가 초저녁에 졸았거나 아니면 전화기 배터리가 닳은 것도 모른 채 드라마를 보고 있을지도 몰라. 구옥은 유자에게 가져갔던 찬합을 그대로 냉장고에 밀어 넣고 진통제를 찾았다. 다 잊으라니…… 그건 무슨 말이었을까? 은박을 벗겨 캡슐 두 알을 서둘러 삼켜 버린 뒤, 구옥은 소파에 잠깐 눕는다는 게 그대로 잠들어 버리고 말았다.

눈을 떴을 땐 자정이 가까워오는 시각이었다. 여느 날과 다름없는 정적이 집 안에 감돌았고, 버릇처럼 켜둔 식탁 등만이 낮은 조도로 불을 밝히고 있었다. 구옥은 찌뿌드드한 몸을 일으켜 식탁으로 향했다. 언젠가 예상 가능한 시기에 눈이 멀게 된다면. 이대로 시력을 잃는대도 소파에서 식탁까지는 무리 없이 이동할 수 있지 않을까. 구옥은 벽에 손을 짚고 찬찬히 걸음을 옮겼다.

정사각형 모양의 열여덟 평 아파트. 종이를 두 번 접듯 방 두 칸에 화장실 한 칸. 나머지 한 칸을 부엌과 거실로 나누어놓은 모양새였다. 어려울 것도 없지 않을까. 큰 집도 아니고. 최근 들어 구옥은 버릇을 들이려는 사람처럼 손 닿는 모든 것을 쓸어보았고 촉감을 분별하려 노력했다.

아직 오지 않은 미래를 위협적으로 감지하는 것. 그것만이 불안에 대항할 유일한 방어 태세였다. 어디선가 당도할, 부지불식간에 닥쳐올, 꾸준히 예측 가능한 불행. 미래는 그뿐이었으니까.

구옥은 식탁 위에 덩그러니 놓인 전화기를 확인했다. 아무런 알림 표시도 없었다.

유자는 도대체……

구옥은 최근 통화 내역을 살피고는 걱정과 체념이 뒤섞인 심정이 되어 폴더를 닫았다. 방으로 들어가 눕기 전에 싱크대 서랍에 넣어둔 수면 보조제 여섯 알을 꺼내 먹었다. 수년 전에 한 알로 시작했는데 어느새 이렇게 늘어나버렸다. 단순한 이유로. 뜬눈으로 밤을 지새우고 싶지 않아서. 혼자 있는 건 괜찮은데 혼자서 할 수 있는 일이 딱히 없어서. 일생을 취미로 책을 읽어왔는데, 눈이 버텨내지 못한 지도 꽤 되었다. 수면욕이 늘어나는 건 우울하다는 거니까 힘에 부쳐도 계속 걸어야 돼요. 제자리걸음도 좋대요. 언제였나, 유자는 그렇게 말했다.

그리고 그 전화는 오래도록 울렸다.
아마도.
무척. 오래.

구옥은 몽롱한 정신으로 뒤척이다 새벽이 되어서야 잠들었다. 화장실에 가지 않으려고 물을 적게 마신 탓에 속이 쓰렸고, 그건 뒤늦게 물을 더 마신다 해도 나아지지 않아서 밤새 후회스러웠다.

구옥은 다음 날 정오가 다 되어서야 정신을 차렸다. 잠을 잤다고도 안 잤다고도 말할 수 없는 불편함이 체한 듯 몸에 남았다. 의식이 또렷해지자 다시 유자 생각이 났고, 초조함을 떨칠 수 없어서 전화기를 찾아 손을 더듬었다.

뭐가 이렇게 많이 온 걸까. 구옥은 당황스러운 마음으로 수십 통이 넘는 부재중 전화를 확인했다. 그러던 중에 다시금 걸려오는 전화를 서툰 손길로 받았다. 경찰서로 참고인 조사를 받으러 나오라고 했다.

이구옥 님, 듣고 계세요? 이구옥 님?

구옥은 전화기 너머에서 들려오는 제 이름에 새삼 귀 기울였다.

얼핏 내다보아도 구름이 짙어 사위가 어둑했다.

구옥은 어딘지 모르게 경직된 마음으로 옷장 문을 열었다. 딱히 그러려고 한 건 아니었는데 양말과 모직 바지, 니트 모두 검은색을 찾아 입었고, 고민 끝에 낡은 감색 코트를 꺼냈다. 재직 시절에 입던, 무늬 없는 정갈한 옷들이 옷장 안에 여전히 걸려 있었다. 질 좋은 옷을 사서 깨끗이 오래 입으려고 해요. 구옥은 남들이 물어오면 항상 겸손하게 대답했다. 부끄러운 듯 시선을 떨어뜨리면서도 은근한 자부를 담아서. 하지만 구옥은 명예퇴직자 명단에 올랐을 때 오랜 기간 자신이 보여온 검소함이 곤궁함으로, 겸손함이 무능력함으로 평가받은 것은 아닌지 혼란스러웠다. 명예롭지 못해. 매일 밤 쉬이 잠들지 못한 건 그런 이유에서였다.

구옥은 긴장을 느끼며 새 마스크를 뜯어 착용했다. 잠시 고민하다가 코트와 비슷한 색감의 체크무늬 머플러를 머리부터 둘러서 목에 감았다. 휴대용 손 세정제와 소독 티슈까지 챙긴 작은 가방을 들고 인내심을 갖고 이동한 구옥은, 그러나 경찰서 안으로 들어가지 못했다.

구옥이 전화기 너머로 맥없이 상황을 설명하자,

백신 패스가 없으시다고요?

담당 경찰은 난감하다는 듯 대꾸했다. 잠시만요, 하더니 한참 후에야 무언가 덧씌워진 것처럼 멀게 느껴지는 음성이 들려왔다.

이것 참. 방법이 없네요. 돌아가서 기다리셔야겠습니다. 저희가 아파트 관리실로 가죠.

구옥은 마스크를 고쳐 쓰고, 온 길을 되돌아 걸었다. 관공서니까 출입 과정을 예상했어야 했는데 미처 살필 겨를이 없었다. 어깨와 발목에 스산한 바람이 부는 걸 느끼며 헝클어진 마음으로 걸음을 떼었다.

그 무렵 구옥은 전화기 수신음을 무음으로 해두는 때가 잦았다. 머리가 아파서였다. 벨이 울려도, 진동이 와도 어쩐지 골이 지끈거렸다. 역시 시력 때문일까. 의사는 어쩔 수 없다고 말했다. 감염병 시대에 병원 출입이 까다로워 정기검진을 받지 못하고 창구에서 약 처방전만 받아 온 지도 1년이 가까워왔다. 구옥은 눈썹 뼈를 손가락으로 매만지면서 무거워진 마음을 누르곤 했다.

그러나 대체로는 '안전 문자' 때문이었다. 확진자 수와 이동 경로로 시작한 안전 문자는 바이러스 감염의 확산세가 줄지 않으면서 백신 접종 안내로 이어졌다. 제대로 확인할 틈도 없이 하루에도 몇 번씩 울리는, 미접종자를 향한 백신 접종 권고. 구옥은 기저 질환자로 분류되어 백신 접종을 받지 않았는데 생활이 쉽진 않았다. 접종 여부를 판별하는 패스제가 도입된 후로는 동선이 제한적이었다. 집에서 가까운, 하다못해 작은 상점조차도 들어가지 못했다. 잠재적 감염원이고 균주다,라는 불편한 생각에서 벗어나지 못하고 주로 집에만 머물렀다.

구옥은 관리실 한쪽에 놓인 철제 의자에 앉아 한참을 기다렸다.

제가 어젯밤에 수면 보조제를 먹고 자서요. 한번 잠들면 잘 깨지도 못하고.

관리실로 찾아온 경찰 앞에서 구옥은 저도 모르게 얼굴을 일그러뜨리며 변명했다. 마스크 속에 숨겨진, 경련이 일듯 움찔대는 구옥의 입가를 경찰은 보지 못했을 거였다. 구옥은 위장이 꼬이는 것 같아서 명치 부근을 단단히 부여잡았다. 경찰은 노트북의 전원을 켜고 같이 보시죠, 했다.

CCTV는 아파트 분리수거장을 비췄다. 흑백 화면 속에 구옥이 있었다. 쌀쌀하다 싶을 때면 늘 걸쳐 입는, 검고 두꺼운 패딩에 털 슬리퍼를 신은 차림으로. 붉은색 대형 고무 대야를 레일 위로 끄는 것처럼 힘겹게 가져와 폐형광등 수거함 아래 버려두고 가는 제 모습을 보았다. 구옥은 얼떨떨하게 고개를 끄덕였다.

저 맞아요. 제가 맞긴 한데요……

구옥은 긴장된 눈빛으로 중얼거렸다. 구옥의 곁엔 관리사무소장이 입술을 깨물며 앉아 있었다. 하늘색 셔츠와 검은 바지의 제복 차림이었던 그는 꽤 쌀쌀한 추위에도 등줄기가 풍덩 젖은 채로 목소리를 높였다.

그러니까 이게 다 무슨 일인가는 이제 들어보셔야 돼요, 선생님. 새벽부터 구급차에 경찰차까지 단지가 발칵 뒤집했어요.

 사달이 났다는 투로 흥분하는 그의 어깨를 경찰이 슬쩍 두드렸다.

 됐습니다, 제가 설명드릴게요.

 구옥은 즉각적으로…… 그러니까 보고 들은 내용이 단번에 이해가 되지는 않았다. 우선 경찰은 그런 습관이 몸에 밴 듯 말이 너무 빨랐다. 허공에 부유하는 뭔가를 잡아채듯 본능을 발휘해 알아들어야 할 정도였는데 구옥은 그러지 못하고 그저 눈만 끔벅였다. 시야도 자꾸만 흐려져서 모니터 화면 속에 자꾸만 코를 박았고, 제 몸의 기울기를 느낄 때마다 모멸스러워졌다. 구옥은 끝내 손바닥으로 얼굴을 감싸 쥐고 말았다.

 전혀…… 알아듣지를 못하겠어요.

 구옥은 말했지만,

 알아들으셨잖아요.

 건조한 대답만이 들려올 뿐이었다.

 아니요.

 구옥은 몇 번이고 고개를 저었다.

 내가 고무 대야를 버렸고…… 버린 건 맞고 유자는 아니 은자는 그간에 며칠 보지 못했고…… 전화를 받지 않아서 찾아는 갔는데…… 번호가 기억나지 않아서. 비밀번호를요.

구옥은 무언가 설명해야 한다는 부담감에 조리 없이 말을 이었다. 하지만 그마저도 이내 아무것도 모르겠다는 자책에 시달려야 했다.

어떻게 된 건지 아시겠죠.

경찰이 되묻고, 구옥은 시간이 조금 더 흐른 뒤에야 얼굴을 감쌌던 손을 거뒀다.

네…… 네……

알고 이해한 것과는 별개로 다만 구옥이 보고 들은 내용은 이러했다.

열흘 전에, 구옥은 고무 대야 하나를 분리수거장에 버렸다. 고무니까. 재활용되는 거겠지. 단순하게 생각했다. 고무 대야 하나를 버리는 방법을 두고 큰 고민은 하지 않았다. 지름이 80센티미터가 넘는 초대형 사이즈로, 너무 커서 늘 골칫거리였는데 한편으론 또 너무 커서 버리는 게 수월치 않았던 고무 대야. 그보다, 버려야 할지 말아야 할지를 고심했던 시간이 더 길었다. 살아생전 남편은 밥상에 온갖 종류의 김치가 올라와 있어야 잘 먹었다, 소리를 하는 사람이어서 구옥은 고춧가루 마를 날 없이 고무 대야에 무와 배추를 버무리곤 했다. 고무 대야는 이제 포기

김치조차 담그지 않아서 베란다에 내내 방치해왔던 애물단지였다. 딸아이, 진영이 김치를 좋아하는데 막상 버리면 또 아쉬워지지 않을까 몇 해를 묵히다가…… 하지만 진영도 더는 집에 오지 않았다. 다음에. 언제나 그런 기약 없는 말로만 안부를 물어왔다. 이제는 집 안 정리를 시작해야 해. 구옥은 큰맘 먹고 내다 버렸던 것이다. 이놈의 것, 정말로 버린다. 그런 결심으로. 너무 무거워서 분리수거장까지 이고 지고 질질 끌어서.

구옥이 음식물 쓰레기를 봉지에 묶어 들고 분리수거장으로 다시 나간 건 고무 대야를 버리고 사흘째 되던 날이었다. 빗자루를 손에 들고 있던 소장이 다가와 저거 저거, 어르신이 버리셨죠? 하고 턱으로 가리켰다. 구옥이 10여 년 전 중학교에서 퇴직한 이력을 알고 나선 언제나 선생님, 선생님 하며 깍듯이 대하던 소장이 어르신으로 불러세우자 구옥은 뜻밖의 괜한 수치심으로 얼굴이 달아올랐다. 봤다는 사람이 있으니 발뺌은 마세요. 소장의 말에 구옥은 어리둥절해져서 그를 바라보았다. 바로 대꾸하지 못한 건, 고무 대야 위로 육중한 나무 서랍장이 놓여 있는 걸 발견했기 때문이다.

어, 저 삼단 서랍장은 내 거 아니에요. 나는 고무 대야만…… 웅얼거리는 구옥 앞에서, 소장이 목덜미를 잡아채

듯 말을 뺏었다. 아이 참, 안 돼요. 소장은 얼굴 근육을 일제히 일그러뜨리면서 더 바싹 몸을 붙여왔다. 고무 대야는 고무가 아니에요. 쉽게 말하면 합성 플라스틱이라고요. 재활용이 되지 않으니까 분리배출해선 안 된다는 말이죠. 거아실 만한 분이 이렇게 기준 없이 버리시면 안 되고. 종량제 봉투에 넣어서 버리시든가 아니면 동사무소 가셔서 딱지를 사 오셔야 하는데⋯⋯ 절로 몸을 옴츠린 구옥은 소장이, 이거는 백 리터짜리 봉투에도 안 들어가겠어요, 했던 말을 떠올렸다. 그래서 쓰레기 배출 스티커를 사 오겠다고 답했는데. 구옥은 자꾸만 깜박했다.

고무 대야는 당연히 수거되지 않았다.

그리고 그 일이, 벌어졌다.

CCTV는 닷새 전의 구옥을 비춘다. 흑백 화면에서 소리는 들려오지 않지만 구옥은 유리며 플라스틱 따위가 든 비닐봉투를 손에 들고 분리수거장으로 들어선다. 구옥은 홀로 분리수거장을 고루 누비며 재활용 쓰레기를 버린다. 그러다 자신이 버린 거대한 고무 대야 앞에서 걸음을 멈춘다. 스티커를 사야 한다고 생각한 거예요. 오래 멈춰 있던 건 별 뜻 없이 그냥, 스티커를 어디서 사야 한다고 했더라? 가물거려서 그랬어요. 구옥은 누구도 듣지 못할 말을 속으로 더듬어가며 제 모습을 본다. 부감하듯 위에서 아래로 내리 찍힌 자신의 듬성듬성한 정수리를, 그 움직이는 모양새를 지켜본다. 구옥은 나무 서랍장을 슬쩍 치워보려 하지만 뜻밖의 무게에 놀라며 양 손바닥을 비빈다.

서랍장에도 스티커가 붙어 있지 않으니 오해받을까 봐 멀찍이 치워놓으려고 했는데 내 힘으론 안 되겠더라고요. 그리고 너무 추워서……

구옥은 맥없이 돌아서버린 이유를 댄다.

너무 추웠어요.

구옥은 이후 나흘간의 화면에 등장하지 않는다. 그즈음 극심한 안통에 시달린 터라 외출도 전혀 하지 못했고, 분리수거를 할 만한 양의 쓰레기도 나오지 않았던 탓이었다. 유자가 딱 한 번 구옥의 집에 와서 반나절가량을 머물다 돌아갔을 뿐.

평소와 다른 점은 없었나요?

경찰이 묻는다.

그날 유자, 아니 은자요? 은자는…… 아니요, 글쎄요, 잘 모르겠어요.

구옥은 가슴이 뻐근해져온다. 문득, 매사 기민하게 감지하고 엿보고 더듬을 줄 알았던 젊은 날의 시기로부터 너무 멀리 건너와버렸다는 걸 깨닫는다.

구옥은 자신이 수면 보조제를 먹고 혼몽하게 잠들어 있던 오전까지의 영상을 고배속으로 본다.

이구옥 님, 여기 보세요. 그리고 여기도요.

경찰이 화면을 잠깐씩 멈출 때마다 구옥은 숨을 깊게 들이쉬었다가 흘리듯 내쉰다.

다시요. 한 번만 다시 볼게요.

다 본 이후에도 그러나 구옥은, 자신이 고무 대야를 내다 버린 열흘 전의 영상을 되감아 보고 또 본다.

구옥이 그것을 내다 버리고 돌아간 시간은 저녁 7시 반. 한 시간쯤 지나 알 듯도 모를 듯도 한 아이가 뛰듯이 분리 수거장으로 들어온다. 사방을 두리번거리다가 재빨리 고무 대야를 들추고 안에 숨는다. 몸을 한껏 웅크린 채로 아이는 순식간에 시야에서 사라진다. 그리고 얼마 되지 않아 네다섯 명의 아이가 다시 또 무더기로 들어왔다가 부산스레 떠나버린다. 그래도 고무 대야 속으로 들어간 아이는 나올 줄 모르고. 시간은 빠른 배속으로 하염없이 감기고 흐른다. 서랍장을 들고 누군가 들어온 건 자정이 다 된 시간. 그 또한 힘에 부친다는 듯 끙끙대며 서랍장을 옮겨놓는다. 고무 대야 위로. 힘겹게 내려놓는다. 덜컹. 제법 큰 소리가 나지 않았을까.

아이는 고무 대야 속에서 질식한 채 발견되었다고 했다. 숨이 끊어진 지…… 못해도 아흐레. 아이가 고무 대야를 들추고 숨어든 건 구옥이 예상도 예측도 하지 못한 일이었다. 구옥의 잘못이라고 할 수는 없었다. 서랍장은? 그 또한 고무 대야 속에 아이가 있는 줄 모르고 올려놓은 걸 텐데. 어떻게 이런 일이 벌어질 수가 있나? 구옥은 침침해지는 눈으로 몇 번이고 화면을 들여다보았다.

알고 있었어요.

경찰은 말했다.

뭐를요.

구옥이 물었다.

잘 보세요.

서랍장 주인의 뒷모습을 구옥은 골똘히…… 지켜보면서도 저도 모르게 뭐를요, 뭐를 말이에요, 하고 화내듯 항변했다.

서랍장을 올려놓고 고무 대야가 들썩이죠. 두 번, 아니 여기서 한 번 더 해서 세 번. 계속 보고 있잖아요. 아는 거예요. 고무 대야 안에 뭔가 있는 걸 알고 있는 거라고요.

그 말을 들으면서도 구옥은 고개를 가로저었다.

아니에요, 아닐 거예요……

그리고 한참을 움직이지 않고 서 있던 서랍장 주인이

뒤돌아 걸음을 떼었을 때 구옥은 차라리 눈을 감아버렸다. 신원을 확인한 뒤, 아시는 분일까요?라며 경찰이 내밀었던 두 장의 사진이 구옥의 손에 들려 있었다. 한 명은 아이였고, 다른 한 명은 유자였다.

구옥과 유자는 아파트 단지 내에서 만났다. 긴 투병 끝에 남편이 떠나고, 구옥이 그와 함께 살던 주택을 정리해 혼자 지내기 적당한 아파트를 구했을 때였다. 크진 않아도 소소하게 딸린 마당에서 상추 따고 방울토마토를 길렀던 집이라 아까웠지만 구옥은 미련 두지 않고 옮겨왔다. 천 세대가 넘는 대단지, 그중 가장 작은 평형으로. 낙후된 구축이라 그나마 값이 싸서 결정이 수월했다.

구옥은 일흔을 바라보는 나이였고, 눈도 무릎도 더는 성하지 않았다. 학교를 나온 이후에도 도서관이나 문화센터의 독서 강좌를 맡아 꾸려보긴 했지만 길게 이어지진 못했다. 그만해야지, 나이 든 사람이 자리 꿰차고 있는 것도 볼썽사납잖아요. 구옥은 어딜 가도 점잖게 손사래를 쳤지만 자신이 더는 꺼내 먹을 식량이 없는 다람쥐 신세라는 걸 잘 알고 있었다. 저축은 일찌감치 바닥을 보이는 터였다.

그렇다고 제 앞가림하기도 힘든 진영에게 부담을 주고

싶지도 않았다. 이 정도라면 집 담보로 노후 연금 정도를 받아서 생활비로 쓸 수 있겠지. 한평생 일해서 손에 쥔 작은 집 한 채를 진영에게 물려주고 가면 더할 나위 없겠지만 그게 불가능할 거란 걸 모르지 않았다. 구옥은 자신에게 남은 시간이 얼마일지 셈을 하듯 이따금씩 상념에 잠기곤 했다. 내일, 아니 오늘 밤이라도 즉시로 고꾸라질지 어떨지 모르는 일이니까. 노인의 여생이라는 것은.

꿈과 성취라고 하면 너무 거창해 보이지만 그래도 미래를 기약하던 때가 구옥에게도 있었다. 남편과 결혼하고 딸을 낳아 길러내던 때의 성실한 동력이 분명히. 그러나 남편이 죽고 없는 지금, 그보다 먼저 품을 빠져나가버린 진영과 떨어져 사는 지금에는, '에너지'라고 부를 만한 게 남아 있지 않았다. 나는 노인인가? 낡거나 부서져가는 집을 손보지 못한 채 머무르는 기분으로 구옥은 자신의 노화를 허망하게 의식했다. 찌뿌드드하고 어색하고 부자유한 불편감이 하루가 다르게 늘어나는 걸 감각하며, 구옥은 자주 부당하다는 기분에 사로잡혔다. 토해낼 길 없는 섭섭함과 울적함을 느끼며 그래서 수면 보조제를 사들였다. 낯모르는 이 앞에서 정신 건강 운운하며 약물을 처방받고 싶지는 않아서였다. 치매 예방이니 어쩌고 하는 말들은 듣기에 더 껄끄러울 거였다. 이런 건 옳지 않아…… 화장실 거울 앞에 서서 구옥은 간간이 우물거리곤 했다. 흐리멍덩하게. 무언가 붙잡으려는 자세로.

구옥은 단지 내에서 우연히 한 벤치에 앉았던 이후로 유자와 교류했다. 대번에 친해진 건 아니었다. 구옥은 사회생활에 이골이 났으면서도 애초에 누구와 빠르게 사귈 수 있는 편은 못 되었다. 배워서 익힌 미소를 지을 줄 알았지만 실제로는 어디서든 쉽게 위축되고 의기소침해지는 성격이었다. 날 때부터 이렇게 생겨먹으면 어쩔 수 없어. **그런 건** 구옥에게 일종의 보호막과 같았다. 방어적이 되는 것에 익숙했다. 여름이 시작되려 하는데도 긴소매 옷과 긴 바지를 입은 구옥, 얇은 챙 모자를 눌러쓴 구옥의 곁에서 노란 조끼를 입고 흰 장갑을 낀 유자가 말없이 앉아 있었다. 비닐이며 플라스틱 컵 등 쓰레기를 주워 담은 종량제 봉투가 유자의 발아래 놓여 있는 터였다. 구옥은 유자의 조끼 가슴께에 은박으로 자수 놓인 글자를 흘깃거렸다. 구청 시니어클럽 봉사회. 구옥은 좋은 일 하시네요, 그럼 쉬다 가세요, 인사하고 일어날까 말까 망설였다. 그냥 일어나도 되는 걸 알지만 구옥에겐 오랜 세월 몸에 밴, 학습되어 고착화된 교양이 있었다. 그러나 구옥은 어째선지 힘이 빠졌다. 그늘을 드리운 느티나무 밑 벤치에서 둘은 그저 고요한 정오를 지났다.

그리고 별이 반짝 수그러드는 참에 유자가 느리게 말을 걸어왔다. 선글라스 끼고 다니셔야 돼요, 눈 금방 버려요…… 구옥은 반사적으로 유자로부터 몸을 틀어 앉았다. 한동안 정적이 감돌다가 구옥이 입을 뗐다. 어, 색안경을 끼면 사람들이 더 쳐다보니까요. 구옥이 우물거리니 유자가 알죠, 대꾸했다. 그 심드렁한 태도에 구옥은 의외로 마음이 느슨해졌다. 굳이 설명을 늘어놓지 않아도 되는 상대를 만나는 일은 드물었다. 어렸을 때 보고 자랐어요. 내가 알던 동네 어르신은 그쪽보다 훨씬 심했어요. 정말 말도 못 하게 새하얗더라고요, 사람이. 우리나라 사람이 맞나, 누가 봐도 놀랄 정도로요. '심했다'는 말을 곱씹으며 구옥은 순간 괴팍한 마음이 솟았다. 돌도 던지고 그랬어요? 잡아, 병신이다, 소리 지르며 쫓아다니고요? 그러나 입 밖으로 내진 못했다. 구옥은 유자에게 나쁜 의도가 없었을 거라고 여겼다.

어쩜 그렇게 피부가 백옥 같으세요. 하얀 사람 부러워요. 저는 까무잡잡한 편이라 언제나 손해 보는 기분이에요. 이제껏 구옥은 그런 말들을 들어왔다. 질병인 줄 모르면 누구랄 것 없이 호의와 친절로 다가와 구옥을 부러워했다. 피부가 희면 연약하더라고요, 하면서 구옥이 옷으로 꽁꽁 싸매는 걸 무리 없이 받아들였다. 구옥은 멜라닌 색소가 부족해 피부색이 밝게 보이는 것이 어째서 '희고 깨끗하다'로 정의되는지 알 수 없었다. 그리고 어느 정도 친밀해진 뒤에 구옥이 백색증 환자라는 걸 알게 되면 대부분은 엇비슷한 반응을 보였다. 아. 어쩐지. 이상하더라고요…… 그들이 반사적으로 한 보씩 뒤로 물러설 때, 자신의 흰 피부가 아름다움에서 이상함으로 바뀌는 순간에, 구옥은 늘 어디론가 굴러떨어지는 기분에 사로잡혔다. 등허리와 목덜미에 타격을 입기라도 한 듯 형언할 수 없이 나쁘고 고약한 상태에 휘감겨 헤어 나오지 못했다. 그러면서도 구옥은 자신이 상처받았다는 사실을 드러내지 않으려고 노력했다. 감정을 들키는 건 어리석은 짓이었다. 에이, 이 정도는 아무것도 아니죠, 세상에 아픈 사람이 얼마나 많은가요?라며 괜찮은 척 굴었다. 아무렇지 않아 하면 아무것도 아닌 게 된다. 구옥은 그것을 명심했지만 역시 가르치는 분들은 마인드부터 다르시군요,라는 대답에는 극도의 피로를 느꼈다.

유자는 이 낙후된 아파트가 신축이었던 때부터 살았고, 젊은 날에 남편을 잃은 뒤로 긴 시간 혼자였다. 아들 내외는 멀리 외국에 있다고만 들었다. 간간이 통화는 하는 듯했지만 찾아오는 걸 본 적은 없었다. 어디까지나 비슷한 처지. 유자가 두 살 어렸지만, 구옥은 나이와 상관없이 그게 얼마간 안심이자 위로가 된다는 걸 인정했다. 젊었던 내가 만년에 도착한 이곳이 정상 범주라는 것. 신이 유별나게 나만을 벌세우듯 이곳으로 옮겨다 세워놓은 건 아니라는 것.

구옥은 유자에게만 한탄하듯 토로한 적이 있었다. 대학에 가자마자 자취를 시작한 딸이 한 번씩 들를 때를 대비해 방 두 칸을 얻었다고. 그러나 애초에 원룸이었어도 됐겠다, 싶다고. 그 정도로 진영의 방문은 뜸했다. 그러면 유자는 덤덤히 말을 보탰다.

언니, 나는 기껏 아들 길러 결혼시켜놨더니 딱 두 마디 들어봤어요. 하나는 도와주세요. 지 새끼 길러달란 얘기였고. 다른 하나는 기다려주세요. 뼈 빠지게 일곱 해를 키워놨더니 외국으로 나간대. 다녀온다는데 어째요. 다신 안 온대도 가라고 해야지. 아들이 겨우 두 마디로 자기를 부르고 또 떠나갔다고 유자는 말했다. 오라면 오고 있으라면 있었다고. 그게 동의 없이, 함부로 새끼를 놓은 어미가 감당해야 할 몫이자 책임이라고 여기는 것처럼 유자는 쓸쓸해하지도 않고 특유의 낮은 어조로 말했다.

낳아달라고 안 했잖아요? 유자는 아들이 열여섯에 울부짖던 걸 다 늙어서 되새기며 살았다고 했다. 꼭 한 번 아들이 침을 뱉듯 대들었던 때의 그 눈빛, 입술 사이로 흘러나오는 분노를 잊지 못해서 시키는 대로 손자를 어르고 달래어 업었다고. 늙어 굽어버린 등을 내주고 애먼 빚을 갚는 기분이었다고. 알잖아요, 언니. 난 나쁘고 싶지 않아요. 나는 못 먹고 못 배웠지만, 나쁘게는 안 살았어요. 떼 지어 죽은 닭들을 몰아내고 양계장을 헐값에 넘기던 때에도 나는 안 부끄럽고 떳떳했어. 농담하듯 떠드는 유자의 속내가 어떨지 구옥은 헤아려졌다. 세상 모든 아이에게는 매일의 환대가 필요했을 것이다. 지극한 반김이 절실했을 것이다. 살기 위해서, 먹고 자는 데만도 품이 들어서, 부모가 매일 어떠한 고난과 피로 앞에 당도해 있다고 하더라도 그것까지 제게 짐 지우지 말아야 했다고 주장하는 건 그러니 당연했을 것이다. 주지 못한 건 사랑이 아니라 돈과 시간이었지…… 구옥은 고개를 끄덕이며 유자의 말을 들어줬다.

구옥의 눈에도 진영은 오래 공부하느라 정신을 놓고 살았다. 고등교육을 받은 구옥으로서도 짐작하고 상상할 수 없을 만큼의 공부를 하는 듯 보였다. 박사과정에 진학해 도무지 알 길 없는 학업을 지속하던 진영은 어느 봄날에 대학 강의를 시작했다고 알려왔다. 그 전화를 교무실 밖으로 나와서 받았다. 퇴직 전에 마지막으로 참여한 회의가 끝난 직후였다. 어수선한 소음에 휘말려 그럼 교수가 된 거니? 하고 반색했는데 수화기 너머로 시급 받는 강사예요, 소리가 들려와 구옥은 머뭇거렸다. 임용 아니고 고용이요. 진영이 덧붙였다. 그래. 밥 잘 챙겨 먹고. 구옥은 그렇게만 말하고 전화를 끊었다. 그로부터 10년 가까이 진영은 학기마다 전국을 떠돈다고 알려왔다. 어느 날은 부여, 어느 날은 경주에서 벚꽃이나 단풍나무 이파리 따위를 찍어 보냈다. 생일이나 명절 그리고 어버이날에나 한두 장 받아 보는 사진이었다.

그저 알아서 잘하겠거니, 바른 선택이겠거니. 구옥은 묵묵히 바라봐주었다. 품 안을 벗어난 자식에게 그것 말고는 할 수 있는 게 없었다. 그러나 자식에게 뭐라도 해줄 수 있는 게 없었다는 건 잘못이지…… 구옥은 진영이 이뤄낸 성과를 대견해하기에 앞서 다소 외롭고 죄스러운 기분에 휩싸이곤 했다. 진영이 외국으로 유학을 다녀오고 싶어 했던 걸 잘 알고 있었다. 부모로서 좀더 제대로 뒷바라지를 해주었다면 좋았을 거라고 생각할 때마다 구옥은 기운이랄 게 혹 쪼그라들곤 했다. 그러니 서운해할 자격도 없는 거겠지.

나쁘고 싶지 않다.

유자의 말은 그래서 구옥의 심금을 울렸다.

양계가 정말 녹록지 않았어요. 어쩌다가 시집을 그리

가서. 팔자도 드세지. 때마다 사룟값이 뛰고 전염병이 돌아요. 크게 한 번씩 휘청대고 또 빈털터리로 다시 시작하고. 그런 인생이라면 누구라도 지긋지긋하지 않았을까요. 남는 장사라는 말을 체감할 길도 없이 유자는 말 그대로 입에 풀칠하는 데 인생을 헌납했다고 말했다. 이제 와 유자는 계란프라이나 닭고기를 입에 대지도 않지만 인생을 잘 살아온 걸까 반문하게 되는 때마다 유독 목울대가 꼬꼬꼬, 따끔거린다고도. 그런 날엔 꼭 호되게 몸살을 앓게 되고 그게 매번 억울하다고도. 언니는 많이 배웠겠지만요, 나 같은 사람은 별별 게 다 억울해요.

구옥은 나도 마찬가지라고 대꾸하곤 했다. 결혼 생활은 어느 것 하나 쉽지 않았고, 고된 시집살이에 시달렸다고. 외국인 며느리를 들였다고 소문이 나서 남부끄럽다거나, 이름 한자가 나빠서 남편 잡아먹겠다거나, 무시받지 말고 살라는 어머니의 뜻으로 그 시절에도 학교에 다녀 교사직을 어렵게 얻었는데 배운 여자 어디에 써먹느냐며 시시콜콜 트집을 잡혔다고. 아주 보통의, 옛날 분이셨지. 그 등등한 기세를 누가 말릴 수 있었겠어? 구옥은 시어머니에 관해서라면 유자뿐 아니라 누구에게라도 그렇게 말했다. 하지만 시어머니에게 머리채라도 잡힌 날이면 천지분간 못하는 어린 진영에게 화풀이하듯 욕설을 했다는 얘기까지는 하지 않았다. 누가 나를 얕봐, 누가? 누가? 진영의 붉어진 두 눈에 두려움이 차오르는 걸 본 다음 날에는 학교에서도 분을 누그러뜨리지 못해서 자식 같은 아이들을 벌주고 거세게 몰아세웠다는 말도 꺼내지 않았다. 적정 수준의 훈육과 체벌이었다고 나중에는 태연히 합리화하게 되었으니까. 무엇보다 내가 힘들었어. 죽을 만큼 힘이 들었어. 구옥은 그런 말은 속으로 삼켰다.

교직은 천직이었어요. 아이들을 가르치는 일로부터 삶의 의미와 영감을 부여받았다고 할 정도였죠. 대신에 고해하듯, 그것만이 진정이라는 태도로 말했다. 교사로서의 품위를 잃지 — 박탈당하지 — 않아야 한다는 생각만이 강했다. 명예퇴직에 동의하고 난 뒤 교감 발령을 통보받았던 때를 그러나 구옥은 자주 떠올렸다. 퇴임식 당일 아침이었다. 퇴임식장에 내걸린 현수막에서 '교감 이구옥'을 보았을 때. 30년이 넘도록 평교사로 재직했는데 하루살이 교감으로 퇴직해야 했을 때. 동료 교사들이 수군거린다고 느꼈을 때. 모욕은 언제나 가까이에서 엄습해왔다. 마지막이라고 다르지 않았다. 구옥은 뒷덜미를 깨물린 듯 당황스러운 분노에 시달렸지만, 이제 더는 그 화를 토해내거나 풀어낼 길이 없다는 사실마저 모질게 견뎌야 했다. 구옥은 균형을 잡고 서 있으려고 단단히 애를 썼다.

구옥의 평화

세상천지에 나쁘고 싶은 사람이 어디 있나. 나쁘고 싶지 않았다. 딸에게도. 더불어 나 자신에게도. 대체로는 그런 마음으로 살아왔어. 삶을 향한 진정 어린 의지를, 신이 나를 여기 던졌다면 어떻게든 살아내고 말겠다는 이 순결한 애정을, 누군가는 알아주고 있다고 믿었어. 아무도 나를 벌할 수 없고, 나 또한 누구도 탓할 수 없다고, 종교는 없지만 그게 성스러운 거라고 여겼다고. 너도 그랬다는 거겠지. 그런데 유자야. 그러니 설명해봐 유자야. 나쁘고 싶지 않다고 했잖아. 이게 무슨 일이냔 말이야……

구옥은 절박한 심정으로 눈두덩을 비볐다.

아이는 쫓기는 중이었다. 같은 반 아이들로부터. 다문화가정 아이를 향한 지속적인 괴롭힘이었고, 그건 아이가 고무 대야 속으로 몸을 숨겨야만 하는 이유가 되었다. CCTV 화면 속에서 아이를 찾으러 달려온 아이들은 맹렬히 고함을 지르는 듯 보였다. 나와!인지 찾아!인지 정확하진 않았지만. 입 모양만 봐도 그건 위협적으로 느껴졌다. 아이들이 화면 밖으로 빠져나갔을 때, 사방이 조용해졌을 때, 고무 대야를 뒤집어쓴 채로 초겨울의 아스팔트 위에서 몸을 웅크린 아이는 얼마나 안도했을까. 오늘 하루도 끝났다,고 기진한 얼굴로 울진 않았을까. 잠시 잠깐 졸음이라도 몰려오지 않았을까. 그래도 이제 일어나야지, 마음먹었을 거였다. 일어나서 집에 가야지, 생각했을 거였다. 하지만 짓눌리는 무게에 아이는 웅크린 몸을 일으키지 못했을 테고 아이는 대번에 버둥거렸겠지만……

구옥은 생각을 잇는 것만으로도 피로웠다. 유자가 왜? 유자는 그런 짓을 할 수가 없는데? 나는 나쁘고 싶지 않아요. 유자는 그 말을 입버릇처럼 달고 살았다. 그건 구옥이 어떻게든 설명할 수 있었다.

구옥의 백색증을 단번에 알아보고도 유난스레 굴지 않았던 유자를 많이 의지했다. 병증이 눈으로 번지기 시작한 뒤로는 더 그랬다. 구옥은 여름 다 지나 가을로 접어드는 태풍이 올 때면 유난히 겁을 내곤 했는데, 유자는 그런 날엔 제집으로 돌아가지 않고 구옥의 곁에 누워주었다. 라디오를 작게 틀어놓고는 베개를 가져와 베고 누우면서 유자는 말했다. 사람 아닌 거는 무서워하지 마요. 그 말에, 구옥은 사랑 담뿍 주었던 그러나 일찍 세상을 뜨고 만 어머니를 떠올리기도 했다.

구옥은 9남매의 막내딸. 이름 그대로 아홉번째 구슬이었다. 구옥은 누구에게랄 것 없이 놀림받기 일쑤였다. 눈에 띄지 않을 수 없었으니까. 햇볕이 닿으면 아프고 따가워서 한여름에도 마음껏 살갗을 드러내지 못하고 살았다.

어머니만이, 집 안 어딘가에 숨어 울고 있는 어린 구옥을 찾아다녔다. 그리고 품에 안고 노래하듯 말했다. 흰 새야, 울지 마라. 흰 새는 기쁜 소식을 가져온단다…… 그렇지 않다는 걸, 구옥은 분명히 알았다. 사람들은 변이로 태어난 동물은 길조라고 좋아하지만 같은 사람에겐 반대로 경계심을 품고 그악스레 군다는 걸. 같은 사람인데.

사람이 제일 무섭지, 사람 아닌 거는 무서워할 필요가 없어요, 언니. 유자는 말했고, 구옥은 고개를 주억거렸다. 맞지, 맞지. 사람에게 상처받은 적이 없을 리가. 떠올리기 싫을 정도로 충분히 고통받았지. 자라는 내내 혼혈로 오해받았고, 저 한국 사람이에요, 국적을 해명해야 했다. 하물며 결혼도 출산도 사회생활도 전부 다 어렵고 힘겨웠지만 악착같이 살아왔다. 돌아보면 무엇을 그리 붙들었던 건지도 아리송할 정도로. 잘 알면서도 유자에게 되묻지는 못했다. 무슨 일이 있었느냐고. 살면서 어떤 일을 또 겪었느냐고. 구옥은 **그런 건** 구태여 캐묻지 않았었다. 이 나이쯤 되면 토해내고 싶은 게 많을수록 입을 더 다물게 되는 법이니까. 그리고 어설피 굴지 않았던 그 태도가 늘 옳았다고 여기게 되는 적이 많았다.

하지만 유자에게 묻지 않은 것이…… 그것만일까?

구옥은 성급히, 다른 장면들을 끄집어낸다. CCTV 화면이 전환되어 재생되는 듯 착각이 인다.

화면 속에서 구옥과 유자는 벤치에 나란히 앉아 있다. 교복을 입고 단지를 오가는 학생들을 바라본다. 흑백의 유자가 입을 벙긋거린다. 버러지 같은 새끼들! 구옥은 뭐? 하고 깜짝 놀라 스카프를 매만진다. 언뜻 보면 한국인 같죠, 언니? 세상 참 말세예요. 핀셋으로 이 잡듯 골라내야 하는데. 언니, 나는 나쁘고 싶지 않아요. 근데 우리 사회가 당면한 문제가 너무 많다고요. 우리가 정말 단일민족이에요? 구옥은 고개만 흔든다. 무슨 말을…… 아유 참, 무슨 말을 그렇게 해, 하고 손사래를 친다. 어떻게 내 앞에서? 라는 말은 선뜻 꺼내지 못한다. 내가 너와 친하지 않았다면 너는 나를 보고도 똑같이 말했을 거야, 그치, 맞지, 라는 생각은 생각으로만 그친다. 다른 민족의 피가 섞였지만 한국 사람인 아이와, 한국 사람이지만 한국 사람으로 보이지 않는 구옥은 어떻게 같고 어떻게 다른가. 구옥은 멈춘다. 입 다물고 만다. 하지만 유자는 멈추지 않는다. 더 많은 말을 한다. 언니는 학교 선생님을 그렇게 오래했다는 사람이 어쩜 그렇게 사회문제에 관심이 없어요? 네? ……

어느 날에 유자는 SNS 프로필에 사진 한 장을 올려놓는다. '정의상실'이라는 간판을 구옥은 정의 상실,로 읽었다가 이내 정 의상실이구나, 깨닫는다.

어느 날에 유자는 '다문화 정책 지속되면 의료보험 파탄난다'라는 제목의 유튜브 동영상 링크를 전송해온다.

어느 날에 유자는 화교 학교 이전 동의라든가 다문화 특성화고 설립 반대와 같은 성명서를 가져와 사인을 종용한다.

또 어느 날에 유자는 구청 앞에서 피켓을 든 무리에 끼어 있다. 시위 집회인 줄 모르고, 백신 패스 없어도 되니까 몇 시까지 어디로 꼭 오라는 당부에 머뭇머뭇 찾아갔다가 멀리서 본 광경에 옴짝달싹 못한다. 결연한 눈빛으로 서 있는 유자, 그가 든 피켓에 붉은 글씨로 씌어져 있는 걸 구옥은 찬찬히 읽는다. 다원화 거점 도시 추진 금지, 이중 언어 학교 폐교하라, 조선족을 몰아내자, 대한민국을 지켜내자, 이제는 우리가 단결해야 할 때.

어느 날은 여러 날이 된다.

그리고 또 어느 날에……

화면은 자꾸만 재생된다. 시간은 고배속으로 흐른다. 벙긋대는 유자의 입 모양만 보고도 구옥은 모든 걸 알아차릴 정도로 기억이 선명히 되살아난다.

구옥과 유자가 사는 아파트는 지어진 지 오래된 구축이고 재개발이 되니 마니 해마다 소란스러운 곳이었다. 낙후된 동네라 노인 가구가 많았는데 그래도 근처에 공단이 많아서 일자리를 찾는 젊은 세대가 꾸준히 유입되었다. 중국, 베트남, 필리핀, 태국, 인도네시아 등의 국적을 지닌 외국인들이 취업 비자로 들어와 결혼과 임신으로 정착했고, 아이를 낳았다. 그 아이를 길러 학교에 보냈다. 유자는 터줏대감처럼 굴었고, 잘못된 건 바로잡아야 한다고 강조했다. 잘못이, 거듭 잘못된 것들이 유자의 세계에는 넘쳐났다. 언니, 이거 봐요, 큰일 났어요! 해가 갈수록 유자는 그런 말을 알람처럼 알려왔다. 10시예요, 3시예요, 하듯이. 큰일이 났다고. 정말이지 큰일이 나버렸다고.

유자는 구청 시니어 클럽의 봉사 회원이자 아파트 주민자치위원으로 일했고, 그 밖에 구옥이 이름을 다 헤아릴 수 없는 온갖 모임의 대표로, 집회 구성원으로 참여했다. 구옥의 눈에 유자는 과잉된 흥분에 휩싸인 듯 보이는 때가 잦았다. 구옥은 이따금씩 유자에게 그건 좀 너무하다, 라는 식의 말을 건넸지만 그 또한 유자의 기분을 망칠까 ─ 상하게 한다기보다 망친다는 표현이 더 맞았다 ─ 싶어 마음이 좁아들곤 했다. 대체로 유자가 그렇게 대꾸해서였다. 언니는 뭘 몰라도 한참 몰라.

구옥은 유자가 어색하게 느껴질 때면 유자네 현관문 비밀번호를 중얼거리는 습관이 들었다. 유자가 만들어줬던 귤사람의 모양을 떠올리고, 그가 단박에 바꿔놓은 빨리 팔팔이오 팔팔을 읊조렸다. 그때의 유자는 구옥의 동생이고 친구이고 유일무이한 지인이었다. 둘 다 혼자 사니까, 무슨 일이 생길지 모르니까, 그래도 우리 되도록 빨리 발견됩시다, 하고 말하던 다정하고 위트 있는 단짝이었다. 유자가 전혀 고독하지 않다던 말을 구옥은 믿었던가? 나 죽어도 아들 내외는 한참 모를 거예요, 사는 게 바빠서, 하던 말도 구옥은 귀담아들었던가? 구옥은 자신이 태만했다고 느꼈지만 이내 고개를 가로저었다. 성급하지 않고 싶었어. 서툴고 싶지 않았을 뿐이야. 판단 보류인지 불가인지 그렇게까지는 생각하고 싶지 않았어. 구옥은 어쩐지 조급해졌고, 모든 걸 부정하려는 의지만이 강해졌다. 나는 **그런 건** 정말 잘 모르겠어,라는 구옥의 말은 어느 정도 진실이었고, 그것 말고는 달리 선택지가 없었다고.

구옥은 유자의 마지막 모습을 두려울 정도로 여러 번 돌려 보았다. 유자는 어디로 갔나? 유자에게 누가 있었나? 구옥은 마스크 속에서 통증을 느낄 정도로 이로 아랫입술을 깨물었다.

찾는 중입니다, 찾아내야죠.

경찰은 말했다. 우리 되도록 빨리 발견됩시다…… 유자의 목소리가 들려오는 것만 같았다. 구옥은 지친 와중에 어떤 회의를 느꼈지만 대꾸 없이 창밖을 바라보았다. 며칠 전엔가 마지막으로 통화했을 때 유자는 기이하달 정도로 들떠 있었다. 나 빼고 무슨 좋은 일 있어? 구옥은 물었는데, 유자는 싱겁달 정도로 쾌활하게 대답했다. 언니, 다 잊어요. 좋은 일도 나쁜 일도 다 잊는 거예요. 사람 일이란 건 원래 다 잊게 돼 있어요. 그게 무슨 뜬구름 잡는 말인지도, 구옥은 제대로 묻지 않고 전화를 끊었다.

구옥은 간이 참고인 진술을 마무리하고 일어섰다.

전화 오면 바로 연락 주셔야 돼요, 어르신! 감춰줘도 안 돼요!

관리소장이 눈을 부라리듯 다그쳤다. 구옥은 떨리는 손으로 문을 닫았다.

캄캄해진 거리에 싸라기 같은 흰 눈송이가 조용히 흩날리고 있었다. 차디찬 어둠 속에 손을 내밀고 우두커니 섰다가 집으로 돌아왔다. 미접종자 백신 권고. 3차 접종 안내. 손에 쥐었던 전화기에는 안전 문자 알림만이 재촉하듯 깜빡였다. 이게 다 무슨 일인지 모르겠다고, 감조차 잡지 못하겠다고, 구옥은 외출복 차림 그대로 쓰러지듯 거실 바닥에 누워버렸다. 질문할 수 없어. 구옥이 느낀 절망감의 정체는 그것이었다.

아이의 이름은 다를Darl. 유가족이 장례를 미루고 있다고, 경찰은 말한다. 유자의 집은 비어 있고, 행방을 알지 못하는 상황이라고.

구옥은 흑백 화면 안에서 두꺼운 점퍼를 입고 둥근 모자를 눌러쓴 유자의 뒷모습을 본다. 이틀 전, 뛰듯이 걸어서 아파트 입구를 빠져나가는 장면을 본다. 은자가 맞나요. 맞습니다. 정말 맞나요. 구옥은 거듭 묻는다. 은자가, 내가 아는 유자가 맞느냐고 묻고 싶다. 친분 있던 사이가 맞으시죠? 경찰이 미간을 찌푸리며 되묻는다. 구옥은 시신경이 끊기기라도 한 듯 어떤 자극에도 반응하지 못한다.

지난가을, 아니 여름 언젠가…… 제대로 기억조차 나지 않는 오래전 어느 날 밤에, 아이와 유자가 함께 있는 걸 본 적이 있다고 구옥은 말하지 않는다. 101동에서 분리수거장으로 돌아 나가는 좁은 골목에서 아이 앞에 서 있던 누군가를 보았다고 입을 떼지 않는다. 아이는 무릎을 꿇고 앉아 하체를 세우고 양팔을 나란히 든 채로 머리와 목, 어깨와 등을 동시에 구부리고 있다. 오리 자세. 구옥은 그게 뭔지 안다. 딸아이에게, 학생들에게, 수도 없이 벌주던 숫자 2의 모양새. 아이는 다를이고, 다를의 앞에 누가 뒷짐을 지고 서 있는지 구옥은 그 또한 안다. 뒤태만 봐도 알아차린다. 절대로, 알아차릴 수가, 있다.

그러나 구옥은 가만 섰다가 조용히 뒤돌아 움직였다고 말하지 않는다. 바닥에 닿으면 녹아버리는 싸락눈처럼 사라지려 했다고, 알은체하지 않고 그 자리를 벗어났다고 털어놓지 않는다. 다 잊는 건, 잊어버리는 건 나였다고 숨김없이 드러내지 않는다. 아무렇지 않아 하면 아무것도 아닌 게 되는 거니까 그러니까 **그런 건** 잘 모르겠다고만 생각한다. 물을 수도 없고, 알고 싶지도 않았다고.

진영의 논리

왜 그랬느냐고 이유를, 누군가 묻는다면 진영은 말할 거였다. 어깨에 무거운 것을 지고 출입문 손잡이를 잡아주는 사람에 대해 생각하고 있었다고. 그건 생각할수록 이상한 일이었다고.

그해 봄은 유난히 흐린 날이 많았다. 꽃잎이 피는 줄도 모르고 떨어졌다. 진영은 땅만 보고 타박타박 걷다가 고개를 드는 찰나에, 누군가 출입문 손잡이를 잡아주고 있다는 걸 알았다. 어? 죄송해요. 진영이 서둘러 말하며 안쪽으로 몸을 끼워 넣었다. 괜찮습니다. 그는 노래하듯 답하고 유연히 몸을 돌렸다. 진영은 그가 오른쪽 어깨 위에 커다란 택배 박스를 두 상자나 올리고 있는 걸 봤다. 잠시 바닥에 내려놓았던 여섯 개들이 생수 묶음도. 모자와 마스크를 써서 표정은 보이지 않았지만 그의 목덜미에서 땀이 흘렀다.

엘리베이터는 마침 1층에 멈춰 있었다. 진영이 주춤거

리며 따라가는 사이에 그가 또 재빨리 버튼을 눌렀다. 어깨에 두 박스를 진 채로도 한 손으로 생수 묶음을 경쾌하게 들었다 내려놓길 여러 번이었다. 진영은 쭈뼛댄 게 미안해서 어쩔 줄 몰랐다. 승강기 문이 열리고 함께 올랐다가 그가 먼저 5층에서 내리고, 진영이 한 층 더 위로 올라가 6층에서 내렸다. 그가 5층에 물건을 부려놓고 비상계단으로 뛰어 내려가는 소리가 들렸다. 두세 칸씩 성큼성큼 건너뛰는 듯했다. 진영은 저도 모르게 몸과 마음을 사선으로 기울이며 가만 서 있었다.

 그날 이후 진영은 줄곧 그를 떠올렸다. 오전 9시부터 여섯 시간씩 이어진 강의를 마치고 나설 때에도, 매달 말일에 입금되는 강사료 명세서를 들여다볼 때에도, 수화기 그림과 함께 발신인이 '엄마'라고 뜨는 전화기 화면을 오래 응시할 때에도, 하다못해 밥을 먹거나 자려고 누울 때에도, 진영은 낯선 방문객을 바라보듯 멍해졌다. 어깨에 무거운 것을 지고 출입문 손잡이를 잡아준 그는 뒤에서 걸어오는 타인을 의식하지 않고 바로 엘리베이터에 올라탈 수 있었을 것이다. 던지듯 내려놓고 싶은 무거운 중량의 상자를 어깨에 진 채였으니까. 마침 뒤따라오는 사람이 그보다 먼저 내린다면 그 시간만큼을 더 기다려줘야 했을 텐데. 그런데 왜? 왜 그는 뒤돌아 살폈을까?

진영은 그랬던 적이 없었다. 살면서. 언제나. 타인을 위해 무언가 배려하고 양보했다면 그건 어깨에 무언가 짊어지고 있지 않았을 때. 두 손이 가뿐하고도 홀가분했을 때. 기분이 내켰을 때. 우연히. 뜻하지 않게. 땅만 보며 걸어오는 누군가를 기다리고, 짐을 진 상태로 출입문 손잡이를 잡아주고, 허둥대며 안쪽으로 들어선 사람과 승강기에 같이 올랐다가 계단을 뛰어 내려가는 건, 진영은, 아무리 생각해도 이해가 되지 않는 일이었다.

어떻게?

그는 어떻게…… 그럴까?

'전'을 만나러 나가면서 진영은 집과 공동 현관을 두 번이나 왕복했다. 처음엔 비가 오는 줄 몰라서 망연히 서 있다가 다시 올라가서 우산을 가져왔고, 그다음엔 우산을 꺼내느라 손에 쥐고 있던 지갑을 신발장 아래 칸에 내려놓았다는 걸 깨달았다. 외출하기 전부터 체력이 달렸다. 계절은 바뀌는데 여전히 땅만 보며 걷는 나날에, 더는 아니다, 마음을 고쳐먹길 수차례…… 아무런 기대도 없이 지속되는 일상이 잔혹하게만 느껴졌다. 진영은 우산을 쓰고 장맛비 속을 걸었다.

전에게 연락해 약속을 잡은 뒤로 일주일은 내내 갈피를

잡지 못했다. 진영은 결정을 앞두고 있었고, 전과 상의까지는 아니지만 사실을 알려줘야 하는 의무가 있다고 믿었다. 전화를 걸었던 건 단지 그 이유였다. 전에게는 아무런 미련도 없었다. 그럼에도 불구하고 맨 처음 통화가 연결되고, 잘 지내?라고 진영이 묻고, 우리가 서로 안부 묻는 사이는 아니지 않나?라고 전이 대답하기까지의 침묵이 잊히지 않고 불쑥불쑥 되살아나서 밤마다 잠을 설쳤다. 한번 만나고 싶다는 진영에게 전은 기다렸다는 듯이 비아냥거렸던 것이다. 그래 그럼, 마지막에 만났던 그 식당에서 보자. 내내 찜찜했거든. 꼭 한 번은, 우리가 '같은' 국밥을 먹어야 하지 않겠어?

감염병 시대답게 어수선한 분위기에, 마스크를 쓰고 가림막 사이로 건너 앉은 학생들 앞에서 진영은 저도 모르게 눈꺼풀이 무거워지곤 했다. 간신히 머리를 흔들고 입을 떼면서도 진영은 전의 그 말들을 수시로 되감았다. 전을 만나는 게 옳은가 갈팡질팡하면서도 한 번은 만나는 게 좋겠다고 마음을 다잡았던 건데, 진영은 전과의 통화를 끝내고 난 뒤에야 자신이 **이미** 결정을 내렸다는 걸 알게 되었다.

진영은 생계 곤란을 겪는 강의 노동자였다. 전공과목을 맡기란 요원했고, 보통 글쓰기 지도 강좌로 불리는 '교양

국어'를 맡았다. 진영은 거의 매일 첨삭에 매달렸다. '나의 이력서'라든가 '취향 존중' '가족과 사회' 등의 주제어를 제시하고 아이들이 산문을 우르르 써 내면, 진영이 빨간색 사인펜을 쥐고 A4용지 뭉치를 넘겼다. 눈알이 빠개지는 통증과 사지가 녹아내리는 피로감은 예사로 알아왔다. 하지만 전과 헤어지고 두 달이 지나서야 생리가 끊겼다는 걸 자각했고, 뜻밖에도 임신을 확인했다. 걸을 때마다 땅이 울리는 것 같고, 시도 때도 없이 졸리던 이유가 있었구나. 진영은 좌절했다.

강의를 마치자마자 서둘러 들른 산부인과에서 태아 초음파 사진을 건네받았을 때 진영은 백지상태의 머릿속을 헤집으며 무엇을 떠올렸나? 그와 동시에 손에 쥔 전화기에서 메일 수신음이 울렸을 때는? 연구역량지원실에서 보낸, 강사 계약 만료 안내 고지서를 진영은 우두커니 서서 바라보았다. '신진영 님은 당년 퇴직 대상자입니다. 신규 강사 임용에 응시할 수 있습니다.'

전과는 대학원 선배인 윤의 소개로 사귀었다. 학회 소논문 발표 전날까지도 질의자를 구하지 못해서 동동거렸는데, 어디선가 듣고 윤이 먼저 전화를 걸어왔다. 박사 후 연구원인 선배가 선뜻 질의를 맡아준다고 했을 때 진영은 구원이라도 받은 심정이었다. 내가 좀 한가하거든. 윤의 농담에 안도하며 진영은 밥 사드릴게요,라고 말했다. 윤은 아니야, 하더니 뜻밖의 소개팅을 주선했다. 아내의 대학 동기여서 몇 번 만나봤는데 남자답고 괜찮다,라는 권유였다. 나중에 둘이 잘되면 더 맛있는 밥 얻어먹을게. 윤의 부추김이 부담스러웠지만 그가 내민 호의에 대한 빚을 갚으려고 전을 만났다. 예쁘고 성격 좋은 후배라고 형한테 들었는데, 가방끈까지 기시네요? 학회를 무사히 마친 다음 날 일요일, 카페에서 마주 앉은 전이 싱글거리며 건넨 첫마디였다.

전은 자신을 평범한 사람이라고 소개했다. 평범하고 그리고…… 뭐라고 해야 하죠, 어색하네요,라며 머리를 긁적였다. 특별히 모난 데 없고 차가운 편도 아닙니다. 그저 상식적인 수준의 톤 앤드 매너를 갖췄다고 해야 할까요. 전이 말했다. 톤 앤드 매너요?라고 진영이 난감한 듯 묻자, 다시 답이 되돌아왔다. 나쁜 놈은 아니란 얘깁니다. 그 말에 진영은 그저 고개를 끄덕였다. 유난하게 뭔가를 — 가족관계, 혈액형, 취미, 특기, 직업, 자산 등을 — 캐묻는다거나 지나치게 수다스러운 성격은 아닌 것 같아서 진영은 전과 시간을 보냈다.

이제 와 돌아보면 어떻게 그와 1년이 넘도록 만났을까

싶지만, 사귀기로 한 초반에 전은 대체로 다정하고 유머러스한 편이었다. '내 사람'이라고 생각하면 나는 목숨 걸어요. 전은 은근한 태도로 말했다. 그 말들이 뜻밖에도 진영에게 위안이 되었다. 혼자 지내온 시간이 오래돼서 누군가에게 기대고 싶다는 감정조차 모르고 살았는데, 전이 어딘가 비었던 곳을 채워주는 기분이었다. 우울감이나 외로움에 너무나 만성화되어 있었다고 당시에 진영은 스스로를 연민했는지도 몰랐다. 특정 상대와 나누고 접촉하는 방식의 은밀한 정다움에 취했던 건지도 몰랐다. 전의 전화기에 진영의 이름이 '내 사람'으로 저장되어 있는 걸 봤을 땐, 뜻하지 않은 설렘과 충만감으로 그날 밤 쉽게 잠들지 못할 정도였으니까. 그러나 서로 친밀해지고 익숙해지면서 전의 화법과 태도는 미묘하게 달라졌다. 초반엔 진영이 불편해하는 것이 맞는지조차 헷갈렸다. 혹시 내가 너무 예민한 건 아닐까? 고개를 갸웃거리게 되었다.

진영은 점차로, 이제껏 기피하고 경멸해왔던 이들과 전이 별반 다르지 않다는 회의감에 젖어들었다. 그는 충분히 예상 가능한 범주 내에서 말하고 사고하고 움직이는 유형이야. 자신이 '특별히' 모난 데 없고 차가운 편도 아니라고 여기며, 또 자신은 상식적인 수준의 남자다움을 갖췄다고 '믿고 있는' 타입.

전은 키와 몸집이 작은 진영을 배려하려고 차도 쪽으로 걷는다. 그러다 지나던 차가 갑작스레 경적을 울리거나 오토바이가 아슬아슬하게 비껴 지나가면 감탄사를 뱉듯 욕설하고, 진영을 돌아보며 묻는다. 많이 놀랐죠? 하여간에 이 나라엔 불한당 같은 새끼들이 넘쳐난다니까.

전과 진영이 식당에서 메뉴를 골라 주문한다. 아무 문제 없이 맛있는 식사를 마치고 나온다. 그러고도 전은 어쩐지 떨떠름한 얼굴로 진영에게 이기죽거린다. 내 돈 내고 먹으면서 뭐 그렇게 감사한 게 많아요? 고개 숙이는 것도 버릇돼요.

진영이 기분 전환 삼아 미용실에 들른 뒤 데이트에 나간다. 전은 잠시 벙 찐 얼굴로 바라보다가 불쾌하다는 어조로 말한다. 내가 진영 씨는 긴 머리가 잘 어울린다고 하지 않았어?

그런 순간, 그런 일 들이 반복될 때면, 진영은 전이 첫 만남 때 말한 '평범한 사람'이라든가 '그저 상식적인 수준의 톤 앤드 매너를 갖췄다'는 자기소개에 대해 자주 곱씹었다. 자신을 낳고 기른 아버지를 세상에서 가장 존경하지만 비혼을 꿈꾸고, 자신을 낳고 기른 어머니를 세상에서 가장 사랑하지만 '여가부'와 '맘카페'를 혐오하는 삼십대 후반의 남성. 그가 축적하고 체화해온 경제적 자산과 사회적 교양과 사고방식을 가늠하면서 진영은…… '남자답고 괜찮다'던 윤의 말까지 성실하고 주의 깊게 복기하며 혼란에 빠졌다. 연애할 형편도 아니잖아, 왜, 그와 결혼이라도 할 수 있다고 생각했어? 곧잘 자조하기까지 했다. 진영이 개강 직후 봄의 초입을 지나며 전과 이별을 결심한 건 당연한 수순이었는지도 몰랐다.

헤어진 당일은 싸락눈이 날리던 3월 중순의 오후였고, 늦은 점심을 먹기로 했다. 전은 약속 시간보다 더 늦게 나타났다. 귀찮게 굴고, 별것도 아닌 게, 더러워서 내가 그만둬야지…… 그즈음 전은 부쩍 그런 말을 입에 달고 살았는데 그날도 마찬가지였다. 내가 지금 기분이 안 좋으니 건드리지 말라는 투로 도착하자마자 인상부터 찌푸렸다. 들어가자. 전은 춥다는 듯 어깨를 움츠리며 식당 문을 벌컥 열었다. 뒤따라 걸음을 옮기던 진영이 하마터면 문에 부딪힐 뻔했는데도 그는 무신경했다.

자리를 잡고 마스크부터 벗어 던지는 전을 바라보며 진영은 입을 다물었다. 30분을 기다리게 했으면서도 사과하거나 양해를 구하거나 사정을 설명하지 않는 그의 태도가 불쾌했다. 다만 기분 내키는 대로 말하고 행동하면 전이 처했던 과거의 상황이나 그로 인한 현재적 상태를 짐작해서 반응해주어야 하는 것에, 진영은 지칠 대로 지쳐 있었다. 전이 직장에서 겪는 불합리와 부조리가 무엇인지 진영은 제대로 파악할 수가 없었으니까. 전이 진영에게 바라는 이해심은 자신의 이기심을 전제로 하는 것이어서 대화가 되지 않았다. 진영은 아니라고 도리질 치면서도, 의아해하면서도, 자신이 전과의 관계를 놓지 못하고 만남을 지속해온 이유에 대해 생각해보는 때가 잦아졌다.

세상에 불만이 많긴 한데, 사람이 너무 순해빠져도 안 좋잖아?라고도 윤은 덧붙여 말했다. 사귄다고 하자 돌아온 반응이었다. 윤은 수육 한 점을 집어 들며 잘해봐, 독기 충만해 보이는 것도 열정이 있어서야,라며 빙그레 웃었다. 윤이 내보인 그 흐뭇한 미소에 기대를 걸어보고 싶었는지도 몰랐다. 세계의 이치와 질서를 일찌감치 파악한 것 같은 사람만이 지닌 모종의 비관주의와 공격적 태세가 의외로 안정감을 주기도 했으니까. 무엇보다 윤은, 전이 좀 산다고 말했다. '걔네 집이 남부러울 것 없이 좀 산다'고. 그래서였나. 진영은 그가 뭔가를 건드릴 때마다 짐짓 외면했다. 고개를 돌리고 딴청을 부렸다. 보증금 5백만 원에 월세 40짜리 반지하 방, 좁은 침대에 웅크리고 누워서 진영은 중얼거렸다. 그는 보통이야. 그는 평범하지. 그는 상식적이야. 그는 남자다워…… 자신이 내심 그리고 바랐던 미래 — 집, 가정, 아이, 노후 — 에의 설계는 결국 경제적으로 안정된 타인과의 결합만으로 가능한 거였나 싶어서 진영은 저도 모르는 새 고개를 푹 떨어뜨렸다. 전과의 관계가 더는 유지되기 어렵다고 여겼지만, 머리카락이 쭈뼛거릴 정도로 한계에 다다랐다고 생각한 건 우습게도 그날, 국밥 때문이었다.

여기요, 국밥 둘이요! 마주 앉자마자 전이 식사를 주문했고, 종업원은 가까이 다가왔다가 빠르게 멀어졌다. 그리고 그가 주방에 대고 국밥 하나, 여자 국밥 하나,라고 외치는 소리가 등 뒤에서 들려왔다. 진영은 눈을 둥그렇게 뜨고 전을 바라보았다. 여자 국밥이 뭐지? 정말 몰라서, 진영이 메뉴판을 다시 살폈다. 국밥 앞에 성별이 붙진 않는데. 가격은 똑같은데. 전은 대수롭지 않다는 듯 입술을 내밀고 어깨를 으쓱해 보였다. 저기요. 뭔가 말해야 한다는 생각이 들었던 건, 전의 말마따나 '무리'였나? 진영은 답을 갖고 있지 않았다. 그래도 묻고 싶어서, 손을 들어 종업원을 불렀다. 여자 국밥이 뭐예요?

그것으로 전과는 끝이었다. 여자 국밥이 뭐냐고 묻고, 전이 얼굴을 일그러뜨리고, 아니 여자 손님들은 양을 조금 드시니까 하며 종업원이 우물쭈물하고, 여자 국밥 아니고 그냥 국밥 두 그릇 똑같이 주세요,라고 진영이 말하자마자 너 왜 유난이냐, 제발 주는 대로 먹어라, 아주머니

당황하는 거 안 보이냐,라고 전이 흥분하고…… 이 모든 상황이 짧은 시간에, 동시다발적으로 벌어졌다. 더러워서, 이 땅에서 '한녀'와의 연애는 정말이지 더러워서 못 해먹겠다고 전은 길길이 날뛰었다. 진영은 한발 물러나듯 숨을 몰아쉬어야 했다.

유난히 비가 오지 않고, 기온도 오르내리기를 반복하던 봄날에, 진영은 교정을 걷다가 자꾸만 멈춰 섰다. 강의만 마치면 고개가 절로 바닥으로 내리꽂히고 피곤함이 극에 달했다. 이제 겨우 개강했는데, 학교를 벗어나려는 의지만으로 걸음이 빨라진다는 걸 누가 알까. 학생도, 교수도 아닌 시간강사가 학교 안에 머물 곳은 없었다. 학교는 인력 감축을 이유로 학과 사무실을 통폐합했고, 교직원은 수시로 바뀌었으며, 그렇다고 정작 '강사실'에 들어가기는 껄끄러웠다. 제한된 강좌를 '나눠 먹기' 하는 선후배 수료생들이 좁은 공간에서 마주쳐봤자 딱히 할 말이 없었다. 교정을 배회하다 지도 교수나 수강 학생들과 맞닥뜨리는 것도 고역이었다.

강의 관련으로 면담을 요청하는 학생들은 종종 '연구실이 없으시더라고요. 어디로 찾아뵈면 될까요?'라고 물어왔다. 박사과정을 수료하고 강의를 막 시작했을 즈음엔 뭘 잘 몰라서, 교내외를 가리지 않고 카페에서 만났다. 사비로 커피를 사 주고, 이야기를 듣고, 고심해서 상담해줬지만 그것도 잠깐이었다. 연구실이 없는 시간강사라는 사실을 마치 약점처럼 파고드는 학생들을 만나고는 점차 시들해졌다. 이후로는, '이런 것까지 말하긴 좀 그렇지만, 이메일을 보낼 때 최소한의 예의는 지키는 게 좋겠죠. 과제물이나 유고 결석 확인서를 따로 제출할 때 지성인으로서 갖춰야 할 태도란 게 있으니까요……'와 같은 내용을 강의실에서 반복적으로 알려주며 거리를 뒀다.

학생들은 정교수와 시간강사를 한눈에 구분했다. 나이 지긋한 남자 정교수와 젊은 여자 시간강사는 더더욱. SNS 계정을 찾아내서 한밤중에도 시답잖은 카카오톡 — 겨수님 지금 뭐 하세여? — 과 다이렉트 메시지 — 강의 평가 3차까지 모두 완료했습니다 — 를 남긴다거나 집요할 정도로 성적 정정 요구 메일 — 솔직히 말해서 이 B 플러스 하나로 제 인생에 오점을 남기고 싶으신 건 아니죠? — 을 보내왔다. 몇몇 무례한 학생으로부터 모욕을 받는다고 느낄 때마다 진영은 서글프고 피로했다. 교단에 서서도, 그래서 진영은 선생이라는 자부를 갖지 못했다.

진영은 아직 박사 학위논문을 쓰지 않았고, 학기마다 여러 학교를 전전하며 강사 생활을 이어오고 있었다. 논문을 쓰기 위해 유예할 수 있는 단 1, 2년의 시간마저 보장받지 못하고 생활비를 벌기 위해 주·야간을 가리지 않고 강의에 체력을 갈아 넣었다. 이 일을 언제까지 지속할 수 있을까. 진영은 마음이 힘들었다. 뒤늦게야, 상상력이 부족하지 않았는지 자책하게 되었다. 공부하는 게 좋아서 파고들었을 뿐, 장래를 설계하고 미래를 대비하지 않으면 어떤 현실이 닥쳐올지 상상해보지 못한 잘못이 있었다. 과중한 조교 업무로 등록금을 보충하고 온갖 아르바이트를 하며 생활비를 벌었는데 과정을 이수하고 나니 남은 것도, 가진 것도 없었다. 경력이나 저축 그 어떤 것도. 공부하는 게 좋았다는 건 진심이었나, 좋아하는 것과 잘하는 것은 다르잖아, 그냥 철이 없었던 거야…… 그 누구도 등 떠밀지 않았던 학업을 오래 지속한 이유를 향한 자기 의심도 거듭되었다. 단지 구옥으로부터의 도피는 아니었나, 인생이 회피 그 자체는 아니었나, 하는.

해마다 최저시급 관련한 뉴스 앞에서 진영은 전혀 오르지 않는 강사료를 셈했고, 기초생활수급자의 한 달 지원비와 자신의 벌이를 체념하듯 비교했다. 달마다 눈앞에 당도하는 세금 고지서와 통장에서 자동이체로 빠져나가는 최소한의 보험료에 목덜미가 서늘해지고, 다 낡아빠진 속옷 몇 벌을 교체하고 구두 한 켤레를 새로 마련하는 것에도 주저하는 삶이라니. 무엇보다, 시수당 5만 원 남짓 받는 사립대학 강사료로는 아이를 낳아 기를 수 없다는 것. 그건 사실을 뛰어넘은 당연한 진리였다. 예측 가능하거나 기약할 수 있는 미래가 없다고 생각될 때마다 기운이 훅 빠지고 마음이 쭈그러들었다.

괜찮니?라고 구옥이 물어올 때마다 그래서 진영은 뭐라고 답해야 할지를 몰랐다. 괜찮지가 않아서. 하지만 괜찮지 않다고 말할 줄도 몰랐다. 그런 기회를 엄마가, 구옥이 제게 준 적이 없었다고 진영은 새삼 항변하고 싶어질 정도였다.

*

왜 그랬냐고 이유를, 그러니까 누군가 묻는다면 진영은 말할 거였다. 선생 노릇은 「백만 송이 장미」 같은 거라고 말하던 구옥에 대해 생각하고 있었다고. 그건 생각할수록 괴롭고 어지러운 일이었다고.

그 노래는 구옥이 집에서 자주 틀어놓고 흥얼거리던 애창곡이었다. '사랑을 할 때만 피는 꽃……' 진영은 숨을 잠시 멈추고 먼 곳에서부터 끌어당기듯 호흡하며 작은 목소리로 흥얼대던 구옥을 선명히 기억했다. 식사 준비를 하면서도, 밥을 다 먹고 개수대 앞에 서서 설거지를 하면서도, 식탁으로 돌아와 진영의 알림장을 들여다볼 때도, 숙제와 준비물을 챙겨줄 때도, 그리고 진영의 가슴께나 목덜미를 쥐고 거세게 흔들 때도, 물걸레 자루로 사정없이 엉덩이며 다리를 후려칠 때도, 옷과 신발과 가방 따위를 칼이나 가위로 짓이겨놓을 때도……

볼륨을 낮춰 틀어놓은 그 노래는 배경음처럼 그 시절의 구옥과 진영을 휘감곤 했다. 아버지는 언제나 밖으로만 떠돌던 사람이었고, 진영에겐 구옥뿐이었다. 그래서 빌고 매달렸다. 마음에 구멍이라도 뚫린 듯 늘 차고 허하다고 느꼈으니까. 그러나 구옥이 어째서 욕설과 손찌검을 해대는지 진영은 이유를 알지 못했다. 구옥은 **그런 건** 말하지 않았다. 제대로 된 설명이나 해명도 없이 다만 창백한 얼굴로 분노의 극한까지 치달았다가도, 매무새가 헝클어지고 눈물로 범벅된 진영을 끌어안고 구옥은 소리쳐 울었다. 누가 나를 얕봐, 누가? 누가?

무엇을 잘못했는지 모르면서 흔히 말하듯 '사랑의 매'인 줄 알고 컸다. 진실한 애정을 기반으로, 부모만이 행할 수 있는 정당한 훈육이라고. 아유, 저도 선생이지만 자식 키울 때 남의 아이 대하듯 그게 되나요? 저도 몇 번 체벌한 적 있고요. 그러니 너무 상심하지 마세요. 거리에서 우연히 만난 학부모와 대화하며 구옥은 위로했다. '몇 번'이라던 구옥의 말에 진영이 커다란 장바구니 뒤로 슬그머니 한 발 물러섰었나? 남의 아이가 아니어서. '내' 아이여서. 그렇구나. 그랬구나. 진영은 납득하려고 했다. 받아들여야만 한다는 듯이. 무엇엔가 마음이 우그러지고 졸아들 때마다 진영은 뒤로 물러나는 버릇을 갖게 되었다.

구옥의 눈물이 마치 구원을 바라는 자의 성마른 울부짖음처럼 느껴진 건 사춘기에 접어든 이후였다. 진영은 구옥을 경멸하고 조롱하는 주변 사람들의 눈빛과 어투를 읽어낼 줄 알게 되었다. 세계의 이면을 들춰 보듯 구옥의 슬픔마저 알아차려야 했다. 백설 공주처럼 희디흰 구옥의 피부가 사실은 희귀 병증이고, 그것으로 일생 고통받아왔음을.

'그래도 용서하지 않는다.' 언젠가의 일기장에 진영은 저도 모르는 사이에 쓰고, 흠칫 놀라 지워버렸다가, 며칠이 지나 다시 썼다. 허벅지와 엉덩이에 들었던 멍이 노랗게 변해갈 무렵이었다. 진영은 한 자 한 자 힘주어 눌러서 각인하듯 써 넣었다. 용서하지 않는다고. 진실을 아는 것과 진실이 무엇이든 상관없이 용서하는 건 다른 문제라고.

미워하는 마음 없이, 아낌없이 사랑을 주기만 할 때 백만 송이 꽃은 핀다고 심수봉이 노래했잖아요? 선생 노릇은 백만 송이 장미 같은 거다, 항상 그런 마음을 명심하려

진영의 논리

고 해요. 사랑 담뿍 주면서 아이들을 꽃처럼 피워내자, 그게 내 사명이다,라고요. 스승의날을 맞이해 수십 명의 교사가 모인 좌담회에서 구옥은 그렇게 말했다. 학생들을 사랑으로 이끌고 지도하겠다는 소명 의식이 참으로 고귀하고 아름답게 느껴집니다. 박수 한번 드릴까요?(웃음) 사회자의 말이 구옥의 발언 바로 아래 덧붙여져 있었다. 진영은 식탁에 펼쳐져 있던 얇은 잡지를 손가락으로 짚어가며 여러 번 읽었다. 교육청에서 발행한 중등지부 회보였다. 큰따옴표 바깥의 괄호에 국어과 교사 이구옥, 여, 55세,라고 씌어져 있는 걸 진영은 오래도록 들여다보았었다. 구옥이 쑥스러워하며 받았을 긴 박수 소리가 들려오는 듯도 했다. 선생 노릇은 백만 송이 장미 같은 거라고……?

진영은 살면서, 귀에 익숙한 그 멜로디만 들려오면 어딘지 모를 곳에 통증을 느꼈다. 머리가 아프고 팔다리가 저려왔다. 반복되던, 구옥의 폭력과 사과는 진영이 초등학교를 졸업하며 멈췄지만 진영은 **이미 목소리를 빼앗긴** 채로 사는 기분이었다. 구옥 앞에서만큼은 의지와 주관을 내세울 수가 없었다. 겁 많고 눈치 보는 청소년기에, 그마저도 제 기분과 상태를 내색하지 않으려고 힘을 썼다. 대학에 진학하며 구옥과 떨어져 산 뒤로는 숨통이 좀 트였던가? 아니었다. '진실한 사랑은 뭔가 괴로운 눈물 흘렸네'라고 웅얼거릴 구옥의 시간을 헤아리느라 진영은 제대로 잠들지도 못했다. 멀리 떨어져 있는 엄마에 관한 생각을 어째서 멈출 수가 없는지 진영은 진저리가 났다. 괜찮니?라고 그러니 구옥은 자신에게 물을 수 없다고, 물어서는 안 된다고 진영은 생각했다. 괜찮으냐고. 구옥은 질문할 권리가 없었다. 질문에 대한 답을 들을 자격도.

하지만 구옥과 통화할 때면 진영은 늘 무기력해졌다. 학교 출근, 퇴근 후 간병이라는 구옥의 고된 일상을 잘 알기에, 너무 잘 알아서, 무엇을 묻고 듣는다 해도 소용없지 않은가라는 우울감이 들었다. 진영은 점차로 근황을 묻거나 일상을 공유하진 못하고 그저, 딱 하나만 기계적으로 묻게 되었다. 식사는 하셨어요? 할 일은 그것뿐이라는 듯 오래도록 울리는 신호음 속에서 호흡했고, 구옥의 목소리가 들려오면 밥을 먹었냐고 물었다. 먹었지. 그래, 밥 먹었지. 이제 먹어야지. 아니, 이제 먹으려고. 구옥은 나직하게 대답했다. 몇 달, 몇 해간 반복되자 어느 날 구옥은 한숨을 쉬며 말해왔다. 나는 **그런 걸** 대답하고 싶지 않아. 너도 **그런 걸** 묻고 싶지 않지. 진영은 귓가에 뜨거워진 전화기를 대고 조용히 멈춰 있었다.

전화 자주 안 해도 된다, 소릴 마지막으로 구옥은 단념한 듯 차차 멀어졌다. 진영은 마음 한쪽에 여전히, 어린아이처럼 구옥에게 빌거나 매달리고픈 충동이 남아 있다는 걸 알면서도, 되도록 특정한 날에만 연락하려고 애를 썼다. 어버이날, 생신, 명절 같은 때에. 그래도 어느 해 태풍이 전국에 매섭게 몰아치던 밤에 걸려온 구옥의 전화 — 진영아, 나 이제 눈이 잘 보이지가 않는다 — 라든가, 한파와 폭설이 오래 지속되던 겨울날에 구옥으로부터 도착한 문자메시지 — 진영아, 엄마 무서워 — 앞에서는 내면에 단단히 부여잡았(다고 믿었)던 무언가가 툭 끊어졌다. 그건 인내심이기도, 연민이기도, 꿈이나 희망 같은 것이기도 했다.

아버지의 장례 이후 구옥은 주택을 팔고 작은 아파트를 구했다고 알려왔다. 방이 두 개니까 와서 자고 가. 진영은 잠자코 들었다. 다음에. 다음에 갈게요. 진영은 구옥을 다시 찾아가지 않았지만, 그러나 이번에는, 간간이 통화를 이어나갈 때마다 곁에서 들려오는 누군가의 말소리에 주의를 기울이게 되었다. 부산스러운 소음에 망설이다가 어디세요? 하고 물으면 구옥은 유자랑 밖에 있다고 했고, 누가 옆에 있어요? 하고 진영이 목소리를 키우면 구옥은 유자랑 차를 마신다고 했다. 어느 때에 구옥은, 유자가 그러는데 화교들이 이 땅에서 죄다 의사가 된단다,라는 말을 불쑥 꺼냈다가 유자요? 진영이 되물으면 아무것도 아니다,

그래, 요즘은 괜찮니? 하고 물어왔던 것이다.

진영은 유자가 누구예요?라고는 끝내 묻지 않았다. **그런 건** 묻고 싶지 않았다. 자라면서 구옥이 누군가와 깊게 교유하는 걸 보지 못했던 진영은 다소 낯설고 기이한 감정에 휩싸였지만 친구가 옆에 있다면 그저 다행이라고만 여겼다. 교직 생활과 배우자의 죽음 모두 구옥에겐 길고 고된 여정이었을 터였다. 진영을 낳아 기르며 학교에서 40년을 일했고, 사업을 핑계로 전국을 떠돌다 급작스레 간경화로 쓰러진 남편을 돌본 세월 또한 10년이었다. 그 모든 걸 끝낸 이후에 구옥이 비로소 혼자 남지 않았기를, 진영은 진심으로 바랐다. 그러나 진영은, 야속하게 끝나버린 '그 모든 것들' 중에서 구옥의 자발적인 의지에 의해 종결된 건 아무것도 없다는 사실은 알지 못했다. 어린 날 일기장에 적었던 '용서하지 않는다'는 다짐과, 그럼에도 불구하고 진영에게 끝내 '발견된' 것을 구옥 역시 알지 못했던 것처럼.

진영이 페이스북에서 구옥의 이름을 본 건 4년 전이었다. 글의 제목은 '○○ 교사를 고발합니다'였는데, 당시 사회를 휩쓸던 부조리한 성폭력과 추문을 향한 각계각층의 고발이 학교로까지 확산된 '스쿨 미투'였다. 진영은 글에 달린 'with you'라는 해시태그와 수백 개의 댓글을 읽으며 별생각 없이 스크롤을 내리다가 익숙한 이름을 발견했다.

―성범죄만 범죄냐? 나 중3 때 숙제 안 했다고 교과서 던진 이구옥 개년아, 너 때문에 실명할 뻔.

댓글의 댓글에는 진영이 구옥이라고 확신할 만한 사실들이 적혀 있었다.

―1996년 맞아요?

―K중 나왔어요?

―얼굴이 희끄무레해서 유령 같은 년이었죠. 1999년에 이구옥이 담임이었는데 출석부로 머리를 세게 맞아서 이 명이 왔어요.

―이구옥 한결같았구나. 별 트집을 다 잡아서 툭하면 오리 자세를 시켰는데 아직도 치가 떨려.

―지금이라도 고발 안 되나요?

전국의 교사들이 소환되어, 그들의 과거 행태가 격하고 적나라하게 드러나는 수위 높은 말들 속에서 진영은 심장이 두근거렸다. 구옥의 이름이 달린 걸 보면서는 손에 땀이 뱄다. 구구절절 변명하고 싶어지다가도 이내 도리질을 치며 수긍하게 되었다. 급격히 무기력해졌고, 당장이라도 전화를 걸거나 찾아가서 따져 묻고 싶은 충동이 일었다. 아이들을 꽃처럼 피워내는 사명으로 일한다면서? 교사는 그런 거라고? '내가 세상에 나올 때 사랑을 주고 오라는 작은 음성 하나 들었지……' 그 처연한 노랫말을 반복해서 부르던 구옥의 어디부터 어디까지가 다 기만이고 거짓이었을까, 진영은 명치 부근이 답답해져왔다.

돌아보면 진영도, 별에서 온 것 같은 선생은 만난 적이 없었다. 진영은 조용하고 얌전하며 그다지 눈에 잘 띄지 않았지만 언제나 — 거의 모든 걸 — 유심히 바라보고 기억하고 뒤돌아 곰곰이 되풀이하는 학창 시절을 보냈다.

열한 살 때 담임은 나이가 많았는데 누가 봐도 아이들을 골라서 예뻐하는 사람이었다. 대놓고 무시하거나 눈살을 찌푸리는 아이들이 못생기고 뚱뚱하고 지저분하다는 사실은 뒤늦게 알게 되었다. 인자한 미소가 지워지고 차갑게 찌푸려지는 순간의 얼굴을 진영은 홀로 긴장하며 바라보곤 했다.

열네 살 때 '과학'은 학급 구성원 누구에게나 이름 없이 '야!'라고만 불렀다. 뱃가죽이 갈라진 개구리 수십 마리를 통에 담아 들고 눈앞에서 흔들어댔는데, 그건 언제나 위협적이었다.

열다섯 살 때 '영어'는 출석부에 매달아놓은 열쇠고리로 여자아이들의 몽우리 진 가슴을 쿡쿡 찌르고 다녔고, '역사'는 속바지를 입었는지 확인한다며 교복 치마 아래로 불쑥불쑥 손을 집어넣었다.

열여섯 살 때 '체육'은 체육복을 동복에서 하복으로 갈아입지 않았다고 운동장에 열 맞춰 누우라며 호루라기를 불었다. 그늘 한 점 없는 땡볕에, 반 아이들 전체가 40분 넘도록 뜨거운 모래 위에서 6월 초순의 더위를 견뎠다. 그때 '체육'은 흰 캡 모자를 쓰고 검은 선글라스를 끼고는, 조회대 그늘에 간의 의자를 펴고 앉아 있었다.

열일곱 살 때 '수학'은 차렷, 경례로 시작하는 인사를 받지 않았다. 회초리를 손에 들고 교실 문을 열어젖힌 뒤, "야 이 돌대가리 새끼들아, 책 펴!"라고 말하면 수업 시작이었다.

열여덟 살 때 '국어'는 여학생들 때문에 '피냄새'가 진동한다며 교실에 들어오면 손으로 코를 싸잡아 쥐고 창문부터 열었다.

진영은 수학 시간 내내 칠판 옆에 서 있을까 봐 잠이 오지 않았다고 말하거나 생리하는 걸 티 내지 않으려고 아릿아릿 아픈 배를 꾹 쥐고 국어 시간 내내 화난 듯 앉아 있는 반 아이들을 응시했다. 전혀 다를 바 없이, 진영도 물론 똑같이 겪었다. 성추행이었더라도, 성범죄가 아니었더라도, 기어코 부당하다고 생각되는 어떤 수치와 모욕을 모두가 견디고 있다는 걸 알았다. 알아도 달라지는 게 없다는 건 더 큰 패배감을 불렀다. 항의하거나 바꾸려 들지 않았으니까. 그런 기회와 힘이 있다고 생각하지 않았으니까.

대학원에 가서 학업을 지속하면서야 진영은 성장 과정에서 보호자인 구옥을 비롯해, 여러 선생이 반복적으로 내보인 폭력성을 스스로 내면화했다는 사실을 깨닫게 되었다. 다치고, 흉이 지고, 통증에 무감해지고…… 나는 부상을 입은 거구나. 자기 자신의 흉터를 방치하면 타인의 상처 앞에서도 방관자가 되는구나. 상처 없이 피 흘리듯 진영은 그것을 지극히 남루한 형태로, 절감했다.

인간이 즐겁지 않게 된 건 저런 새끼들 때문이죠, 안 그래요? 만난 지 조금 지났을 때, 전은 말했다. 전은 시끄러운 식당에서 밥을 먹으면서도 텔레비전 뉴스 채널에 정신을 빼앗기는 사람이었다. 즐거울 일이 뭐가 있어요, 기껏 가르쳐서 사람 만들어놓으니 저 지랄인데. 저러니까 일생이 그냥 쭉, 울적한 거라고요. 울상을 하고 재수, 죽상을 하고 삼수, 기껏 지잡대나 가서 '인 서울'로 편입하려고 우거지상을 쓰게 되잖아요. 선생한테 감히 성범죄 누명을 씌워…… 그즈음 전은 학습지 회사에 다니다가 그만두고 나와서, 입시 학원에 취업했다고 말했다. 전은 거의 매일, 진영이 더듬어 알지 못할 분노로 가득 차 있었기에, 진영은 어리둥절한 얼굴로 그를 바라보다가 뉴스로 시선을 돌렸다. TV 화면은 피켓을 쥐고 시위를 벌이는 여성연대회원들을 비추고 있었다. '지난 4년간 성범죄 유죄 판결 교사 155명'이라는 헤드라인 위로 학교 내 차별 금지, 성범죄 교사 가중처벌, 재발 방지 대책 마련 등을 요구하는 회원들의 인터뷰가 이어지는 걸 보며 진영은 전이 혀를 끌끌 차는 소리를 들었다. 지금 그 말이 무슨 뜻이에요? 그건 좀 위험한…… 전은 입에 밥 한 숟갈을 욱여넣으며 진영의 말허리를 잘랐다. 됐어요, 어서 먹고 나갑시다.

진영은 전과 헤어져 돌아오고도 한동안 시간이 더 흘러서야 식당에서 전이 했던 말들을 복기하고 조합했다. 근데 그거 알아요? 진영 씨 같은 사람들은 좀, 오해받기 쉬워요. 까다롭고 날이 서 있죠. 그거 되게 안 좋아 보여요. 나니까 말해주는 거예요…… 진영이 만류하는데도 집 앞 대로변까지 고집스레 바래다주며 전이 선심 쓰듯 건넸던 말까지도. '진영 씨 같은 사람들'이라고? 그건 어떤 집단이나 세력이라도 된다는 의미인가? 그럼 전은 뭐지? '전 같은 사람들'이 되나?

진영은 즐거움에 대해, 즐겁지 않다는 것에 대해, 즐겁지 않은 인간이 되었다는 것에 대해 생각하고 또 생각했다. 그건 어떤 논리라도 된 양, 진영의 사고를 지배했다.

그리고 고개를 주억거리며 인정하게 만들었다. 나는 결국 나 같은 사람이 되어서, 급기야 너 같은 사람을 만나서, 끝끝내 우리는 우리 같은 부류의 족속이 되고, 우리 같지 않은 패거리를 혐오하고…… 그러니 나는, 도무지, 자꾸만, 즐겁지가, 않다……

*

왜 그랬냐고 이유를, 그러니까 누군가 묻는다면 진영은 정말로 말할 거였다. 너는 경찰도, 판관도 아니라고 말했던 외할머니에 대해 생각하고 있었다고. 그건 생각할수록 부끄럽고 분하고 아리송한 일이었다고.

어린 시절에, 진영은 여름방학이 되면 곧잘 외가에 보내졌다. 말 잘 들어야 해. 구옥은 진영과 눈을 맞추면서 엄숙히 말하곤 했다. 몸에 힘이 들어가서 어깨가 경직되면서도 진영은 좋았다. 짧으면 보름, 운 좋으면 한 달가량 구옥으로부터 벗어난다는 사실에 해방감마저 느꼈던 것이다. 진영을 데려다주고 돌아서는 구옥의 등허리를 외할머니가 검고 주름진 손으로 쓱쓱 문대던 것을 보면서는 그러나 궁금해졌다. 숨지 말고, 피하지 말고, 어깨 펴고, 밥 꼭 챙기고…… 진영의 눈에 외할머니는 구옥 앞에서만 초조히 말이 많았다. 중년이 다 된 딸자식이 어딘가 남모를 곳에 숨어들어 울기라도 할까 봐 조바심이 난다는 듯 종종거리며 쫓아다녔다. 그리고 막상 구옥이 운전대를 잡고 떠나버리면 그녀는 언제 그렇게 연신 당부하고 잔소리를 했냐는 듯이 맥 빠진 얼굴로 서서 진영을 물끄러미 바라보았다.

외할머니는 진영을 위해 때마다 간식과 끼니를 챙겨주고, 목욕을 시켜주고, 옷을 갈아입혀주고, 머리를 빗겨 땋아주고, 잠이 들 때면 곁에서 부채 바람을 부쳐주거나 다리를 주물러주었지만 그뿐이었다. 밥을 함께 먹지 않았고 — 진영은 그녀가 뭔가 먹는 걸 본 기억이 남아 있지 않다 — , 곁에 나란히 누워 잠들지도 않았다 — 진영은 또한 그녀가 언제 잠들고 일어나는지조차 알지 못했다 — . 외할머니는 진영을 오롯이 바라봐주기만 할 뿐, 시간을 같이 보내야 축적되는 경험을 진영에게 주지는 못했다. 진영은 혼자 먹고, 자고, 놀았다. 별다른 말소리조차 들려오지 않는 집에서 진영은 이따금 평온하고 대체로 낯설었다.

외가에서 지내는 동안에, 침묵과 고요 속에 깃든 편안함을 익혀야 했지만 진영은 어렸고, 매번 뭔가를 묻고 싶으면서도 외할머니의 형형한 눈빛 앞에서 자주 멈칫거렸다. 진영은 그녀가 언제나 눈으로 '너는 잘못 알고 있어'라고 말한다고 생각했다. 할머니, 왜 담배 피워요?라고 묻는 진영에게 새 담배를 꺼내 불붙이며 씩 웃어 보인다든가, 할머니는 왜 밥 안 먹어요?라고 묻는 진영에게 커피 잔을 손에 쥐고 어깨를 으쓱해 보인다든가, 할머니는 왜 엄마가 가고 나면 울어요?라고 묻는 진영에게…… 왜 담배를 피우면 안 되니? 왜 밥을 먹지 않으면 안 되지? 왜 슬퍼하면 안 돼? 되묻지 않고 그녀는 그저 빤히, 진영을 주시했다. 그러고는 한참 뒤에…… 그 뒤에야 옅은 미소를 지으며 말했다. 너는 경찰도, 판관도 아니란다.

진영은 다 자라 성인이 된 이후에도 주춤거리며, 몇 발짝 뒤로 물러나며, 아주 긴 시간 자신의 질문과 외할머니의 대답 아닌 대답들을 골똘히 들여다보곤 했다. 골치 아픈 문제를 풀려고 애쓰듯 그녀가 자신에게 눈길을 모아 똑바로 바라보던 시선들을 날카롭게 마주하려고 노력했다. 그건 매번 고역스러웠으나 도무지 멈출 수가 없었다. 너는 심판자가 아니야. 너는 잘못 알고 있어. 그녀의 말은 그런 뜻이었을 것이다. 나는 이렇게 생겨먹었어, 그래 너는 그런 정도의 사람이야, 우리 사회가 다 그렇지, 바뀌지 않아, 소용없어, 애쓰지 마, 그런다고 뭐가 달라져…… 이해되지 않는 모든 상황에 맞닥뜨릴 때마다, 이해되지 않는 걸 이해한다는 포즈로 넘어가려 할 때마다, 사람이 밉고 싶고 상대를 원망하고 싶어질 때마다, 생각을 길게 하고 싶지 않을 때마다, 무엇이든 함부로 재단하고 판정하고 외면하고 싶어질 때마다, 이 사회와 세계의 논리가 도저히 납득되지 않을 때마다 그래서 진영은 다만 침묵하며 한 발 물러섰는지도 몰랐다. 답을 갖고 있지 않아서. 답을 찾아낼 수 없어서. 무서워서.

진영은 확신이 필요했다. 경찰이나 판관도 아니지만, 심판자도 아니지만, 꼭 한 번은 전을 만나야 한다고. 뱃속의 아이를 낳지 않겠다는 스스로의 결정에 마지막 확신이 더해졌으면 했다. 전과는 이미 틀어진 관계. 애정도 존중도 남지 않은 헤어진 사이에서, 아이의 존재를 빌미로 미래를 약속하기엔 서로가 서로에게 너무나 형편없었다. 그럼에도, 진영의 임신 사실을 알기 전의 그와 알고 난 후의 그는 달라질까 싶어 두렵고, 분별없이 속이 울렁거렸다. 어쩌면, 세상 모든 염세주의의 집합체 같던 전은, 태어날지도 모르는 — 자신이 갖게 될 — 생명체 앞에서 투사라도 되는 듯 굴지도 모르지 않나? 아이가, 제 존재 자체를 고양시킬 증거라도 된다고 믿을지도?

그러나 진영이 땅만 보고 걸으며 내내 생각해왔던 것 — 어깨에 무거운 것을 지고 출입문 손잡이를 잡아주는 사람 —, 아무리 생각해도 그것이 '부모'여야 했다. 무거운 중량을 제 몸에 이고 진 채로도, 2리터짜리 생수 여러 묶음을 무한히 들었다 내리는 걸 반복하면서도, 제 곁에 다가오는 이를 위해 기꺼이 손 내밀어 기다릴 줄 아는 인내와 사랑이 필요한데, 전과 진영은 그럴 수 있는 사람이 아니었다. 아니라고 결론지었다. 진영에겐 「백만송이 장미」를 노래하던 구옥도, 말없이 기약 없이 구옥만을 기다리며 외로이 임종을 맞이한 외할머니도, 그런 사람은 결코 아니었으니까. 진영은 할머니의 유골함이 추모 공원에 안치되는 걸 보면서 미처 묻지 못했던 질문이 떠올랐다. 할머니, 왜, 나는, 심판자가 되면 안 돼요?

진영은 우산살이 휘어질 정도로 거센 빗줄기를 뚫고 약속 장소로 향했다. 핸드백에 넣어둔 전화기에서 진동이 오는 걸 느꼈지만 전화를 꺼내 통화할 여력이 없었다. 신발과 치맛단이 온통 젖은 채로 식당에 들어섰을 때 전은 입구에 서 있었다.
비가 엄청 온다. 이리 줘.
진영이 접은 우산을 전이 자연스레 받아 들었다.
괜찮은데……
진영은 사양했지만 전의 완력을 당해낼 수는 없었다.
나도 방금 전에 왔어.

자리를 찾아 앞서 가는 전의 등짝이 제법 젖어 있었다. 하늘색 와이셔츠가 얼룩덜룩했다. 처음 만났을 때 진영이 마음에 들어 했던 그의 갈색 곱슬머리도 물기 맺힌 채였다.

오랜만이네. 네가 다시 연락할 줄은 몰랐는데.

의자에 앉은 전이 마스크를 벗어 손에 쥐고 말했다. 진영은 젖은 머리칼부터 치맛단까지 매무새를 정리하느라 한동안 말을 잇지 못했다. 막상 마주하니 무슨 얘기를 꺼내야 할지 어색해서 입술만 깨물었다. 사방을 두리번거리다 진영은 아, 하고 생각났다는 듯 가방에서 전화기를 꺼냈다.

잠시만.

진영은 신규 강사 임용에 지원하라는 교학과의 알림 메일과, 구옥으로부터 걸려온 부재중 전화를 확인했다. 세 통이나 연달아 전화할 구옥이 아닌데 괜한 신경이 쓰였다.

무슨 일이지.

진영이 얼결에 혼잣말하자, 전은 헛기침을 했다.

콜 백 해도 돼.

아니야.

진영은 머리를 흔들며 전화기를 탁자에 슬그머니 내려놓았다. 식당은 여전히 손님들로 북적였고, 습하고 축축했고, 주문하고 받는 소리와 음식을 내오고 또 치워 가는 소리 등 온갖 소음으로 가득했다. 그 와중에도 텔레비전 채널이 뉴스에 고정되어 있는 것까지 헤어졌던 당일과 똑같아서 진영은 언뜻 시간을 되돌아온 기분이었다.

어, 그러니까……

진영이 입을 떼자,

배고프다, 주문부터 하면 어때?

전이 말을 가로챘다.

그래요.

진영은 맥이 빠져 대답했다. 전이 재빨리 손을 들어 종업원을 불렀다.

국밥 두 그릇이요, 양 차이 없이 그냥 국밥 둘!

검지와 중지, 손가락 두 개를 브이 자로 펴면서 '그냥 국밥'이란 말에 방점을 찍고 얘기하는 전의 모습을 진영은 묵묵히 바라봤다. 침착하자고, 흥분하지 말자고, 여러 번 마음을 다잡고 온 참이었다. 진영으로선 그와 함께 마지막으로 시간을 보내고 뒤돌아 깔끔히 헤어지는 것이 목적이었다. 전과의 재결합은 있을 수 없고, 전은 내 아이의 아버지가 될 수 없는 사람이라는 강한 믿음만이 필요했다.

진영은 의기양양한 미소를 짓고 있는 전의 얼굴을 주시했다. 나는 네가 원하는 걸 기어이 들어줬다, 그러니 이제는 네가 나를 무시할 이유가 없고 그래서도 안 된다고 말하는 그 유치한 제스처에 진영은 벌써부터 기가 빨리는 기분이었다. 맞지, 전은 저런 사람이었지, 저 표정은 뭐야, 대체 뭐가 저렇게 만족스러울까. 진영은 숨을 크게 내쉬며 텔레비전 화면으로 시선을 돌렸다. '(속보) 미국 연방대법원 낙태권 보장 판례 폐기 결정'이라고 붉게 표기된 헤드라인이 연달아 이어지는 참이었다. 진영은 숨이 막혀와서 상기된 낯빛으로 마스크를 벗었다.

뭐야, 이제야 세상이 좀 이치에 맞게 돌아가네?

진영이 뉴스에서 눈을 떼지 못하는 걸 보고 덩달아 고개를 돌렸던 전이 낄낄거렸다.

낙태라니 무섭게. 사람이 다 순리에 따라 살아야 되는 거라고요……

전이 멈출 줄 모르고 떠들어댔다.

여기 식사 빨리 좀 주세요!

그리고 그는 소리치느라, 진영의 일그러진 얼굴을 보지 못했다.

내가, 아이를 가졌어.

진영은 당황스러움을 어쩌지 못하고, 저도 모르게 배 위에 손을 올리며 말했다. 그러다 깜짝 놀라서 떼는데, 이번에는 찔리거나 꼬집히는 것처럼 뱃가죽이 따끔거리는 것 같기도 하고 설사병이 나기 직전처럼 뱃속이 부글거리는 느낌에 휩싸였다.

뭐라고?

전이 진영을 향해 되물었다.

아니, 아니야, 그러니까, 나 화장실에 좀.

그 순간, 진영이 의자를 뒤로 밀며 일어났을 때, 마침 바로 뒤편에서 종업원이 뜨거운 국밥이 담긴 뚝배기 두 그릇을 양손에 들고 다가왔다.

모든 상황은 또다시, 짧은 시간에 동시다발적으로 벌어졌다. 진영이 아랫배에 뭔가 뭉근하고 아릿한 통증을 감각하며 벌떡 일어나고, 의자 다리에 발이 채인 종업원이 어? 어? 하면서 순식간에 손에 들었던 뚝배기를 놓치고, 더운 김이 솟는 국밥이 바닥에 죄다 쏟아지고, 진영이 반사적으로 배를 감싸며 넘어지고, 비명을 내지르고, 진동 울리던 진영의 전화기가 온통 난장판이 된 바닥으로 떨어지며 제멋대로 수신 버튼이 눌리고, 진영아, 유자가 그러는데 말이다…… 이 광경 전부를, 전은 붉어진 얼굴로 황망히 보고, 들었다. 차마 손 쓸 새 없이 울고 소리치고 놀라 버둥거리는 진영을, 전화기에서 새어 나오는 진영아, 괜찮니? 하고 묻던 구옥의 목소리를.

그것으로 끝이었다.

진영의 논리

아니.

그것으로, 끝이었나?

어떻게 식당을 빠져나와 병원으로 향했는지 진영은 이제 와 잘 기억조차 하지 못한다. 앰뷸런스를 불렀던가? 의식이 가물거렸던가? '제발 좀 어떻게 해줘요!'라고 울부짖었던가? 진영은 임신 15주로 접어들던 차에 자연유산을 했다. 허벅지 아래로 '깊은 2도' 화상을 입고 피부의 대부분이 손상되었다. 영구적인 흉터가 남았다.

진영은 병원 침대에 누워서 꼼짝도 못 한 채로, 윤이 보낸 메시지를 확인한다. 설마 이거 너야? 아니지? 진영은 첨부된 링크를 클릭하고, 페이스북에 올라온 영상을 본다. 그날, 식당에서 '브이로그'를 찍고 있던 누군가에 의해 진영이 멀리서 포착된 듯 화질이 흐릿하고 화면은 흔들린다. 3분짜리 촬영본은 집요하달 정도로, 국밥을 뒤집어쓴 채 악쓰고 있는 진영만을 비춘다. 확장된 동공, 떨리는 눈꺼풀, 크게 벌어진 입, 욕설에 가깝게 쏟아내는 비명이 클로즈업된다. '한국판 카렌, 식당에서 진상 부리는 국밥녀'라는 제목으로 게시된 포스트에는 **이미** 수백 개의 댓글이 달려 있다. 진영은 손을 덜덜 떨며 댓글을 훑는다.

―와, 미쳤네.

―마스크는 왜 안 썼어? 민폐다.

―돌았나 봐, 보는 내가 다 창피해.

그리고 진영은 화면을 맨 위로 되감아 올리고, 무려 2천 개가 넘는 '좋아요' 수로 게시자에 의해 고정된 댓글을 읽는다.

―A대 교양 국어 강사, 신진영, 36세. 고지식하게 B 플러스 남발하는 개년아, 너 좋아하는 교양 좀 챙겨.

진영은 강사 임용 접수 마감일 안내, 서류 제출 기한 엄수, 신규 강사 임용에 응시하지 않으면 재임용에서 탈락됩니다 등의 내용이 담긴 메일과 문자메시지를 연달아 수신하지만 무감하게 시간을 흘려보낸다. 아무것도 하지 않는다. 무엇이, 어디서부터 잘못되었는지 알 수가 없다. 무엇을, 어디서부터 되돌려야 할지도 전혀, 알 수가 없다. 알 수가 없어서, 할 수 있는 것도 없다. 진영은 베개에 얼굴을 파묻는다.

진영은 말할 거였다.

왜 그랬냐고 누군가 묻는다면.

식당에서 왜 그랬던 거냐고 누군가, 물어온다면.

정말로.

그러나 진영은 안다.

그런 건 아무도 묻지 않고, 들으려 하지 않는다고.
그러니 진영이 말할 기회는 끝끝내 없으리라고.
그것이 오늘날의 논리이고 알고리즘이라고.

한 달간의 입원 끝에 집으로 돌아오던 밤, 진영은 어디에도 소속되지 않고 어디로도 가지 못하는 자신의 처지에 대해 생각한다. 몸조리 잘하고, 이제 정말 다시 보지 말자. 전은 진영이 응급실에서 일반 병실로 옮기자마자 그렇게 말하고, 나타나지 않는다. 그간에 구옥에게는 전화를 걸지도, 걸려오는 전화를 받지도 않는다. 다시 보지 말아야 하는 건, 전뿐만이 아니라고 마음먹는다. 구옥도 마찬가지라고, 진영은 이제야 마무리를 짓듯 결심한다. 경찰도 판관도 아니지만, 심판자도 아니지만, 벗어나야 한다고. 스스로 피해자라고 직시하는 데 너무 오랜 품과 시간이 들었다고…… 진영은 조용히 읊조린다.

택시 한 대가 집 앞 대로변에 멈춰 서고, 진영이 내린다. 골목이 너무 좁아서 택시가 진입하기 어렵다. 진영은 입원 기간에 불어난 살림살이로 꽤 무거워진 가방을 들고 경사진 골목을 올라간다. 다리를 끌듯 걷다가 진영은 숨이 찬다. 집이 코앞인데, 계단만 내려서면 되는데, 힘이 빠져서 진영은 땀이 밴 이마를 손등으로 훔치며 출입문 앞에 잠시 서 있다. 그러다 빌라 안쪽에서 센서 등이 켜지고 아이 하나가 뛰어나온다. 밑단에 노란 술이 달린 민소매 원피스를 입고 팔랑거리며 다가온다. 그러고는 온몸으로 문을 밀려다가 진영과 눈이 마주친다. 진영은 가방을 들지 않은 손을 뻗어서 조금 열린 문손잡이를 잡아준다. 진영이 슬쩍 미소 지으며 괜찮아,라고 말하지만, 마스크에 가려서 당연히 보이지 않는다. 아이는 당황하며 뒷걸음질 친다. 잡아줄 테니 나와도 돼. 진영이 또 말한다. 아이는 커다란 눈을 굴리다가 갑자기 엄마! 하며 뒤돌아 달린다. 진영은 이도 저도 못 하고 어정쩡하게 계속 서 있다. 등이 꺼졌다가, 얼마 지나지 않아 바로 켜진다. 아이는 제 엄마로 보이는 여자의 손을 잡고 나온다. 날도 더운데 문을 막고 서서 뭐 하는 거예요? 여자가 출입문을 너무 세게 잡아당기는 바람에, 여전히 호의로 손잡이를 붙들고 있던 진영의 몸이 서툴게 휘청거린다.

진영의 논리

진영은 꽃잎이 피는 줄도 모르고 떨어지던 그 봄의 초입에, 어깨에 무거운 것을 지고 출입문 손잡이를 잡아주던 사람에 대해 그러니 다시금 생각한다. 생각을, 한다. 강의를 마치자마자 찾아간 산부인과는 학교에서 조금 떨어진 번화가의 주상복합건물. 중앙의 엘리베이터로만 이동이 가능한 복도식이라 구조가 복잡했던 곳. 진영은 6층에 위치한 산부인과에서 진료를 받기로 예약되어 있다. 진영은 아스팔트 위를 구르는, 발밑에 채는 전단지를 로퍼로 모조리 뭉개며 걷는다. *Free the whale!* 이라니. 뭐야, 환경이나 생태 구호 단체인가. 고래도 고래지만 나도 제발 좀 프리…… 웅얼대며 고개를 드는 찰나에, 누군가 손잡이를 잡아주고 있다는 걸 알아차린다. 어? 죄송해요. 진영은 서둘러 말한다. 어깨에 무거운 택배 박스 두 개를 지고 2리터짜리 여섯 개들이 생수 묶음까지 잠시 바닥에 내려놓은 그는 빙긋 웃으며 괜찮다고 대꾸한다. 진영은 5층에서 내린 그가 짐들을 부려놓은 뒤 비상계단을 열고 뛰어 내려가는 소리를 가만 서서 듣는다. 그가 타인에게 우연히 내보인 선의의 태도를 두고두고 곱씹는다. 그러나 진영은 그가 뛰어 내려가는 소리와 동시에 또 다른 소리들도 듣는다. 엘리베이터 타지 말라고 몇 번을 말해요? 주민들이 싫어한다니까? 그런 순간, 그런 모든 말 들을 진영은 귀를 열고 듣는다. 듣다가, 몸이 기울어진다. 기댈 데 없이 흔들린다. 자꾸만, 자꾸만 듣다가, 비스듬히 균형을 잃는다. 삐뚤어져버린다.

북극성 찾기

출근 첫날부터 '강'은 "나갑니다!" 하며 양복 재킷을 걸쳐 입었다. "아, 저기, 변호사님." 뒤따라가며 불렀지만 그는 발 빠르게 사무실에서 벗어났다. 나는 어쩐지 안도하며 주저앉듯 자리로 돌아왔던가? 뭐부터 해야 하나 싶어서 망설이다가 의자에 앉은 채로 한 바퀴 빙 돌았던가? 그러다 찬찬히 한 바퀴 더, 두 바퀴, 세 바퀴…… 결국 돌고 돌아 다시 변호사 사무실에 취업하게 됐네, 싶어져서 휑한 사무실을 둘러보았던가? 나쁜 조건은 아니었다. 최저임금보다 조금 더 올려 받는 수준이었지만 집에서 가까웠고, 무엇보다 어려운 일이 없어 보였다. 면접 — 흡사 5분 면담과도 같았던 — 때도, 강은 "제가 능력이 안 돼서 사무장 둘 처지가 못 돼요. 당분간은 주영 씨가 전화 받아주시고, 소소한 것들만 좀 도와주시면 됩니다"라고 말했다. 그가 이력서에서 눈을 떼지 않았기 때문에 기계적으로 들렸지만 상관없었다. 오히려 "저는 외근이 많으니까 식사 알아서 드시고, 아이가 4시 반에 온다고요? 바로 퇴근하세요"라고 말해주어서 그의 건조하고 따분한 표정에도 나는 감사했다. 태도는 딱딱한데 내용은 따뜻해서 뒤돌아서면 알쏭달쏭한 화법이었다.

나는 거의 온종일 혼자였다. 출근도 하기 전에 강으로부터 '전 오늘 부산 내려갑니다'라는 메시지가 와 있거나, 전날 밤을 꼬박 샜는지 퀭한 눈빛으로 퇴근하는 그와 사무실 문을 여는 동시에 마주친 적도 더러 있었다. "아, 책상 더러운 거 압니다. 치우지 마세요." 나는 서류 한 장도 건드리지 않으려고 애쓰면서 환기를 시키고, 먼지를 떨고, 밀대를 밀었다. 복사기에 용지를 채우고, 전기나 수도 납부 고지서를 챙기고, 탕비실 싱크대에서 컵을 씻었다. 문의 전화 한 통도 걸려오지 않아서 전화기의 코드가 뽑혀 있지 않나 확인했을 정도로 한가했다. 강이 휴대폰으로 착신 전환된 기능을 풀어놓지 않았다는 사실을 거의 한 달이나 지나서야 서로가 알게 되었지만.

취업 관련해서는 '장'이 다리를 놓아줬는데, 그는 내가 사는 상가 주택 1층에서 '장 부동산'을 운영하는 중개업자였다. "사무실을 구해줬는데 사무원까지 구해달라니 이거 중개료를 또 받아, 말아? 사모님 경력 살려보실 생각 없으신가 해서. 크게 할 일은 없답니다." 장의 말에 이력서를 준비했다. 남편은 "그 되도 않는 염전밭에 왜 또 들어가려고 하냐"며 내년에 당장 아이 학교 보낼 걱정을 했지만, 나는 운 좋은 기회라고 생각했다. 월급이 적다고 해서 '염전밭'이라는 의미였는데 세상 어느 염전밭도 '애엄마'를 잘 받아주지 않으니까. 이제 정말 아이 피아노 학원이라도 등록하려면 돈벌이가 필요했다. 어느 날 퇴근길에 장을 마주쳐서 "출근은 하는데 저 진짜 뭐 하는 일이 없어요"라고 말했더니, 대번에 "변호사 선생이 수완이 좀 없는 사람 같아요"라고 장은 대꾸해왔다. "그래도 돈은 좀 있는 것 같고요"라며 코를 찡긋해 보였다.

아이를 낳기 전에도 규모 있는 법률사무소에서 오래 일했다. 복사 용지를 찢어발기듯 빼내야 하거나 더위나 추위와 싸우며 서울 전역의 등기소를 돌아다니는 심부름꾼 역할을 해야 해서 힘에 부칠 때가 많았다. 얼굴이 항상 어두운 의뢰인들을 마주하다 보니 덩달아 침울해져서 딱히 즐거웠던 기억은 없지만, 그래도 점심시간마다 별다른 합의 없이 모여서 구내식당으로 향할 때면 기이한 안도감을 받았다. 줄을 선 채로 천천히 걸어가면 밥과 반찬들이 식판 위에 정갈히 놓였다. 그걸 볼 때마다 마음이 차분해졌다고 해야 하나. 단순 사무직의 피로와 여유는 한 끗 차이였다.

그런데 여기서는 달랐다. 매일 돌아오는 점심시간에 끼니를 홀로 해결해야 하는데, 뭘 먹을지 메뉴를 정해야 했다. 그러려면 주변에 어떤 식당이 있는지 탐색하고, 메뉴를 정독하고…… 강이 내게 "먹고 싶은 걸로 드시고, 영수증은 책상에 놔주세요"라고 했기 때문에 무엇보다 가장 먼저 나는, 내가 뭘 먹고 싶은지에 대해서부터 살폈다. 새 옷을 입은 사람이 자꾸만 옷매무새를 살피느라 신경이 곤두서는 것처럼, 처음에는 식당에 들어가서 혼자 밥을 먹는 내 모습이 자꾸 의식되었다. 설렁탕이나 갈비탕 같은 국밥집에 들어가서 국물을 삼키듯 마시고 나오기도 하고, 햄버거나 샌드위치를 주문해서 빵을 '곱씹듯' 먹다가, 그제야 아이가 일곱 살이 되도록 홀로 외식을 해본 일이 없었다는 걸 깨달았다. 내 엄마의 말대로라면 '없이 살면' 돈을 쓸 줄도 모르게 되고, 엄마는 "그게 비극"이라고 말했는데, 아이를 낳고 기르다 보니까 엄마의 말을 바꿔서 생각하게 됐다. '없이 살면' 돈을 모을 줄도 모르게 된다고. 알뜰살뜰 아끼고 절약하는데 돈이 모아지지 않았다. 돈을 쓰는 것도 무서워졌다. 아이가 아닌 나 자신에게라면 더더욱. 다른 게 아니라 나는 "그게 비극"이라고 중얼거렸다.

나는 사무실 주변의 백반집을 검색해보았다. 다시금 어떤 안정감에 취해보고 싶었는지도 몰랐다. 그러다 '북두칠성'이라는 간판이 달린 가게를 발견했다. 밥에 콩이며 조며 잡곡이 들어간 게 좋았고, 반찬의 간이 심심한 게 마음에 들었다. 메뉴 고민하느라 골치 아플 일도 없었다. 값도 저렴한 편이었다. 텔레비전 채널이 트로트 경연이나 드라마에 맞춰져 있지 않고, 24시간 뉴스에 고정되어 있는 것도 나쁘지 않았다. 나는 매일 '북두칠성'에서만 점심을 먹었다. 초반에 "어디서 일하셔?"라거나 "왜 혼자 오셔?" 등 여주인의 질문 공세를 잘 받아내고 난 뒤로는 좀더 수월하게 눈치 보지 않고 자리를 잡았다. "변호사 선생님 또 오셨네?"라는 남주인의 인사에 식겁해서, "아니 저 변호사 아니고요, 그냥 직원이요" 하고 손사래를 친 뒤로는 어쩐지 조금 더 편안해졌다. 뉴스를 보며 밥을 다 먹으면 밀크커피도 한 잔 뽑아 마셨다. '북두칠성'의 8천 원짜리 백반이 찍힌 영수증을 열다섯 장쯤 책상 위에 올려놓았던 다음 날엔가, 강이 "북두칠성 어딥니까? 괜찮은 데예요?"라고 묻긴 했다. "아, 가까워요. 걷긴 해야 하는데. 가보실래요?" 하고 대답했는데 "약속 있습니다"라며 나가버려서 그날도 나 혼자 점심을 먹었다. 이후로 다시 매일, 똑같은 식당의 영수증을 열다섯 장쯤 더 받고 난 뒤에는 "다음부터는 그냥 한 달 치씩 끊어와주세요"라고 강이 말했다.

나는 '북두칠성'이라는 글자가 적힌 테이블에 앉아서 어느 날엔 고등어구이, 어느 날엔 된장찌개, 또 어느 날엔 계란찜 등을 먹으며 '저기에 북두칠성이 있다' 그런 것에 대해 생각했다. 누구나 손을 들어 밤하늘을 가리키고 찾아낼 수 있는 것. 변함이 없는 것. "국자 모양이지? 머리 부분의 두 별을 이어봐, 그리고 그 간격의 다섯 배 정도? 그 정도 떨어진 곳을 찾으면 거기에 북극성이 있어." 이정은 언제나 그렇게 말했다. 아주 쉽지 않느냐고. 이정이 쉽다고 하는데 내 눈엔 잘 보이지 않았다. "그러니까. 어디 있는데." 유라에게도 마찬가지였다. "아니, 그러니까 저기 있잖아. 보이잖아. 국자 모양에서……" 이정이 한심하다는 듯 낄낄거리고, 그러느라 하늘 저 멀리 어디쯤 가리키고 있던 손가락이 떨리면, "어디, 어디? 너무 흐릿해" 하면서 나와 유라가 따지고, "야, 야, 일단 이 손 좀 놔봐……" 저녁을 먹고 나와서라든가 하굣길에, 셋이서 한데 뒤엉키던 학창 시절의 기억이 있었다. 그리고 이정이 죽고, 유라와 내가 연락하지 않고, 나는 그다지 대단할 것 없는 남자와 결혼해서 아이를 낳아 길렀다. 그만큼의 시간이 흘렀다. 하루가 다르게 자라나는 아이에게 짧은 줄글이 적힌 영어 그림책을 도서관에서 빌려 와 읽어줄 때도 나는 이정을 떠올렸다. 떠올리지 않을 수가 없었다. "댓츠 어 빅 디퍼." 아이는 신이 나서 "쿠킹 팟! 쿠킹 팟!" 책장을 넘기고, 나는 또다시 생각했다. 누구나 손을 들어 밤하늘을 가리키고 찾아낼 수 있는 것. 변함이 없는 것. "아이 캔 씨." 나는 헷갈렸다. "아이 캐앤트…… 씨."

그리고 그 뉴스를 본 것도, '북두칠성'에서였다. 어쩐 일로 강이 내 책상 위에 서류 뭉치와 함께 '복사·제본 요망, 20부'라고 포스트잇을 붙여두었기에 오전 내내 일다운 일을 했다고 기분이 좋았다. 나는 인쇄소에 들러서 제본을 맡기고 '북두칠성'으로 갔다. '백반 한 상'이 나오기를 기다리며 텔레비전에 시선을 두었다. 뉴스에서는 흑백 처리된 CCTV 화면이 반복적으로 되감기되고 있었다. "이 건물에는 현관 입구에만 방범 카메라가 설치되어 있는데요. 오늘 새벽 5시 30분경, 현관 CCTV에 찍힌 영상입니다. 화질이 좋지 않지만 A양의 아버지와 어머니로 추정되는 두 사람이 현관을 빠져나가고 있습니다. A양은 보이지 않습니다. A양이 다니는 영어 유치원의 담임선생님은 지난주 내내 A양이 등원하지 않았고, 부모와도 연락이 되지 않는다며 경찰에 신고했습니다." 나는 숟가락도 미처 들지 못하고 화면을 바라보았다. 현관 입구에만 CCTV가 설치된 곳은 내가 사는 건물이었고, A양의 어머니로 불리는 여자는 유라였다. 몇 번을 봐도, 유라가 맞았다. A양은 미래일 거였다. 그런데, 무슨 소리지…… 미래가 보이지 않는다니?

 1년 전의 어느 밤이었다. 미세먼지가 '최악'이라는 예보에 외출하지 않고 집에만 있던 일요일이었다. 아이는 저녁때가 되자 지루함에 몸을 비틀며 방에서 방으로 뛰었다. 오후 내내 온갖 색깔의 종이로 개구리를 접으며 놀던 일곱 살 아이는 끝내 개구리라도 된 듯,"나가자! 나가자!" 펄쩍거리며 소리쳤다. "뛰면 안 돼." 나는 질겁했는데, 남편은 심드렁했다. "내버려둬. 앞집 이사 나가나 보던데?" "이사?" "어. 며칠 전에 장이 그러더라." 남편의 말에 나는 '그런가 보다' 하고 고개만 끄덕였던가? 남편은 가진 것도 없으면서 부동산에 관심이 많았고, 이사 오자마자 장과 변죽 좋게 어울렸다. "부동산 업자랑 친해지는 건 나쁠 게 전혀 없어. 정보도 돈으로 사야 하는 시댄데." 그래봤자 출퇴근길에 아버지뻘 나이의 장과 시답지 않은 인사를 주고받는 것뿐인데도 남편은 눈을 빛냈다. 아이를 낳아 기르는 내내 나는 나날이 피로해졌다. 에너지가 없었다. 남편과 말을 섞을 에너지, 남편을 말릴 에너지……

 남편은 유순하고 다정한 성격이었지만 충동적이고 귀가 얇았다. 나는 연애 시절부터 남편이 자신의 어리숙함을 들키지 않기 위해 평생을 고군분투하며 살아왔다는 걸 눈치쳤다. 변호사 사무실에서 법률사무직으로 일하는, 남 보기에 번듯한 직장인이었지만 그는 학창 시절부터 평생을, '남을 의식하는 자신을 의식하지 않기 위해' 노력해야 했을 것이다. 순진해 보이지 않으려고, '호구' 잡히지 않으려고 가까스로 감추고 가장하며 살아온 시간들⋯⋯ 그런데도 그는 어쩌면 꽤나 자주 '만만이'나 '얼빵이'나 '모지리' 취급을 당해왔는지도 모르겠다. "내가 그렇게 호락호락한 놈이 아니거든요?" 남편의 입에서 이 말이 나오는 걸, 나는 술집에서 그를 일으켜 세우라는 신호로 받아들이곤 했으니까.

전문대를 졸업하자마자 나는 법률행정사무원 교육과정을 이수했다. 내일배움터에서 무료로 수강할 수 있었다. 사무직으로 입사해서 복사기 다루는 일부터 배웠던 지난날, "저녁에 고기 먹으러 갈래요?"라고 그가 쑥스러운 얼굴로 다가왔던 어느 날엔가, 그는 테이블 맞은편에서 소주 한 병을 급히 비우고 체한 듯 말했다. "당신이 순진해 보이지 않아서 좋아요." 그 말에 긴장이 풀려버렸던가? 그가 순진하지 않은 여자를 찾아 헤맸다는 게 우스워서 웃었다. 세상 여자들이 다 순진해 보여? 그랬다면 순진한 건 결국 그 자신뿐이었는지도 몰랐다. 내가 웃어서 그는 안도했다고 나중에 말했던가? 그마저도 그답다고 생각하면서 나는

북극성 찾기

그와 서툰 연애를 시작했다. 그는 나의 무기력과 무의미를 절대 알아차리지 못할 것만 같아서. 나는 무언가 절실히 훼방 놓는 마음으로 그와의 만남을 지속했다. 혼전 임신으로 결혼하게 되었을 때도 그 생각은 변하지 않았다.

"이사 준비로 앞집이 오늘은 좀 시끄러울 테니까." 남편이 말했다. 나는 소파에 널브러져서, 한시도 가만있지 못하는 아이를 바라보았다. "나가자! 나가자!" 아이는 수십 마리의 종이 개구리로 가득한 거실 바닥에서 뒹굴다가도, 희고 보송한 발로 색색의 개구리를 짓이기며 만족스러운 얼굴로 뛰었다. 상가 주택 2층에 살면서도 아이를 뛰지 못하게 붙들어야 한다는 건 스트레스였다. 층간 소음 항의가 3층에서 내려왔기 때문이다. "이 건물에서 아이는 '이 집 아이'밖에 없으니까요"라던 짜증 섞인 인터폰은 하필이면 남편이 야근하는 날마다 울렸다. 확인할 수 없지만 '설마 지금 우리 집 현관을?' 싶도록 중문 밖으로 거센 소리가 들려오던 때도 있었다.

그리고 다음 날 밤. 나는 아이를 재우고 침실로 들어왔다. 몸이 덥고 머리가 어지러웠다. "유라가 왔어." 나는 침대에 누워 있던 남편의 품으로 거칠게 파고들었다. "뭐?" 남편이 손에 쥐고 있던 전화기를 베개 아래 내려놓았다. 그가 떨리는 내 어깨를 부여잡더니 침실 스탠드를 다시

켰다. "당신 지금 열나는데." 식은땀이 밴 이마를 짚어본 남편이 거실로 나갔다. 나는 이불을 뒤집어쓰고 웅크렸다. "일어나 봐." 나는 무거운 눈꺼풀을 느리게 열고 닫으며 남편이 내민 감기약을 받아먹었다. 몸이 이물질처럼 이불 속으로 빨려 들어가는 기분이었다. "유라?" 남편이 스탠드의 스위치를 달칵, 누르고 곁에 누웠다. "유라가 왔어……" 나중에, 남편은 내가 계속해서 같은 말을 중얼거리며 잠들었다고 말했다.

"이런 일도 있구나." 그날 현관 앞에서 유라를 만났을 때, 나는 손 붙잡고 있던 아이를 내 쪽으로 슬며시 끌어당겼다. 의식한 행동은 아니었다. "유라야." 이름을 불렀는데, "그래, 주영이구나" 하고 유라가 말했다. "여기 살아?" "응, 2층에." "오랜만이다, 우리." 유라는 덤덤해 보였다. "비켜나세요, 짐 들어갑니다"라는 말이 들리고, 인부들이 옆으로 아슬아슬 비껴가며 짐을 날랐다.

상가 주택의 마당을 온전히 차지한 이삿짐센터 트럭 때문에 나는 아이를 데리고 주춤대며 이동했다. 골목을 돌아나가서 종종걸음을 쳤다. 긴 줄이 늘어선 사람들 틈을 비집고 빠져나갔다. 아이는 여느 날과 다름없이 유치원 버스에 올라탔다. 앙증맞은 손을 흔들며 "엄마, 빨리 만나" 하고 인사하는 아이를 배웅했다. 이따가 만나자거나 빨리 데리러 나오라는 말이 아니라 '빨리 만나자'는 아이의 주문 혹은 바람. 아니, 소원일 수도.

다시 뒤돌아 골목을 걸어 들어오고, 긴 줄 틈새로 앞사람과 뒷사람이 조금 성글게 서 있는 사이를 파고들었다. 집 앞 주차장을 가로질러 계단을 오르는 것이 매일 아침의 일과였다. 좁은 계단에 잔뜩 부려놓은 이삿짐과 활짝 열린 앞집의 현관 앞에서 나는 머뭇거렸다. 거실과 부엌을 오가며 짐을 풀어 살피는 유라의 모습이 훤히, 보였다.

현관문을 닫고 집 안으로 들어와서도 혼란스러웠다. 연락이 끊긴 지도 15년. 내가 여기 사는 걸 알고 유라가 찾아왔다고 생각하는 건 망상일 거였다. 교통이나 학군도 그다지 기대할 것 없는 변두리에, 지어진 지 30년 가까이 된 4층짜리 다세대 상가 주택이었다. 부지는 제법 넓은데도 피라미드 모양으로 위로 갈수록 좁아지는 구조라서 세대 수가 적었다. 24시간 편의점과 세탁소, 부동산 사무실이 나란히 들어와 있는 1층 바로 위에서 나와 남편은 인내하며 아이를 낳아 길렀다.

"주택가 골목이 어둡고 무섭잖아. 24시간 편의점이 있으니까 그나마 다행이지." 형편에 마땅한 집을 구하러 다니느라 조바심이 일 즈음, 여기가 그나마 낫겠다고 남편이 말했다. 나도 그렇겠거니 동조했다. 하지만 단 한 순간도 꺼지지 않는 불빛은 당연하게도 사람을 불러 모았다. 물건을 납품하는 트럭이 하루에도 몇 번씩 들락거리는 데다 오가는 손님들의 수는 세기도 어려웠다. 어느 날엔 남편이 "집주인이랑 담판을 지었다"고 씩씩대며 들어와 말했다. "일단 주차장에 파라솔 씌운 탁자는 치운대. 가게 내부에서 손님들이 뭐 먹는 건 어쩔 수 없다고 하더라." 손목에 보호대를 차고 데우지도 못한 국에 밥을 말고 있던 나는 뭐라 대꾸할 기력도 없었던 것 같다. 그때 남편이 또 뭐라고 중얼거렸더라? "젊은 새끼가 꼴에 집주인이라고 거들먹거려……" 그랬던가? "근데 미자 딱지 떼자마자 건물주가 되면 기분이 어떨까……" 그랬던가?

  2층에 두 가구, 3층에 한 가구가 세 들어 살고, 4층 꼭대기 원룸에 집주인이 살았지만 이웃 간의 교류는 전혀 없었다. 작은 땅에 편 가르기 하듯 나눠서 세 들어 살며 다들 그만그만하게 밥 벌어 먹고산다는 자조 때문일까, 아니면 스무 살짜리 집주인이 매일 밤 친구들을 불러대고 낄낄거리며 만취해가는 '꼴'―장은 '꼬라지'라는 표현을 썼다―에 정말 어떤 말 못 할 패배감―장은 말했다. "나는요, 마음을 다쳤어요"―에라도 휩싸였던 걸까? 나는 한 번씩 햇볕에 이불을 말리고 싶을 때마다 옥상으로 향하며, 4층 원룸 현관 밖에 진열되듯 놓인 각양각색의 술병들을 구경하곤 했다. 층간 벽을 타고 어렴풋이 들려오는, 낮밤을 가리지 않고 틈입하는 유난하고도 다급한 일상의 소음들은 다만 무시하며 지냈다. "그게 잘못은 아니지" 하고 중얼거리며.

앞집은 지난 몇 달간 내내 비워져 있었다. 언제 이사 나가는 줄도 모르고 가버렸다고 생각했는데, 어느 날 아이와 함께 셋이서 설렁탕을 먹고 들어오는 귓갓길에 장으로부터 뜻밖의 이야기를 들었다. "계약 날짜가 한참 남았는데 전세금 빼달라고 망치를 들고 올라갔다지 뭐예요. 주인이 돈 없는 사람도 아닌데 내주고 말지 뭐 하겠어요. 그러더니 자기도 좀 나가 있겠다고 하네. 방을 또 어떻게 빼야 하나. 아유, 근데 애가 많이 컸네요?" 하는 식이었다. "영상 확보해서 신고해야 하는 거 아니에요?" 남편이 깜짝 놀라 물었는데, 장은 '허허' 웃었다. "왜요, 증거만 있으면 어렵지 않아요" 하고, 남편이 한 걸음 더 바짝 다가갔다. "사거리 정류장 앞에 변호사 사무실이 들어오는 모양이던데요. 보셨죠? 현수막 걸린 거. 아니면 저희 사무실에서라도 처리해드릴까요?" "아, 그 사무실 제가 중개했죠" 하면서도, 장은 난감한 듯 입맛을 다셨다. "무슨 일이 생길지 모르니 층마다 설치해야 한다고 제가 매번 말씀을 드리고는 있지만……"

 나는 졸려 하는 아이를 안고 집으로 올라왔다. 각 층의 통로와 계단을 비추는 방범 카메라가 모형이었다는 사실에 한동안 마음이 무거웠다. 처음엔 난감함이었다가 이내 상심을 느꼈다. 상심. 그랬다. 다른 단어로는 대체하기 어려웠다. 맥이 빠지고, 속이 썩고, 약이 올랐다. "가동되지도 않는 카메라를 달아놓고, 지금까지 밤마다 발 뻗고 잤단 말이야? 6년을? 그러면서 관리비도 해마다 꼬박꼬박 올려 받았다고?" 숟가락을 꺼내다가도, 샤워기를 집어 들다가도 화가 치밀었다. 망치를 들었어? 망치만, 들었을까? 현관문의 비밀번호를 누를 때마다 매번 조심했다. 방범 카메라의 점멸하는 붉은 신호를 바라보면서. 주기적으로 번호도 바꿨다. 그런데 모형이었다니. 우리는 대체 우리가 가진 것 중의 무엇이 유출될 거라고 걱정했던 거야? '주인이 돈 없는 사람 아닌데'라니. 얼굴이 화끈거렸다. 망치? 망치를 괜히 들었으려고? 계단 천장 모서리의 장난감을 올려다볼 때면 사나운 심정이 되었다.

 "우리도 여길 나가자. 좀더 괜찮은 데로 가는 게 맞고." 남편이 느낀 것도 나와 다르지 않아 보였다. '괜찮은 데'가 어디냐고 나는 남편에게 묻지 않았다. 괜찮은 데 아니고 더 대단한 데라도 가고 싶다고 말 보태지 않았다. 엇비슷한 시기에 위층에 살던 신혼부부가 이사 나가는 걸 보며 남편이 "돈 더 모아야지, 가긴 어딜 간다고?" 조소했을 때, 나는 그들이 인근 대단지 새 아파트로 옮겨 가는 것 같다고 말하지 않고 입을 다물었다. 지겨워. 다 지겨워. 대체로 그런 마음이었다. 만삭의 몸으로 예식을 올리고 기진맥진한 출산을 끝낸 뒤에야 남편이 그나마 모았던 저축 전부가 항공 주식에 들어앉아 있다는 사실을 알았다. 팬데믹 폭락장에 휴지 조각이 되었다는 것도. "고유가 시대에도 살아남았어! 안 죽어!" 그가 큰소리쳤던가? 신생아를 안아 든 내 앞에서 붉게 달아오른 얼굴로 오히려 흥분하며 화를 냈던가? 아니, 사람은 제법 쉽게 죽는다. 이정이 그랬듯이.

유라와 나 그리고 이정, 우리 셋은 열일곱 봄에 예고에서 만났다. 이정은 시를 썼고, 유라와 나는 소설을 썼다. "읽고 쓰고 고치고 다시 읽고 쓰고…… 아, 지겹다." 이정은 때때로 하품하듯 말하며 운동장 벤치에 드러누웠다. 야자 대신 실습실로 향하는 평일 저녁이면 늘 그랬다. "그래 가지고 시인 되겠어?" 유라가 항아리 모양의 바나나맛 우유를 손에 쥔 채로 장난하면, "되겠냐" 이정이 심드렁하게 머리를 긁적였고, "아니 그럼 너네는 평생 글만 쓰다 죽겠다는 거야? 소름 돋아!" 하고 내가 입에 물고 있던 빨대를 짓씹었다. "그거 알아? 인간은 절대, 미래를 살 수 없다는 거. 매 순간 현재만을 살아가는 거잖아. 숨 막혀." 어째선지 나는 늘 화가 나 있었던 것 같은데, "그러네. 미래를 살 수 없기에 미래를 알 수도 없다." 유라는 또 맞장구를 쳐줬다. "근데 '뚱바' 잘 사 주는 부잣집 딸내미의 미래는 알 것 같기도 해." 이정이 실없는 소리를 하고, 그러면 나는 박수를 쳤다. "그건 맞지!"

학창 시절의 나는 '한부모가정' 꼬리표를 달고 다니는 아이였다. 일하는 엄마의 우울과 피로를 온몸으로 받아내며 벌 받듯 자랐다. 화장품 대리점에서 영업사원으로 외근을 전담했던 엄마는 "너 하고 싶은 대로 하고 사는 건 고등학교까지만이야"라고 입이 닳도록 말했다. 나는 지금껏 내가 '하고 싶은 대로' 산 게 뭐가 있나 갸웃대면서도 '토' 달지 않았다. 지금에 와서야 나는 엄마가 딸과 대화할 줄 모르는 사람이었다는 걸 안다. 자기가 한마디 하면 상대가 한마디를 더 하고 그렇게 대화가 이어져야 하는 것인데, 엄마는 자기가 한마디 했을 때 상대가 한마디를 더 하면 '토 단다'고 분개했다. 어떤 말끝이 있으면 그 말에 덧붙여 말이 이어지는 게 자연스러운 건데도 엄마는 버릇없게 말대꾸를 한다고 화를 냈다. "또, 또, 토 단다!"

그래서 중2 방학을 앞두고 있던 겨울에 엄마가 발목까지 오는 빨간색 모직 스커트를 입고 가방을 챙겼을 때, 나는 토 달지 않았다. 무슨 일이 있었는지, 어떤 이유였는지 제대로 기억나는 것은 없지만, 엄마가 손에 쥔 헝겊 가방의 크기가 아주 컸던 것 그리고 갈색 가죽 손잡이를 단단히 쥐고 나를 울 것 같은 얼굴로 노려보았던 것만은 선명하다. "넌 나 없어도 아주 잘 살 년이니까, 난 간다." 엄마의 말에, 나는 엄마와 슬쩍 눈을 마주쳤다가 점점 아래로 시선을 낮췄다. 엄마가 입술에 짙게 바른 립스틱 색깔을 잠깐 보고 또 아래로, 아래로. 그 또한 제대로 기억은 안 나지만, 엄마의 스커트에 새까만 점들이 딸기 씨처럼 박혀 있는 것도 같았다. "엄마, 잘 가." 나는 혼자였고 두려웠는데도 인사는 해야 할 것 같아서 그랬다. 엄마가 떠나면 고아원에라도 가게 되나 생각했을 뿐 딱히 대책은 없었다. 엄마는 얼굴이 하얗게 질린 채로 가방을 품에 안고 현관문을 나섰다. 철제문이 닫히는 '쾅' 소리가 크게 울렸다. 나는 서너 시간쯤 혼자 있었던 것 같은데, 그동안 뭘 했는지는 전혀 기억에 남아 있지 않다. 다만 확실한 건, 엄마가 술냄새를 풍기며 돌아와 내게 매질했다는 것이다. "잘 가? 잘 가라고? 나쁜 년! 어디서 토를 달고!"

엄마가 원했던 건지는 알 수 없지만 그래서 나는 누구

에게도 '토 달지' 않는 인간으로 자랐다. 남편에게 반지가 아니라 서약서 같은 편지 한 장으로 청혼받고도 토 달지 않았듯. 결혼하기 전날에 나는 엄마한테 왜 그때 집을 나갔던 거냐고 물었다. 딱히 그걸 물으려고 한 게 아니었는데 말이 그렇게 나와서 나도 놀랐다. 엄마는 그때 얼어붙은 계단을 내려딛다가 미끄러져서 집에서 운신할 때였는데 어리둥절한 얼굴로 소리를 꽥 질렀다. "얘가 지금 무슨 개 풀 뜯어먹는 소리를 하고 있어?" 예식 당일, 나는 한복 차림으로 휠체어에 앉아 눈물 콧물 찍고 있는 엄마를 내내 외면했다.

엄마가 나를 예고에 보내준 게 그나마 내가 하고 싶은 대로 살게 해준 최대한의 '선심'이었다. 엄마 말대로라면 사람 사는 건 언제나 돈 문제니까, 하고 싶은 걸 하는 건 고등학교 때까지만이었다. "욕심 부리지 말고 살아!" 엄마는 툭하면 말했다. 인생의 비밀이라도 알려준다는 듯 생색내며 욕심 부리지 말라고 다그쳤다. 제 배를 가르고 태어난 아이가 무엇을 좋아하는지, 어떤 이상과 목표를 좇고 있는지 도무지 관심 두지 않고 매사 분수에 맞지 않는 욕심으로만 치부하면서 위협적으로 대했다. 어른이 되어서도 어디서든 소극적인 태세로 움츠러들 때, '욕심 부리면 안 되지' 하면서 나도 모르게 스스로를 잡도리할 때, 나는 엄마를 향한 지독한 혐오와 분노로 뭉크러졌다. 어딘가 썩고 있어…… 그것을 똑똑히 느꼈다. 그러니 이정과 유라와 함께 유쾌히 찧고 까불던 예고 시절에, 어차피 계속 글을 쓰며 살아갈 수는 없는 거라고 자조하면서도 다가올 미래에 전혀 다른 선택지 위에 놓여야 한다는 건 겁이 나서, 일기장에서만 한숨 쉬고 절규하는 아이가 나였다.

지금에 와서야 생각한다. 홀로 비명 지르지 않고 성장하는 아이가 있다면, 나는 그게 유라일 거라고 굳건히 믿었던 것 같다고. 재능, 여유, 삶을 향해 발산되는 순백에 가까운 무구한 빛이 유라에게 있었다.

"실습실 가는 거 그냥 쨀까." 말로만 시끄럽게 한탄하면서, 우리는 무거운 몸을 움직였다. 자발적, 글쓰기, 노동. 수업 시간에 제출해야 하는 과제들의 마감일을 체크하며, 글을 쓰고 싶다는 소망과 써야만 한다는 압박감과 쓸 수 없다는 의기소침함 사이를 질주하던 날들. 글이란 거 이렇게 써도 되는 건가 싶어서 의심을 키우던 날들. 그래도 그 시절의 우리는 문학이 가진 무엇엔가 분명히 매혹되었다. 허구 속에서 진실을 찾듯 그 무엇에, 차마 설명할 수 없는 이끌림이 있었다. 벤치에 누워 있던 이정이 짧은 머리칼을 휘날리며 몸을 일으킬 때마다 루틴처럼 "저기 북극성 있다"라고 중얼거리고, 이정이 가리키는 손가락 끝을 따라 유라와 내가 유심히 시선을 옮기던, 그랬던 기억이 지금도 나의 내면 어딘가에 사진 찍힌 듯 남아 있는 걸 보면 그건 정말이지 명백한……

나는 그 어떤 기성 작가의 작품보다 이정의 시와 유라의 소설에 매료되었다. "어떻게 이렇게 써?" 나는 호들갑을 떨며 두 사람 사이를 오갔다. "다 타고나는 거다" 유라가 으스대고, "꺼져버려" 내가 으르렁대고, 이정은 "부질없어" 하며 우리 둘에게는 눈길도 주지 않고 연습장에 수학 문제를 풀어나가던 그때. 나는 이정과 유라 사이에서 깍두기처럼 굴면서도 이 길밖에는 없지 않느냐고 나태하게 스스로를 다잡았다. 대학은 가야 했으니까. 대학 이후의 삶은 전혀 그려지지 않았지만, 나는 어쩌면 '하고 싶지 않은 일을 할 수도 있는' 고등학교 졸업 이후의 시간에 대해 진작부터 마음의 준비를 시작했는지도 몰랐다.

유라는 4년제, 나는 2년제 대학 문창과로 진학했다. 그리고 이정은 지방 국립대 사학과로 갔다. 서울 소재 사립대도 충분히 갈 수 있었지만 이정은 가볍게 포기하고 전액 장학금을 선택했다. "어떻게 이렇게 써?" 이정의 손에 들린 원서를 빼앗아 들고 나는 소리쳤다. 언제나 졸린 눈으로 나를 건너다보던 이정도 그때는 어이없어하며 웃었다. "진짜 간다고?" 유라는 자꾸만 물었다. "내가 수능을 잘 봤잖아." 이정이 어깨를 으쓱거렸다. 졸업식 때 이정은 성적 우수자 표창을 받았다. 우리의 열아홉은 그렇게 끝났다.

스무 살 때도, 스물한 살 때도 우리는 서로의 생일날마다 만났다. 이정이 기차를 타고 대전에서 올라왔고, 셋이서 미친 듯이 과음하며 명동이나 홍대 거리를 늦은 밤까지 쏘다녔다. 스물두 살 땐 여름과 겨울에 두 번 가까스로 약속을 잡았지만, 스물세 살 땐 한 번도 못 봤다. "야, 너 뭐 그렇게 바쁜데?" 유라와 둘이서 이정에게 전화를 걸어 따졌다. "이 몸이 좀 바쁘시다" 이정이 거들먹거리면, "지겨워" 하고 유라가 이정의 말버릇을 따라 했는데, 처음 몇 번은 좀 웃다가 나중에 몇 번은 이정과 아예 전화 연결도 되지 않았다. 메시지를 남겼지만 답장이나 콜 백도 오지 않았다.

그러니까 어떤 일은 되풀이해서 생각이 난다. 살면서 거듭거듭 떠올리게 된다. 인간은 미래를 살 수 없어서 미래를 알 수도 없다고. 우리 나이 스물넷에, 나와 유라가 이정의 장례식에조차 가지 못하게 될 거라고 알지 못했던 것처럼. 유라와 나는 이정에게서 똑같은 내용의 메시지를 받았다. *부탁이 있어. 내 장례식에 오지 마.* 예약 메시지였다. 이정이 학과 내에서 수위 높은 따돌림을 당해서 우울증을 크게 앓았다더라……는 소문이 한 계절쯤 지나서야 동창들 사이에 돌았다. 잠시 안타까워하고 금세 잊히는 소낙비 같은 이야기로. 하지만 나와 유라는 다른 이야기를 알고 있다.

"좀 우울해서 가본 거야, 지금은 정말 아무렇지도 않고. 내면의 평화를 찾았어"라고 이정은 말했다. 그 말은 나 혼자 들었다. 오랜만에 만나자는 연락이 반가우면서도 부탁이 있다는 말에는 아리송해하며 약속 장소에 나갔다. 이정은 너무 수다스러워져서 다른 사람인 것만 같았다. 유라 없이 둘이서 카페에 마주 앉았다가 "진짜 괜찮아, 너한테 보여주고 싶어서 그래. 가자"라며 이정이 커피를 다 마시지도 않고 일어났을 때, 나는 얼결에 뒤따랐다. 이정은 학교 생활이 좀 힘들어서 반년 전에 이미 자퇴했다고, 기숙사에서 아예 짐을 챙겨 나와서 바로 '신주님'이 계신 곳으로 들어갔다고 설명했다. "신주님?" 보폭을 맞춰 걸으며 내가 물었다. 이정은 대답 없이 "다 왔어" 하며 허름한 양옥의 푸른빛 페인트로 칠해진 대문을 열고 들어갔다. 이후로는 내내, 두렵도록 낯선 경험이었다.

이정은 게스트 하우스 같은 곳에서 산다고 했는데 누가 봐도 일반 가정집을 허술하게 개조한 신당이었다. 크고 작은 불상이 방 안 가득 채워져 있었다. 형광등을 켜지 않고 촛불만 일렁이는 방 안에서 두꺼운 요를 깔고 무릎을 세워 선 후, 나는 신주님이 던지는 쌀알과 팥알을 온몸으로 받았다. "억눌린 화가 많구나. 굿해야 돼, 굿." 나는 아마도 얼빠진 표정으로 신주님이 아니라 이정만을 바라보았을 거였다. 이정은 두 손을 모아서 맞잡았을 뿐, 아무런 관여나 보조도 하지 않았다. 긴 시간이 흘렀다. 신주님은 메모지 한 장에 굿에 쓰이는 비용을 계산해 휘갈겼다. 빠른 시일 내로 결정해서 굿을 하지 않으면 큰 화를 입게 될 거라고 호통을 쳤다. 나는 그가 내민 메모지를 받아 쥐고 어떤 낭패감 같은 걸 느끼며 철문을 다시 빠져나왔다. "배웅하기가 어렵네, 신주님이 바로 들어오라고 해서서." 이정이 난감하다는 듯 말했다. 나는 눈앞의 이정이 내가 알던 이정이 맞는지 알 수가 없어서 불안했다. "아니야, 나 지하철역까지만 데려다줘. 얘기 좀 하자, 우리." 내가 그렇게 말하고 몇 발짝 뒤로 물러났던가? 이정이 검지로 내 이마 한가운데를 슬쩍 누르며 다가왔던가? "주영이 너, 나를 안 믿는구나." 이정이 차갑게 돌아섰다. 나는 머리가 뜨거워지는 걸 느꼈다. 뒷걸음질 치듯 대로변으로 걸어 나갔다가 유라에게 전화를 걸었다. "유라야, 도와줘."

이따금 지나간 장면들을 되짚어본다. 그렇게 하지 않으려고 해도 그렇게 되어버린다. 그 시절의 마음과 기분과 감정 들이 뭐였는지 해석되지가 않아서 거듭 돌아본다. 그날 유라에게 전화하지 않았다면, 떨리는 목소리로 숨을 골랐던 내게 유라가 이정을 만났느냐고 묻지 않았다면, "안 되겠다. 내가 갈게"라는 말에 골목 어귀에서 한 시간쯤 유라를 기다리다 둘이서 파란 대문을 함께 밀고 들어가지 않았다면, 신당 바닥에서 이정이 나체로 신주님 아래 짓눌려 있지 않았다면, 황금빛 촛불 사이로 우는 듯 일렁이는 이정의 눈빛을 보지 않았다면, 우리가 그 신음으로부터, 도망치지 않았다면…… 그 뒤로 이정을 만난 건 딱 한 번이었다. 며칠이 지나 이정이 또 내게만 연락해왔을 때 나는 잔뜩 겁먹고 물러서는 것 말고 뭘 했던가? 고민 끝에 유라에게 다시 전화했던가? 나와 이정이 만나기로 했던 카페로 유라가 달려 나왔던가? "네 돈, 갚을 거니까 걱정 마"라던 이정의 뺨을 유라가 거칠게 후려쳤던가? "정신 좀 차려, 제발!" 그 모든 상황 속에서 얼먹은 태도로 제대로 된 판단 없이 유라의 등 뒤에만 숨었던 내가 있다.

한때 격렬했으나 손쉽게 결렬돼버리고 만 것에 대해서, 꺾이거나 부러져 단절돼버린 지난날의 무수한 관계에 대해서 나는 좀처럼 결론을 내릴 수가 없다. 이정은 내게 반짝임 그 자체였는데 그 빛 곁에 있었던 시간이 이제 너무 오래되어서. 그게 너무나 서글퍼서. '지겹다'고 말하면서도 이정이 가리키는 손가락은 언제나 북극성을 향해 있었다. "국자 모양이잖아. 머리 부분의 두 별을 이어봐. 그리고 그 간격의 다섯 배 정도? 그 정도 떨어진 곳을 찾으면 거기에 북극성이 있어." 이정의 손가락 끝을 따라가기만 하면, 보이지 않던 북극성도 보이는 흔쾌한 마법이 펼쳐졌다. 누구나 찾으려면 찾아진다는 것. 명백히 존재하며 항상 변함이 없는 것. 세상에는 그런 것이 있다고 이정이 알려줬다. 알려줬었다. 이제야 의심스럽다. 우리가 함께 보았던 것은, 늘 제자리에 머물며 한결같은 빛을 내던 별이 맞는지, 맞기는 한지……

이사를 마치고도 며칠간 얼굴을 볼 수 없던 유라와 마주쳤을 때, 유라는 "어디까지나 '임시'로"라고 말했다. "잠깐만 사는 거야." 유라는 피로함이 그늘진 얼굴로 말했다. 이런 곳에 정착할 생각이냐고 되묻는 듯해서 은근히 부아가 날 법도 한데, '그래, 유라가 이런 데 살러 왔을 리 없지'라고 나도 모르게 생각하면서 나는 순간 어떤 갈급함에 휩싸였다. "'뚱바' 잘 사 주는 부잣집 딸내미의 미래"를 알 것 같다던 이정의 목소리가 들려오는 듯했다. 그리고 이어진 짧은 문답만으로 유라의 바지춤을 붙들고 뒤로 숨어 나오지 않는 아이가 딸이고, 내 아이와 같은 나이라는 걸 알았을 땐 현실감이 없게 느껴졌다. 유라와 내가 각자의 아이를 다리 뒤에 숨기고 마주해 있었다. 이정이 떠난 뒤로 나와 유라는 서로에게 지워진 채로 살아왔다. 너도 결혼했네, 너도 아이를 낳았구나, 정도의 생각만으로도 탄식이 나왔다. 아이의 칭얼거림을 핑계로 나는 더 묻지 않고 돌아섰다. 나와 유라는 뒤돌아서 각자의 현관문을 열었다.

그리고 또다시 며칠 뒤, 아침에 아이의 손을 잡고 유치원 버스를 타러 나가는 길에 나는 유라, 유라의 아이와 나란히 골목을 걷게 되었다. 나는 유라의 아이가 말끔하게 차려입은 원복을 흘끔거리며 내 아이와 맞잡은 손에 힘을 주었다. 언제나 그렇듯 인간 띠와 같은 긴 줄을 맞닥뜨렸을 때, "잠시만요, 지나갈게요" 하고 나는 빼곡한 사람들 틈새로 아이를 먼저 밀어 넣으며 길을 텄다. "여기 유명해?" 유라가 뒤따라오며 물었다. "어, 10시 오픈인데 항상 이런다." 2층 주택을 개조한 도넛 가게였는데, 앙증맞은 인테리어에 형형색색 시즌 제품들까지 인기를 끌면서 인파가 몰렸다. "그렇게 맛있나" 유라가 대수롭지 않다는 듯 웅얼거리고, "잘 모르겠어" 나는 멋쩍게 대꾸했다. 맛이 있건 없건, 평일과 주말을 가리지 않고 오전 9시부터 도넛을 먹기 위해 줄 서는 사람들에 관해서라면, 나는 아무것도 알지 못하는 쪽이었다.

셔틀은 시간에 맞춰 도착해 있었다. 나는 아이를 태우고 뒤로 몇 발짝 물러났다. 아이가 손 흔들며 멀어지는 걸 보며 돌아섰는데, 유라도 아이를 뒤늦게 도착한 버스에 태우는 중이었다. 지역에서도 유명한 전일제 영어 유치원의 로고가 그려진 버스의 뒤꽁무니를 망연히 바라보았다. '영유 한 달 학비가 사회 초년생 월급이라던데'라고 생각하고 있을 때, 유라가 내 쪽으로 빠르게 걸어왔다. "같이 가자." 우리는 도넛 가게를 지나쳐서 말없이 좁은 골목으로 들어섰다. "도넛 가게 때문에…… 좀 딴 세상 같지?" "딴 세상?" "골목 말이야, 도넛 가게만 지나쳐 오면 꼭 불 꺼진 놀이동산에 들어서는 기분이야." 유라는 맞장구를 쳐주지 않았다. 그게 불쑥 서운해져서 잠자코 걸었다. 그리고 잠깐의 정적 끝에 아이 이름이 뭐냐고 유라가 물었다. "아, 수정이야." "예쁘네." "너는?" "나?" "아, 네 아이." 나는 어쩐지 허둥대고 있었는데, "미래" 유라가 짧게 답했다. "호적에는 '미정'으로 돼 있어. 나는 미래라고 불러." "미정?" "어, 시부 죽으면 바로 개명시킬 거야." 유라는 단호히 말했다. 나는 고개만 끄덕였다.

유라와 나란히 돌아왔을 때 장은 타이밍 좋게 유리문을 밀고 나오며, "이웃 간에 보기 좋습니다" 하고 실없이 웃었다. '좋습니다'에 방점을 찍어서 길게 늘이는 식으로, 들는 사람을 오히려 어리둥절하게 만드는 뉘앙스였다. 우리는 장에게 목례를 하고, 계단을 줄 서듯 올랐다. 현관 앞에서 뒤돌기 전에, "자주 봐"라고 유라가 말했다. 유라는 내 대답을 듣지 않고 비밀번호를 눌렀다. "아, 옥상은 다들 사용해?" 그러다 현관문 손잡이를 잡은 채로 또 묻기에 나는 "아니, 내가 가끔 이불 널어놓으러 가긴 하는데 아무도 이용은 안 해. 옥상에 아무것도 없기도 하고. 4층도 비었을걸" 말해주었다. "그렇구나. 들어가." 유라가 닫고 들어간 문 앞에서 나는 잠깐 서 있었다. 나는 수정과 미정, 미정과 미래에 대해 곱씹다가 천천히 돌아섰다.

고3 봄방학이 끝나자마자 여름방학에 이르기까지 시도 때도 없이 진로 상담이 이루어졌다. '담임 호출'이라고만 하면 "아, 또?" 진저리를 치며 교실을 빠져나가 상담실로 향했다. 이정은 늘 별것 아니라는 듯 웃는 얼굴로 들어왔지만, 유라는 한결같이 떨떠름해 보였다. "어떻게 됐어?" 내가 바싹 다가가 물어도, 유라가 책상에 앉아 내놓는 답은 엇비슷했다. "똑같지 뭐, 담임이 나보고 생각이라는 걸 좀 하고 살래. 일부러 안 하는 건 아닌데." "아무리 생각해도 모르겠어?" 예고에 왔으니까 나로서는 문창과로 진학하는 게 당연하다고만 여겼는데, 유라는 오히려 나보다 글을 잘 쓰면서도 진로를 헷갈려했다. "어. 잘 모르겠어, 난. 뭘 하고 싶은지, 뭘 좋아하는지, 미래는 있는지." "미래?" "그래, 미래." 그때 유라가 마른 입술 사이로 내뱉던 '미래'라는 단어가 낯설어서 나는 침묵했다. 유라가 눈을 크게 뜨고, "미래라니, 그런 건 생각해본 적도 없어"라며 볼펜을 손에 쥐고 딸각거리던 때, 유라는 제 배로 품어 낳은 아이에게 '미래'라는 이름을 붙여줄 줄 예상이나 했을까? 일찌감치 인문 계열 진학을 결정짓고 수능 공부에 매진하던 이정은 뭐라고 말했더라, 아 그래, 그렇게 말했다. 그 시절의 우리에게 시간을 나눠 갖는 암호 같은 게 있었다면 바로 그 문장 하나였을 거니까. "뭐야, 그거야말로 '개가 달립니다, 슬픕니다' 같은 거네!" 그리고 셋이서 기운 없이 웃었더랬다.

이후로는 매일이 엇비슷했다. 오전 9시. 같은 시간에 현관문을 열고 나와 계단을 내려가고, 골목을 휘돌아 빠져나가서 낯모르는 사람들이 도넛 가게에 들어가기 위해 길게 늘어선 줄을 파고들고, 각기 다른 유치원 셔틀 버스에 아이들을 태웠다. 수정이는 '일유', 미래는 '영유'. 나는 다시 집으로 돌아왔지만, 어느 날부턴가 유라는 정장을 차려입고 가방을 어깨에 멘 뒤 버스 정류장을 향해 구둣발로 걸었다. "출근해?" 나는 물었고, 유라는 그렇다는 듯 눈짓해 보였을 뿐 더 말 붙이지 않고 우리는 헤어졌다. "남편 사업을 좀 도와주고 있어." 나중에 간단한 설명을 들었지만, "요즘 참 다들 어렵지" 하는 내 대답에 유라는 아무 대꾸도 하지 않았다.

오후 4시 반이 되면 횡단보도를 사이에 두고 아이들이 다시 셔틀에서 내렸다. 나는 일찌감치 보도 위에 서서 저 멀리 종종대며 걸어오는 유라를 지켜보곤 했다. 일유는 집으로, 영유는 쉴 틈도 없이 다른 과목의 학원 셔틀로 옮겨 탔다. 어느 날은 피아노, 어느 날은 사고력 수학이라고 인쇄된 버스였다. "피아노를 워낙 좋아해서." 골목에서, 유라는 묻지도 않은 말을 이었다. "영·수는 좀, 필수니까." "그래." 대화는 잘 이어지지 않았다. '나는 에너지가 없어, 그런 말을 너와 나눌 에너지가 없다고.' 유라 앞에서 나는 내내 그런 억울한 표정을 짓고 있었는지도 몰랐다. "그건 '개가 달립니다, 슬픕니다' 같은 거야……" 멍하니 떠올렸다가 고개를 흔들어 털어버리곤 했다. 오후 6시가 되면 집에 들어갔던 유라가 옷을 갈아입고 나와서 아이를 서둘러 데리러 가는 모습이, 주방에서 보였다. 나는 쌀을 씻거나 대파를 다듬으며, "수정아, 밥 먹어야지!" 소리치듯 부르면서도 눈으로는 유라를 좇았다.

북극성 찾기

초등학교에 입학하면 사교육은 필수로 시켜야 한다던데 벌써부터 유난 떨지 말자고, 지금은 놀게 하자고……'학원'에 보내는 것에 대해서라면 남편과 이미 합의한 — 어쩔 수 없이 — 부분이었지만 그래도 마냥 놀게만 할 수가 있나, 원망하듯 초조함을 느꼈다. "자잘한 거 그거, 별거 아냐. 금방 메우면 돼." 자산을 주식에 '몰빵'한 덕분에 남편이 결혼 전에 야금야금 빌려 쓴 생활비 대출금을 갚아나가는 데만도 오랜 시간이 걸렸다. "3050이라니, 제정신이야? 이성이 있고 상식이 있으면 어떻게 이런 돈을 빌려 쓸 생각을 해?" 나는 기가 차서 울었다. 30만 원 빌려서 2주를 쓰고 50만 원으로 갚았던 사금융 이용 내역을 보게 됐을 때였다. "잠깐이었어. 다 옛날 일이야." 남편은 언제나 문제의 크기를 축소했다. 뭐든 지나간 일로 치부하고, 대수롭지 않게 여겼다. "앞으로의 미래가 더 중요하잖아?" 다 잘될 거라는 대책 없는 긍정도 지긋지긋했지만 과오를 인정하지 않으려는 태도는 더 최악이어서 나는 남편의 월급날마다 마음을 졸였다.

외벌이로는 저축은커녕 한 달 생활비조차 빠듯했기 때문에 나는 심부름 마켓 앱을 설치해서 짬짬이 용돈 벌이를 하러 나가기도 했다. 버스 한두 정거장 거리를 걸어서 배송하는 소형 택배 업무부터 학원 시험 기간에 '급구'

하는 단순 채점 알바까지, 시간당 최저시급으로 지급 받았다. 아무리 모아봐도, 말 그대로 '아이 과잣값' 정도인. 베이비시터 비용을 대는 게 두려워서 취직은 엄두도 못 냈다.

가계부를 한숨 쉬며 들여다보다가 아이에게 공을 넘길 때도 있었다. "수정아, 피아노 배울까?" "아니." "왜? 친구들은 다 배울 텐데, 싫어?" "응." "왜?" "그냥!" 어린아이의 무해한 얼굴을 바라보다가 "그래, 네가 싫다면 뭐……" 하고 눈감아버리는 비겁함. 나는 그걸 알면서도 어느 때는 남편과 '세상에 둘도 없는 부모'와 같은 제목의 연극이라도 하는 심정이었다. "수정이한테 피아노 학원에 가겠냐고 물었더니 싫다고 하네?" "그래? 내 새끼가 공부 욕심이 없는 타입인가?" "재능을 빨리 발견하는 것도 행운인데." "하고 싶은 거 있다고 하면 밀어주고 싶어."

때때로 아이가 거실 바닥에 엎드린 채 책을 읽으며 놀고, 나는 주방 창문 너머로 미래의 손을 꼭 붙들고 오는 유라의 귀갓길을 내다보았다. 그럴 때면 유라의 머리 너머로 펼쳐진 캄캄한 하늘에서 나도 모르게, 뭐라도, 반짝이는 것을 찾게 되었다. "저기 북극성 있다." 금방이라도 이정의 곁에 서서 그가 가리키는 손가락을 따라 고개를 치켜들고 싶어졌다. "댓츠 어 빅 디퍼." 아이가 리더스북에

세이펜을 대고 따라 읽는 소리가 들려오면 더 그랬다. "잇 캔 헬프 어스 파인드 어 올 스타스." 형체를 모르겠는 간절함과 조바심은 더 커졌다. "잇 룩스 라이크 어 쿠킹 팟!" 아이의 목소리가 집 안 가득 카랑카랑하게 울리면, 그래서 나는 주방 창문을 깨뜨릴 듯 힘주어 닫아버렸다.

유라의 남편은 키가 크고, 덩치가 있었다. 타인에게 살가운 성격이 아닌 듯 첫인상은 다소 어둡게 느껴졌다. "남편은 그냥, 작은 사업해." 유라는 그렇게 말했는데, 사업체를 꾸리는 오너라기보다는 육중한 무게감이 느껴지는 운동선수에 더 가까워 보였다. 주말이면 온갖 캠핑 장비와 대형 캐리어를 차에 싣거나 내리는 유라네 부부와 그 곁에 선 미래를 내다보았다. 남편은 매너 있는 이웃인 척 굴다가도 "사업이 아예 망한 건 아닌가 보네?" 하며 마른손을 털고 들어왔다. 남편은 기본적으로 사람에 대한 불신이 크고 의심이 강한 편이었다. "앞집 여자하고 친구였다고? 아무튼 매사 조심해"라며 머리를 흔들었다. 나 역시 속된 마음이 들었다. 잘살던 유라가 어째서 이런 곳에 **흘러들었는지** 알 수 없었다. 그리고 미래가 입은 옷과 미래가 신은 신발 등을 집요하게 살펴보며 "그래도 살 만한가 보지" 불퉁거리다가, 현재 미래가 다니는 영유와 앞으로 미래가 다닐 사립 초에 대해서까지 생각하다가, 급기야는 스스로가 한심스러워지곤 했다.

이따금, 아니 어쩌면 아주 자주, 그들 가정의 미래를 떠올렸다. 빈번히. 정확히는 그들이 기르는 아이의 앞날을, 그리고 내 아이의 그것 또한 마찬가지로. 그럴 때면 언제고 유라의 아이는 양지로, 나의 아이는 그늘로 놓였다. 이래서는 안 된다고 단호히 마음을 다잡으면서도 어찌할 바 없이 울적해졌다.

상가 주택에 살면, 1층에 입점한 가게에서 뿜어져 나오는 불빛 때문에 늘 곤혹스러웠다. 세탁소와 부동산이 간판을 밤새도록 켜두었고, 무엇보다 편의점이 24시간 운영되었기 때문에 사시사철 온갖 벌레들이 들끓었다. 사람도 벌레도 그침이 없다는 것에 익숙해졌다 싶었는데도, 어느 여름날 베란다 근처 건물 외벽에 자리 잡은 벌집을 발견했을 땐 소스라치고 말았다. "벌집이야, 벌집이라고!" 내 딴엔 너무 놀라서, 아침에 아이를 데리고 현관문을 나서자마자 비명 지르듯 꺼낸 말이었는데 유라는 대번에 "어디?" 하고 반색했다. "어, 그게, 베란다 쪽……" "일단 애들 보내자." 유라는 "빨리, 빨리" 하며 아이들을 몰아서 골목을 빠져나갔다. 각자 셔틀을 태우고 서둘러 뒤돌았다. "너 출근 안 해?" "네가 119 부르기 전에 봐두려고." 유라가 눈을 빛내자, 나는 그제야 학창 시절에도 유라가 새며 곤충이며 인간 외의 생명체에도 거부감이 없었다는 게 기억났다. 운동장을 거닐거나 교실 창틀에 자리 잡은 비둘기들을 겁내지 않았던가? 날개를 펴고 갑자기 날아드는 사마귀 같은 것에도 놀라지 않았던가? 그러고 보니 벌에 관심을 보인 적도 있었던 것 같은데. "아니 근데 정말 커" 따위의 말을 하면서 나는 유라를 따라갔다.

"쌍살벌 집이네." 유라는 베란다 난간에 매달리듯 상체를 내밀어서 외벽에 달린 벌집을 확인했다. "쌍, 뭐?" 얼빠진 말로 들렸는지 유라가 날 보며 슬쩍 웃었다. "쌍살벌." "이름이 뭐 그러냐." "어, 말벌보다야 크지만, 벌집 자체로는 아직 작아." "작다고?" 나는 소스라쳤다. 벌레라면 질색이었다. "남자 주먹만 한데, 뭐." 유라는 대수롭지 않아 했다. 나는 조르듯 물었다. "그래서 어떡하면 되는데?" 유라는 어깨를 으쓱거렸다. "일단, 119를 불러." "뭐라고?" 어처구니가 없어서 나는 되물었고, 그것이 이후의 반년간 그리고 내가 '강 변호사 사무실'에 재취업을 하기 전까지 유라와 내가 주춤거리며 다시 이런저런 일상을 공유하는 '친구 비슷한' 사이가 되는 계기가 됐다.

그날 유라는 119에 전화하는 것부터 대원들이 도착해 쌍살벌 집을 떼어내는 모든 과정에서 주도적으로 움직였다. "어, 오늘 못 가. 나 없어도 괜찮잖아" 하는 남편과의 통화도 짬짬이 하면서, "살충제 뿌리지 말고 떼어주세요, 네, 부탁드려요, 네" 하는 등의 다급한 요청도 잊지 않았다. 별장에 벌매가 머물고 있는데 아주 좋은 먹이가 된다고 유라는 다소 들떠서 말했다. "벌매라니? 매?" 나는 깜짝 놀라서 되물었다. "어, 맹금류는 맞는데, 온순해. 개나 제비처럼 귀소성이 강하고." 그다지 무섭지는 않다고 하면서, 유라는 벌매가 유충을 뽑아 먹고 벌집까지 모조리 뜯어 먹은 사진까지 보여줬다. "이런 걸 보고 무섭지 않다고 생각할 수가……"라는 내 말에 유라가 웃음을 터뜨렸다. "그런가?"라고 했던가? "다시 돌아오는 거. 그게 가장 중요해"라고도 했던가? 나는 '별장이라니, 역시 뚱바 잘 사주던 부잣집 딸내미는 다르네?'라는 말까지는 꺼내지 않았다. 유라를 향한 그런 말은 언제나 내 것이 아니었다.

이후로 유라가 우리 집의 초인종을 누른 날도 있었다. 나는 심부름 마켓 앱 화면에 코를 박고 있다가 깜짝 놀라서 벽시계를 올려다보았다. 큰일이라도 난 듯 "일단 와봐" 하기에 주저하며 유라네 집 안으로 들어갔다. "이거 이거, 깡충거미야!" 거실 벽면에 바싹 붙어서 손가락을 짚어대는 유라의 상기된 얼굴을 보자 한숨이 나왔다. 화염 같은 불빛에 24시간 휩싸인 이 건물에는 온갖 벌레들이 끈질기게 틈입했다. 특히 정체 모를 곤충이나 절지동물이 출몰하는 광경은 지겹도록 익숙했다. "지금 거미 하나 발견했다고 신이 나서 부른 거야?" 허탈해서였나, 나도 모르게 "뭐야, '개가 달립니다, 슬픕니다' 수준이잖아?"라며 정색했다. 유라는 급격히 어두워진 표정으로 입술을 맞물었다. "기억하네?" 그렇게 말하는 유라의 목소리는 낯설게 들렸다. "뭐래." 나는 눈 둘 곳을 찾아 몸을 비틀었다. 유라는 말없이 있다가 "그래" 하고 말았다. "간다." 나는 현관을 나와서 집으로 돌아왔다.

유라는 다음 날 또 초인종을 누르더니, 흡사 빚 받으러 온 듯 굴었다. "너 출근 안 했어?" "휴가야." "휴가?" 유라는 "어쨌든 있잖아, 그건 그렇게 써먹는 게 아니야" 하고 식탁 맞은편 의자에 맘대로 주저앉고는 덧붙였다. "뭐랄까, 그건 좀더, 본질에 관한 거지." 나는 씻어서 뒤집어놓은 머그잔을 꺼내 들고 얼그레이 티백을 뜯었다.

진학 상담을 거듭하며 유라는 어느 날부터인가 툭하면 말했다. "개가 달립니다, 슬픕니다." 그게 뭐고 또 무슨 뜻이냐고 이정과 내가 물어도, 유라는 "아니 그런 지경이라고"라거나 "그냥 그렇다고"라고만 했다. 어느 날엔 화난 사람처럼 입술을 짓씹으며 "개가 달립니다, 슬픕니다……"를 고요히 중얼거리기도 했고, 또 어느 날의 유라는 석양을 등에 지고 리듬을 타듯이 "개, 가, 달, 립, 니, 다, 슬, 픕, 니, 다" 하면서 운동장에서 한 발 뛰기를 했다. 설명해 주지 않으니까 무슨 뜻인지는 몰라도, 이정과 나는 그저 그대로 내버려두었다. "대한민국 고3이 이렇게 정신 줄을 놓는 겁니다" 하고 중계하듯 놀려대면서. 그리고 유라의 말을 흉내 내곤 했다. 우스워도, 놀라도, 어이가 없어도, 화가 나도, 배가 고파도, 졸려도, 모의고사를 망쳐도, "진짜, 이건 진짜로 개가 달립니다, 슬픕니다 수준인데?"라고 떠들어대기 시작했던 것이다.

"이제 와 말하지만 그건 '교감'이 들여다봤던 일본어 문제집에 나온 거였어." 유라가 말했다. "교감?" 나는 머그잔에 뜨거운 물을 가득 부어, 유라 앞에 내려놓았다. "언제였는지 잘 기억 안 나지만 체육 시간에 교감 샘이 자습하라면서 감독으로 들어왔던 날 있어." "그랬나?" "교탁이 높으니까 그러셨던 거 같은데. 교감 샘이 빈 책상에 자리 잡고 앉아서 일본어 공부를 하시더라고. 우리 1학년 1학기 때 배웠던 교과서 보충 자료. 나 항상 맨 앞줄에 앉았잖아. 뭘 하시는지 자꾸 눈에 보였어."

그림이 그려져 있고 그 아래로 한국어와 일본어 문장이 배열되어 있는 워크북이었다고, 유라는 이어서 말했다. 경어를 배우는 단원이었다고. "그래서?" 나는 영문 모를 말을 하는 유라 앞에서 되물었다. "달리는 개가 그려져 있었어. 그림 아래에는 '이누'라고 적혀 있었겠지? 그러면 괄호에 들어갈 알맞은 답을 바로 맞히면 되는 거잖아. 이누가 하시리마스. 개가 달립니다." 유라는 계속 말했다. "근데 교감 샘은, '카나시이데스'라고 적으시더라." "카나시이?" "어, 카나시이, 카나시이데스,라고." 그게 시작이었다고 유라는 말했다. 교감 선생님이 고심해서 적은 답이 '개가 슬픕니다'여서 당황스러웠다고. '개가 달립니다'와 '개가 슬픕니다' 사이에 어떠한 인과가 있는 건지 도무지 모르겠어서, 그래서 계속 따라 해봤었다고. "근데 있잖아, 이제는 알 것도 같아." 유라는 "들어봐"라고 해놓고는 자꾸만 말을 더듬거렸다. "달리잖아, 개가. 그러니까 개가 달리잖아. 개는 달릴 수밖에 없고, 달려야 하고, 달리는데, 달리는 게, 그게 슬픈 거지. 슬프지 않을 수가 없는 거야. 살아보니까 그렇더라."

열아홉에도, 스물넷에도, 서른아홉에도, 나는 시간이 필요한 쪽이었다. 내가 아무 대꾸도 하지 않자, 유라는 머그잔에 담긴 홍차를 남김없이 비우고 일어났다. "나가자, 애들 올 시간 됐어." 그리고 뜻 모를 소리를 했다. "내 말은, 달리는 개는 태생적으로 슬플 수밖에 없다는 거야. 그러니까 주영아, 다음에…… 언제일지 모르지만 다음에, 내 부탁 하나는 꼭 들어줘." "뭐?" 나는 당황했는데, "무슨 부탁이라도"라면서, 유라는 골목을 뛰듯이 빠져나갔다. "그게 지금 무슨 소리야." 나는 허둥대면서 유라를 붙잡듯 뒤쫓았다. 이제 와서 생각하니 그건 분명히 어떤 불길함이었는데, 나는 한번 경험해본 사람의 내면에 배어드는 오싹한 한기로 그것을 지레 외면해버렸던 것은 아닌지······

나는 후들거리는 다리에 힘을 주려고 노력했다. 인쇄소에 들러서 제본된 책자 스무 권을 두 팔에 안아 들고, 가쁜 숨을 몰아쉬며 사무실로 돌아왔다. 자리에 앉자마자 인터넷 뉴스를 검색했다. 컴퓨터 화면에 뜬, 영상이 첨부된 뉴스를 몇 번이고 재생하면서 호흡은 더 헝클어졌다.

"경찰은 A양의 부모가 이미 오전 6시경 서울을 빠져나간 것으로 보고, 사라진 A양의 행방을 수소문하고 있습니다"라는 기자의 목소리와 함께 전환된 화면에는, "A양이 평소 유치원에서 그렸다는 그림입니다"라며 한 장의 그림이 나타났다. 흰 도화지를 검은 크레파스로 성글게 채운 배경으로 전면에 그려진 커다란 창문과, 창밖으로 새빨갛게 뭔가가 불타오르는 모양이 눈에 띄었다. "자세히 확대해 보면 불길 속에 누군가가 있습니다. 전문가들은 A양이 자신의 모습을 그려 넣은 것이라고 입을 모읍니다." 기자가 덧붙였다. 이어서 "아이가 꼭 살려달라는 것 같았어요"라는, 유치원 선생님의 진술과 "사업체를 꾸리는 건실한 부부로만 알고 있고요, 아이는 참 예쁘고 착하고……"라는, '장 부동산' 사장의 인터뷰도 이어졌다. "경찰은 A양의 아버지가 여섯 건의 사기 전과 기록이 있고, 채권추심 업체를 운영하며 과도한 추심을 행해오면서 현재도 세 건의 형사 소송에 휘말려 있다고 전했습니다."

나는 모니터 전원을 껐다. 손바닥에 땀이 배어드는 걸 느끼며 강에게 문자를 보냈다. 저기, 변호사님, 제가 일이 있어서, 아니 일이 생겨서, 일찍 퇴근해보겠습니다,라고 적었다. 자꾸만 오타가 났다. 지우고 다시 쓰는 데만도 시간이 걸렸다. 나는 답장을 확인하지 않고 가방을 챙겨 일어났다. 이 모든 게 다 사실이 아니고, 내가 잘못 보고 있는지도 몰랐다. 내가 본 뉴스 화면에서의 A양이 미래가 아닐 수도 있었다. "출근해?" 두어 달 전에 유라가 내게 묻고, "어, 사거리 앞 사무실에"라고 내가 대꾸했을 때, 그때 유라는 "잘됐네"라고 고개를 주억거렸다. "너는?" 아이들을 각자 셔틀에 태우고 돌아서며 내가 묻자, 유라는 "지겨워서"라고만 대답했다. 그리고 유라는 한 달 전에도, 보름 전에도, 내게 "쉬고 있다"고 말했다. "방학이야, 미래도 좀 놀아야지." 유라가 그렇게 말했던가? "애도 참, 크느라 힘들어. 그것도 개가 달립니다, 슬픕니다 같은 거지." 그렇게도 말했던가? 아닌가? 뭐라고 했지? 유라가 뭐라고 말했지? 나는 왜 이 모든 멀고도 가까운 과거가 불분명하게 기억나는 것인지. 도대체 왜 이토록 흐릿하기만 한 것인지. 유라야, 뭐라고 말했어? 나한테 뭐라고 했어?

횡단보도를 건너고 골목으로 접어들며 길게 늘어선 줄 사이를 행패 부리듯 파고들었다. 반짝이는 설탕이 뿌려진 따끈한 도넛 따위를 먹기 위해서, 어디로의 '입장'만을 위해서 이렇게나 여유만만하게 줄을 서고 또 서고…… 화가 치미는 것을 느꼈다. 울고 싶은 마음을 누르고 걸었다. 출입문을 열고 계단으로 올라섰다. "유라야." 벨을 누르고 주먹으로 문을 두드려봤지만 아무 소리도 들려오지 않았다. 손이 얼얼한 즈음에 나는 돌아섰다. 때마침 강과 남편의 메시지가 동시에 울렸다. '알겠습니다, 저는 북두칠성에 와봤습니다.' 한 통과 '뉴스 봤어? 이게 지금 다 무슨 일이야?' 한 통. 나는 맥없이 도어 록의 비밀번호를 눌렀다. 그리고 현관문을 열었을 때, 누군가 틈새로 밀어 넣은 듯 크리스마스카드와 같은 넓적한 종이봉투가 툭, 소리를 내며 떨어졌다.

우리 사는 건 강단만으로, 강단만으로 되는 건 아니구나.

유라의 글씨체인 걸 모르지 않았다. 모를 수가 없었다. 편지지 맨 위에 씌어진 글귀는 이정이 자신의 다이어리 맨 앞장에 써두고 "지겨워" 다음으로 많이 내뱉던 어느 시의 구절이었다. 나는 카드를 내던졌다. 신발도 신지 못하고 계단을 뛰어 올랐다. 아니길, 제발 아니길. 부탁이니까 이 미친 짓을 제발 다 그만둬…… 지난날 유라는 이정의 뺨을 거세게 내려쳤다. 그러나 살면서 다시 한 번만 더 유라가 눈앞에 나타난다면, 이정에게 내가 차마 하지 못해서 끝 간 데 없이 마음이 바스라지고 울며 후회했던 것을 유라에게 해줄 텐데, 유라를, 끌어안아줄 텐데.

3층에서 4층으로 몸을 기울여 고개를 들던 순간에 나는 주말마다 유라가 들고 계단을 오르내리던 그 32인치 캐리어를 보았다. 유광 블랙의 매끈한 몸체에 흰색 별들이 촘촘히 박혀 있던 대형 캐리어였다. 유라는 소방대원이 깔끔하게 떼어낸 쌍살벌 집을 모기장에 쓰일 법한 망으로 겹겹이 포장해서 거대한 공처럼 말았다. 그리고 그것을 캐리어 안에 조심조심 담았었다. "근데 뭐 그렇게 큰 걸 샀어, 애 하나쯤은 그냥 들어가겠다." 생각 없이 내뱉은 말이었는데 지퍼를 반쯤 올린 채로 열어두는 유라의 눈길이 매서웠던가? "우리 미래 거뜬히 들어가지. 들어가고도 남지"라고 말했던가? "우리 미래가 말이야, 아직 어려도 강단이 있거든"이라고도 덧붙였던가? 이정을 곧 잃게 될 거라는 예감조차 할 수 없었던, 미래의 형태를 감각조차 하지 못했던 어리고 가혹했던 그날에 파란 대문집의 골목 어귀에서 나는 유라에게 전화를 걸었다. "유라야, 도와줘. 나 너무 무서워……" 온몸을 부들거리며 4층으로 계단 한 칸, 또 한 칸을 재차 올라서는 때에 캐리어는 내 눈앞에서 점점 더 커졌다. 흐릿했던 시야는 점차로 또렷해졌다. 찾으려면 찾아지는 것. 명백히 존재하며 항상 변함이 없는 것. 반짝이는 것. 나는 그것을 향해서 다급히, 손을 뻗었다.

한낮의 정적

"알았지?"

정오가 낮은 목소리로 물었다.

"……알았어."

주이는 정오가 뭔가 되묻고 있다는 걸, 확인받고 싶어 한다는 걸 느꼈지만 그게 정확히 뭔지 알 수 없었다.

"그렇게 해."

정오가 다시 말했다.

"응."

주이는 대답했다. 현관으로 향하는 정오의 등 뒤를 느린 걸음으로 따라갔다. 현관문을 열자 제법 쌀쌀한 바람이 품 안을 헤집듯 거칠게 들어왔다.

"추워, 얼른 닫아."

정오가 발에 작업용 안전화를 꿰어 신으며 손짓했다. 불빛과 소음이 강을 깨울까 봐 담요를 덮어 안아 든 채로,

정오는 복도로 나섰다. 새벽 6시도 되지 않은 시간이었다. 자동차 공업사에서 일하는 정오는 언제나 출근이 일렀다. 사고는 자정과 새벽에도 끊이지 않았고, 부서지고 우그러진 차들은 늘 차고 넘쳤다. 주이는 현관문이 닫히기 직전까지도 정오가 자신을 걱정스러운 표정으로 바라보고 있는 걸 알았다. 주이는 정오에게 아무런 말도 해줄 수 없었다. 알았다고, 꼭 그렇게 할 테니까 걱정하지 말라고, 마음 같아서는 어떤 확신이라도 주고 싶었지만 주이의 '내부'는 전혀 다르게 가동되었다. 정오는 잠에 취한 어린 강을 데려다 사무실 소파에서 좀더 재우고 조금이라도 일을 시작해놓을 거였다. 그리고 시간이 되면 강에게 뭐라도 먹이고 학교로 급히 데려다주겠지. 정오와 강의 험난한 등굣길은 열흘이 다 되어가고 있었다. 온종일 기름때와 먼지에 시달릴 판금 도장 수리공의 일과를 모르지 않는데도 주이는 예기치 못한 순간에 급속히 방전돼버린 스스로가 두려웠다. 주이는 정오가 자신을 책망하거나 포기하지 않는 걸 알지만, 이번만큼은 허리를 펴고 일어나기가 어려웠다.

끼니를 제때 챙겨.

창문을 열고 환기해.

잠깐씩 나가봐, 볕도 쬐고.

나쁘지 않아.

다 괜찮아져.

……

주이가 침몰하듯 가라앉을 때마다 정오는 같은 말을 지치지도 않고 반복해왔다. 주이는 항상 알았다고 대답했지만 말뿐이었다. 어떻게 행동해야 할지 몰라서 때때로 멈췄다. 부속품이 빠졌거나 기능이 제어된 장치처럼 주방이나 다용도실 문 앞에 가만히 서 있었다. 그러다 안간힘을 써서 몸을 움직이고 약봉지를 뜯었다. 알약들을 손바닥에 쏟아 물과 함께 삼키면서 "쓰디쓴 개살구도 맛 들이기 나름이야"라며 어린 날에 가루약을 개어 입에 넣어주던 아버지를 떠올렸다. 아버지는 언제나 기분을 다스리라고 했다. 기분이라는 건 얼마든지 스스로 만들어갈 수 있는 거라고…… 주이는 전력을 다해 입술을 달싹였다. "안 돼요." 주이는 남은 봉지 수를 찬찬히 세고 진료 예정 날짜를 곰곰이 헤아렸다. 그것을 하는 데에 온종일 시간을 썼다. 주이로서는 찰나의 시간에 머물렀을 뿐인데도 자각할 새 없이 해는 어느새 뜨고 져버렸다. 그리고 정신을 추슬러서 "강, 우리 강!" 하고 고개를 들면 강이 눈앞에 와 있었다. "엄마, 나 여기 있어." 주이가 서둘러서 강의 작은 몸을 끌어안으면 부엌에서 정오의 다정한 말소리가 들려왔다. "밥 다 됐어, 얼른 먹자."

*

전화는 수차례 걸려 왔다.

주이는 평소에도 전화에 빨리 반응하는 편은 못 됐다. 열일곱에 이미 취업해서 나인 투 파이브로 일을 시작했는데 근무 중에 전화기를 캐비닛에 넣어놓고 아예 몸에 지니지 않던 습관 때문이었다. 아버지의 사정이 나빠지면서 — 빚이 빚을 낳는다고 했다 — 주이는 낮에 일하고 밤에 공부하는 고등학교에 들어갔다. 주이의 휴대폰 요금과 등록금과 기숙사 비용 3년 치부터 한꺼번에 납부한 아버지는 빈 가방을 메고 울산으로 가는 고속버스를 탔다. *주이야, 아버지 울지 않고 울산 도착. 잘했지.* 아버지에게 받은 첫 문자였다. 아버지가 버스를 타기 전에 주이는 매점으로 달려가 베지밀 한 병과 귤 한 줄을 사 왔다. 아버지는 "내 딸이 언제 이렇게 커서 아빠한테……"라며 눈시울을 붉히다가 "근데 우유랑 과일이랑 같이 먹으면 설사한다" 내뱉듯 말하고는 훌쩍였다. "두유라서 괜찮을 거야." 주이는 멀어지는 버스를 바라보며 오래오래 손을 흔들었다. 주이는 비밀스레 감춰졌던 삶의 포악함이 슬며시 다가오는 느낌을 받았다. 그것은 아주 생경한 것이었다. 엄마가 주이의 삶에 일찌감치 부재했던 것과 별개로 아버지가 내주는 안온함에 둘러싸여서 지내온 시간들이 아스라이 멀어져가는 걸 보았다. 누구라도 멀어진다. 아버지와도. 멀어지는 것에 익숙해지자. 주이는 생각했다.

그리고 점차로, 자기 자신과 거리를 두고 멀어져야 하는 때도 있다는 걸 알게 됐다. '길들이기'를 한다면서 어린 신입 사원 10여 명을 재봉틀 기기 앞에 일렬로 앉혀놓았던 봉제 공장에서 "좌로 번호 시보리 1!"을 선창해야 했을 때도, 오후 5시에는 하던 일을 정리해야 수업에 갈 수 있다고 말했을 뿐인데 주임이 실수인 듯 고의인 듯 엎지른 깍두기 국물을 옴팡 뒤집어썼을 때도, 또 택배 물류 창고에서도, 유아동 장난감 제조 업체에서도…… 주이는 힘이 드는 순간마다 아버지가 타고 떠나던 고속버스를 떠올렸다. 아버지의 티켓에 써 있던 자리 번호 4C 그 옆자리 4D에 앉는다. "어유, 설사하는 게 그렇게 무서워?" 아버지에게 면박 주며 베지밀을 마신다. 그러고는 고속도로로 접어들어 차가 속력을 높이면 졸음에 겨운 아버지와 딸이, 상처 난 뿔을 한데 얽고 쉬듯 깊은 잠에 빠지는 것이다. 진짜 주이는 아버지의 곁에 있으니까 가짜 주이는 내몰리고 밀쳐져도 괜찮았다. 아프지 않았다. 그래서 주이는 고등학교 시절 내내 눈을 뜨면 아침 먹고 바로 일하러 갔다. 주

이야, 아버지 잘 지낸다. 언제나 약 잘 챙겨 먹고 네 기분을 다스려라. 우리 딸 착하지. 아버지가 가끔 보내오는 문자는 퇴근길에야 확인했다.

주이는 정기적으로 무너지고 다시 일어났다. 정신이 희부옇게 돌아올 때면, 아버지가 크고 거친 손으로 양쪽 뺨을 힘주어서 공처럼 잡고 있다고 느꼈다. 주이는 아버지의 손에서 전해져오는 떨림을 고스란히 느끼면서 서서히 끌어올려졌다가 흐무러지기를 반복했다. 졸업장을 간신히 손에 쥐고 학교 밖으로 나온 뒤, 주이는 떡볶이 공장에 취업해서 아침 8시부터 정오까지 네 시간씩 일했다. 판에 담겨 일렬로 달라붙은 밀떡을 떼어내 검지 두 마디만 한 크기로 잘라놓으면 퇴근이었는데 항상 싫은 소리를 듣고 — 젊은 애가 일머리가 없다, 일머리만 없냐 매가리도 없지! — 1시가 다 되어서야 작업복을 갈아입었다.

주이는 스물한 살에 조경 회사로 옮겨서 잡무를 봤고, 거기서 만난 정오와 연애하고 결혼했다. 두 사람 다 시시콜콜하게 전화기를 쥐고 연락에 목을 매는 타입은 아니었기 때문에 주이가 전화기를 무음으로 해두는 것은 문제가 되지 않았다. 주이와 정오는 언제나 여유 없이 일하고 시간에 쫓겼다. 주이가 아이를 갖고 나서도 마찬가지였다. 유난히 잠이 많았던 강을 기르던 시기의 고요와 침묵에 익숙해져서 강이 걷고 뛰어도, 보육 기관에 다녀도, 여전히 전화기에 신경 쓰지 않았다. 밖에서 일을 할 땐 전화기를 볼 여유가 없었고, 일하지 않고 혼자 있을 땐 어차피 정오 외에는 주이에게 걸려 올 전화도 없었으니까. 주이는 그런 이유로 자주 콜을 놓쳤다. 한때는 '부재중 전화' 알림이 뜨면 바로 통화 버튼을 누르기도 했지만, 기계음으로 수신 전환되는 광고성 스팸이 대부분이라는 사실을 알게 된 이후로는 그마저도 하지 않았다.

그날은 5월 마지막 주 월요일로, 식탁이 배송되어 오기로 예정된 날이었다. 소파 없이 사용하기 좋은 4인용 식탁이었다. 밥도 먹고 숙제도 하겠다며 손꼽아 기다리던 강 때문에 주이는 평소와 달리 전화기를 오전 내내 손에 쥐고 있었다. 그러나 오전 11시로 안내받았던 배송 기사 도착 시간은 계속 지연되었다. 주이는 산만하게 집 안 곳곳을 돌아다니다가 인터넷에 접속했다. 포털 메인 화면에서 로그인을 하고 지역 카페를 검색했다. 강이 학교생활을 시작했고, 주이 스스로도 요즘엔 기운이나 컨디션이 나쁘지 않으니까 다시 일하고 싶은 조바심이 들던 참이었다. 집 근처에서 식당 서빙이든 베이커리 보조든 뭐든 해서 돈을 벌고 싶었다.

주이는 지역 카페 'Y타운'의 신규 회원 가입 버튼을 눌렀다. 닉네임을 고민하는 사이 '별주부'라는 단어가 갑자기 떠올랐다. 겪어보니 사람 사는 곳은 별천지나 별세계와 다를 바가 없는데 이런 데서 일도 안 하고 주부로만 살아가고 있으니까 별주부…… 그건 뜬금없이 머릿속을 파고든 자조적인 표현이었지만, 다시 일자리를 얻고 싶은 마음의 동력 때문이라는 걸 주이도 알았다. 주이는 자판을 눌렀다. 그러나 '이미 사용 중인 닉네임입니다'라는 알림창이 떠서 잠시 시들한 마음이 되었다. 혹시나 싶어 '별별주부'라고 적어 넣었더니 그제야 '사용 가능한 닉네임입니다'라는 알림창이 떴다. 주이는 '확인' 버튼을 눌렀다. 신입 회원 인사말을 등록해야 게시판의 글을 열람할 수 있는 등급 조정이 이루어진다기에, 주이는 짤막한 글 한 줄을 남겼다.

—안녕하세요, 아이 하나 기르며 평범하게 살고 있는 별별주부입니다. 잘 부탁드립니다.

곧이어 환영한다는 댓글이 달리는 걸 주이는 유심히 보았다.

—어머, 저는 별주부인데 반가워요.

운영진을 의미하는 모양의 배지가 닉네임 옆에 달려 있었다.

―높으신 분이 많네요.

댓글 바로 밑에 또 대댓글이 달렸다.

―주부가 벼슬이죠!

살림을 꾸리는 내조자이자 벼슬자리로, '주부'를 두고 모두가 번잡스럽게 구는 사이 토끼나 용왕 등의 닉네임을 가진 회원들까지 댓글에 출몰하면서 주이의 첫 글에 달린 댓글은 흡사 해양 무도회 같은 시끌시끌함으로 도배되었다. 주이가 강의 학교에서 걸려 온 여러 통의 전화를 받지 못한 건, 무도회의 호스트나 된 듯 그 모든 별 볼 일 없는 말놀음들을 꽤 오래 지켜본 까닭이었다. 주이는 초인종이 울리고서야 모니터에서 시선을 떼고 일어나 현관문을 열었다. 식탁은 완제품으로 배송되는 줄 알았는데 아니었고, 배송 기사는 가져온 박스 셋을 모두 열어 다리부터 조립하기 시작했다. 잿빛 패브릭이 달린 의자가 주이의 발밑에서 나뒹굴었다.

기사가 돌아가고 나서 전화기를 확인한 뒤, 주이는 영문을 모른 채로 통화 버튼을 눌렀다. 부재중 전화의 발신자는 학교 선생님이었다. 강이 신청해서 듣고 있는 방과 후 수업 프로그램 '슬기로운 수학'의 담당 교사였는데 그녀는 주이가 전화를 다시 걸자, "사고가 잠깐 있었어요"라고 말했다. 잠깐? 주이는 영문을 몰라서 아무런 대꾸를 하지 못하다가 재빨리 "사고요?" 하고 되물었다. 그녀의 말은, 강이 어쩌다가 얼굴을 조금 다쳤고, 일단 '후처치'는 보건실에서 했는데 병원은 꼭 가보는 게 좋겠다는 거였다. 애매하고 두루뭉술한 설명이었다. "어쩌다가라니요? 그게 무슨……" 주이는 당황해서 "후처치요?"라고도 반문했으나 더 구체적인 설명은 듣지 못했다. "지금 아이들이 기다리고 있어서요. 통화를 길게 못 해요, 어머니. 직접 오셔서 전후 상황에 대해 이야기를 들으셔야 할 것 같아요." 전화는 찜찜하게 끊어졌다.

강이 학교에서 다쳤다고 연락이 왔어. 지금 가보려고. 주이는 정오에게 메시지를 보내놓고 서둘러서 학교로 향했다. 강은 방과 후 수업이 진행된 교실의 제 책상에 앉아 있다가 뛰어나왔다. 품에 안긴 강을 떼어내고 주이가 얼굴을 살폈다. 많이 울었는지 한껏 발개진 눈 밑으로 강의 오른쪽 뺨 전체가 커다란 반창고에 가려져 있었다. "무슨 일인가요?" 주이는 담당 교사와 대면해서 '잠깐의 사고'에 대해 설명을 들었다. "아이들이 많다 보니까……" 통화를 단호하게 끊을 때와 달리 그녀는 자꾸만 말꼬리를 길게 늘였다. "아니요, 선생님. 그래서 강이 어떻게 다친 건데요?" 복도에 마주 보고 서 있는데 강이 허리춤에 달라붙어 있

어서 주이는 자꾸만 그녀의 말을 재촉하게 됐다. 요약하면 '강의 옆자리에 앉아 있던 친구가 강의 얼굴을 가위로 쳐서 다쳤다'는 거였다. "가위요?"

교사는 '아니 그게 가위인지 아닌지 확실하지 않다'고, '교구를 챙기느라 직접 보지 못했다'고, 소란이 벌어져서 강의 얼굴을 살폈더니 '상처가 나 있었다'고 해명했다. 교실에는 CCTV가 없고, 주변 아이들의 '목격담'에만 의지할 수밖에 없는데 옆에 있던 아이들이 '대체로' 가위라고 말했다고. "대체로요?" 주이가 물었다. "아니, 그러니까 대부분……" 그녀가 입술을 맞물며 말을 줄였다. "강아, 가위였어?" 주이는 강에게 물었다. "응." 강이 고개를 끄덕였다. "앞으로 이런 일이 또 발생하지 않도록 최선을 다하겠습니다, 어머니." 교사는 이제 대화를 멈출 때가 되었다는 듯 엄격한 어조로 말했다. "강아, 미안해. 엄마랑 병원 잘 다녀와." 그녀가 강의 머리를 쓰다듬어주는 걸 보면서 주이는 한 번 더 질문했다. "그런데 선생님, 그 아이는요?" "네?" "강이 얼굴 다치게 한 아이요. 어디 있나요?" 그녀는 당혹스러워 하면서도 의아한 눈빛을 감추지 못하고 대답했다. "아, 그 친구는 당연히…… 하교했죠."

주이는 강을 데리고 학교 주변의 사거리를 빙빙 돌았

다. '후처치'를 했다는 교사의 말과 달리 보건실에서 붙여준 반창고는 어딘지 모르게 엉성해 보였다. 주이는 교문을 나서서 가장 먼저 보이는 가정의학과의 문을 열고 들어갔다. '얼굴 상처는 치료 안 해요'라는 손사래에 주이는 의기소침해져서 다시 두 블록을 걸어 피부과로 향했다. 진료실에서 강의 얼굴에 붙은 반창고를 떼어냈을 때, 주이는 저도 모르게 소리를 질렀다. 그 애는 벌어지지 않은 가윗날을 손에 그대로 쥐고 강의 오른쪽 뺨을 사선으로 내리그었을 것이다. 눈 바로 밑에서 시작해 광대를 지나 입술까지…… 누가 봐도 가윗날로, 지극히 선명한 상처였다. 아니 대체 왜? 주이는 심장이 빠르게 뛰는 걸 느꼈다. 당연히 하교를 했다고? ……당연히? "안 되겠는데요, 상처가 깊어서." 의사는 드레싱을 한 뒤 습윤 밴드로 교체해주었다. 외상 치료를 전문으로 하는 성형외과에 가서 바로 접수하는 게 좋겠다는 소견까지 듣고 나서야 주이는 정오에게 부재중 전화가 와 있는 걸 알았다.

 "많이 다쳤어?" 정오의 놀란 목소리에 강이 전화기를 받아 쥐고 또 눈물을 터뜨렸다. 주이는 강을 어르고 달래어 이동했다. 마음이 급해서 택시를 탔다. 응급으로 접수해서 진료를 봤고, 주에 한 번씩은 내원해서 치료받아야 한다는 설명을 듣다가는 말을 자르고 다급히 끼어들기도 했다.

"흉이 질까요?" 의사는 덤덤히 답을 해줬다. "가위로 그랬다고 했죠…… 지금 살점이 많이 파여서 아무래도 흉터가 남을 가능성이 있는데, 일단은 잘 아무는 게 중요하니까요." 강을 대기 의자에 앉혀놓고 수납을 기다리는데 정오가 차를 몰고 데리러 왔다.

주이와 정오와 강은 병원을 나와서 약국을 들르고, 바로 옆 우동집에서 저녁을 먹었다. 투명한 습윤 밴드를 붙여놔서 강의 붉은색 상처가 선명하게 보였다. 정오는 흥분을 가라앉히지 못했다. 필통을 마음대로 가져가기에 돌려달라고 했더니 손에 쥐고 있던 가위로 갑자기 그랬다고, 반도 다르고 아예 모르는 친구라고 강이 호소했을 때 정오는 젓가락을 내려놓았다. "그건 친구라고 부를 수 없어." 우동의 맛을 느낄 수 없는 건 주이도 마찬가지였다. 당연히 하교를 했다고? 고약하다…… 주이는 그 생각만을 반복했다. 고약해, 정말이지 너무 고약해. 거의 먹지 못하고 주이가 우동 면발을 젓가락으로 죄다 끊어놓을 즈음 정오가 "전화 온다"라고 말했다. 주이는 테이블 위에 올려둔 전화기를 집어 들었다. 강의 담임이었다. 주이는 저도 모르게 전화기를 두 손으로 붙들고 "네, 네" 하고 답을 반복하다가 끊었다.

"왜? 뭐래?" 정오가 주이의 눈치를 살폈다. '방과 후 수업이 1, 2학년 통합으로 운영되는데 그 애는 강보다 한 학년 위인 아홉 살이다, 강이 어떻게 다친 건지 제대로 확인이 어려워 유감스럽다, 어떤 의도가 있지 않고 아이들끼리 있다가 우발적으로 벌어진 사고이므로 어머니의 너그러운 양해를 부탁드린다……'라는 내용이었다고 주이가 복기하듯 읊었다. "강이 상태가 어떤지는 묻지도 않아? 애 얼굴에 큰 흉이 지게 생겼는데." 정오가 물었을 때에야 주이는 한숨을 내쉬었다. "그러게." 정오는 '의도가 있지 않다' '우발적으로 벌어진 사고이므로'와 같은 표현을 얼마간 곱씹다가 "모욕적"이라고 말했다. 그리고 붉어진 얼굴로 자리에서 휙 일어나 우동 값을 계산했다.

강은 다섯 살에도 여섯 살에도 일곱 살에도 다쳤다. 놀이터에서, 유치원 교실에서, 강은 또래 아이들로부터 유난히 자주 밀쳐져 넘어졌다. 정수리에서부터 모래 통을 뒤집어쓰고 무릎이 깨지고 귀가 찢어졌다. "아이들이 놀다가 그랬는데요……" 모든 사과와 해명은 담당 교사에게서 받았는데, 그들은 언제나 '아이들이 놀다 보면 일어날 수 있는 사고' 정도로 마무리하려 들었다. CCTV 영상만 돌려봐도 뻔히 알 수 있을 정도로 아이들이 달려와 냅다 밀고, 깔아뭉개고, 모래를 들이부으며 떼 지어 낄낄거리는데도, 담당 교사들은 아직 어린아이들이라 '있을 수 있는 일'

이라고 설명했다. 상대 아이들이나 그들의 부모와 대면한 적은 없었다. "아직 어려서. 아직, 그래 아직 어려서. 어린데, 어려서 뭐?" 주이는 화를 참지 못하는 정오에게 동조하면서도 막상 당혹스럽게 군은 교사의 얼굴 앞에서 언성을 높이기가 어려웠다. "밀쳐서 넘어뜨린 게 아니라 반갑고 좋아서 안으려다가 강이 뒤로 넘어갔다고요? 술래를 정해서 모래놀이를 한 건데, 근데요, 술래는 왜 하루 종일 바뀌지 않았나요?" 주이가 물어보면 교사는 한숨을 쉬었다. 한숨을 쉬고, 곤혹스럽다는 듯 "죄송해요, 어머니"라고 말했다. 듣고 싶은 대답은 아니었다. 있을 수 있는 일? 주이는 "아니, 있을 수 없는 일"이라고 교사에게 말했다. "아이들에게도 가르쳐주세요. 있어서는 안 되는 일이라고요." 주이는 강의 이마를 쓸어주면서도 말했다. 어려도 나쁜 건 나쁜 거라고, 나쁜 건 나쁘다고 말해야 한다고 가르쳤다. 밀지 마. 놀리지 마. 때리지 마. 머리에 모래를 붓지 마. 주이는 잠들기 전마다 강의 손을 잡고 '단호함'을 연습시켰다. 강의 맑은 눈망울을 보면 힘이 빠지고 서글퍼졌지만 강에게 주어지는 '위협'은 강이 스스로 대적할 수 있어야 한다고 마음을 다잡았다.

  모욕을 말했던 정오는 집에 돌아와서도 내내 굳은 표정이었다. "아빠, 새 식탁 너무 좋다! 여기서 일기 쓸 거야!"

아팠던 것도 잊고 해맑게 떠드는 강에게 별다른 대꾸 없이 "엄마가 고생했겠다" 하고 말았다. "조립하는 데 한 시간이나 걸리더라." 주이가 짐짓 아무렇지 않게 말을 보탰는데 정오는 "깨끗이 닦아야지……" 필요한 말만 하며 강을 씻겼다. 주이는 병원에서 받아 온 소독제와 연고, 반창고 등을 긴 시간 뒤적거렸다.

잠들기 전에 강은 식탁 위에 제 일기장을 펴놓고 한 글자도 쓰지 않았다. "엄마, 그 형이 왜 그랬을까, 나한테?" 제법 진지하게 고민하는 강을 마주하고 주이는 순간 화가 치솟았다가 숨을 천천히 내쉬려고 노력했다. "그건 모르지만 너는 아무 잘못도 없어. 그게 가장 중요해." 주이는 망설이다가 전화기를 집어 들고 스쿨 메신저를 켰다. 담임이 아침에 출근해서 확인하길 바라면서 메시지를 남겼다. *선생님, 그 아이가 어째서 강에게 가위를 휘둘렀는지 이유를 알고 싶습니다. 이건 명백히 가해인데요…… 강이도 혼란스러워하고 있어서요.*

그날 밤 세 사람은 피로와 환멸에 찌들어서 이불을 둘둘 말고 잤다. "이럴 수는 없어." 주이는 잠결에 아스라이 누가 하는지 모를 말을 들었다. 까마득하게 먼 데서 들려오는 것 같다가도 코앞에서 벌름대는 동물의 숨결인 양 생생했다. "그치, 이럴 수는 없지." 꿈에서도 속이 상한 채로, 얕은 잠 속을 헤맸다.

 다음 날 걸려 온 부재중 전화의 발신지는, 경찰서였다. "학폭이요?" 주이는 묻게 되었다. 여러 번. 믿을 수가 없어서, 재차, 여러 번. "네? 맞폭이요?" 전화기를 귀에 댄 채로 신발을 서둘러 꿰어 신고 현관문을 나섰다. "우리 강이가 다쳤어요. 그 애가 아니라요." 뭐가 잘못되지 않았느냐고 물었지만 통화는 이어지지 않았다. "강이가 경찰서에 있대, 무슨 일인지 가봐야 알 것 같아." 주이는 떨면서 정오에게 전화했다. "나도 갈게. 지금 가." 정오가 먼저 통화를 끊었다.

*

 주이와 정오는 벚나무에 꽃망울이 맺히고 이어서 벚꽃이 한창 피어나는 4월 중순에 새집으로 이사해 왔다. 봄, 새로움, 시작, 출발…… 이 시기에 누구든 쉽게 떠올리는 단어들 외에도, 주이와 정오에게는 그 봄의 새로운 시작과 출발을 도와줄 하나의 단어가 더 마련돼 있었다. 당첨. 아무에게나 주어지지 않아서 아무나 가질 수 없다는 행운의 단어. 그래, 그 단어가 우리에게! 믿기지가 않았다. '마지막이다' 하고 지원한 순간에 신혼부부 임대주택에 당첨됐다. 교통과 학군이 좋기로 소문난 지역이었다. 마다할 이유가 없었다. 방 두 개짜리 열다섯 평은 다소 비좁지 않느냐고 말한대도 상관없었다. 누가 뭐래도 아파트였으니까. 아파트. 아파트에서 처음 살아보는 거였다. 게다가 신축! 적어도 앞으로 10년은 이동하지 않고 한 동네에 평화로이 머물면서 강을 학교에 보낼 수 있겠다고 생각하면 마음 한 편이 찌르르 울렸다.

결혼 전에 주이는 열심히 일했지만 당연히 일을 하지 못하는 때도 많아서 언제나 고시원을 전전했다. 정오는 꾸준한 근속으로 성실히 돈을 모았고, 자립 청년 지원도 받아서 정부 보조금으로 오피스텔에서 지냈다. "같이 자자." 정오는 주이의 국그릇에 김이 오르는 순대를 넣어주며 말했다. "돈 써가며 따로 잘 이유가 없잖아." 주이의 숟가락에 간장을 살짝 찍은 고기만두를 올려주면서, 분식집을 나와 걷다가 편의점에서 산 막대 아이스크림을 내밀면서도 정오의 설득은 계속됐다. "평생 붙어 자는 거야." 정오가 담아준 콩나물이 주이의 비빔밥 그릇 밖으로 넘쳤을 때 주이는 "그만"이라고 말했다. "알았어, 알았다고." 수저 두 벌과 2인용 크기의 이불을 새로 사서 구축 빌라 2층에 두 사람이 살림을 차렸을 때가 스물여섯이었다.

낙후되고 쇠락한 도시 외곽 공업단지의 반전세 — 보증금 2천만 원에 월세가 30만 원 — 였는데 그나마 볕이 잘 들어서 가장 큰 사이즈의 건조대를 펼쳐놓고 빨래를 말리며 살았다. 바싹 마른 수건에서 배어나는 섬유 유연제의 바닐라 향이 흐려지는 것보다 더 빠르게 밤이 먼저 사라졌다. 정오는 자다가도 "많이 벌 거야!"라고 중얼거렸다. 주이는 잠결에 정오의 잠꼬대가 들려오면 그의 어깨를 토닥이다가 등에 머리를 박고 잤다. 고단한 피로가 풀릴 새 없이 주이와 정오는 해가 뜨면 뭐라도 손에 집히는 것을 함께 먹고 각자의 일터로 향했다가 해가 지면 불빛 없이 어둑해지는 골목을 걸어왔다. 밤 별을 외따로 이고 지고 돌아와 다람쥐 굴 같은 방에서 몸을 붙이고 눈도 붙였다. 두 사람은 애타게 저축한 끝에 3년 만에 보증금 3천만 원을 높여 전세로 전환했다. 청약을 위해 미뤄두었던 혼인신고도 해치웠다. 주이의 뱃속에 강이 들어선 것도 바로 그 즈음이었다. 삼천이. 우리 삼천이. 강의 태명이었다. 삼천이가 태어나 쑥쑥 자라서 어느덧 여덟, 주이와 정오는 서른일곱이 되었다.

볕이 잘 들었지만 창호가 오래되어 비만 오면 물이 줄줄 새는 그 빌라에서 주이와 정오는 밤낮없이 종종대며 강을 길렀다. 밥을 해 먹고, 설거지를 하고, 아이를 씻기고

로션을 발라준 뒤에 머리를 맞대고 누우면 급속히 잠으로 빠져들었다. 놀라운 속도로 시간이 흘렀다. "조금만 참으면 돼. 강이 초등학교에 들어가기 전엔 더 좋은 데로 가야지, 당연히." 정오가 다 옳았다. 정오의 말을 믿고 따랐다. 그리고 정오의 말대로 되었다. 입학한 지 두 달도 못 돼서 학교를 옮기게 된 강이 안쓰러웠지만 그래도 더 늦기 전에 번듯한 ─ 초중고가 인접해 있는 주택지 ─ 동네에 정착하게 돼서 다행이라고, 임대주택 당첨이라니, 우리는 좀 더 악착같이 ─ 미래가 가장 두려운 거니까 ─ 저축할 수 있을 거라고, 주이는 때때로 하루치의 에너지를 다 소진하고도 숨을 크게 내쉬며 안도했다. 정착이라니 생각만 해도 가슴이 두근거렸다. 강의 존재를 알았던 지난날처럼 갑작스레 다가온 행운이 놀랍고도 대견해서 주이는 가스불을 최대로 켜고 밥을 지었다. "나도 움직여야지, 같이 벌면 더 나아질 거야" 하고 중얼거리면서.

쌀쌀한 바람이 불어오는 와중에 햇살이 따사로워서 자꾸만 들뜨는 마음을 추스르며 주이와 정오는 강의 초등학교 전학 수속을 마쳤다. 그리고 창밖으로 펼쳐지는, 벚나무의 꽃잎들이 맹렬한 속도로 떨어져 내리는 광경에 이따금 시선을 빼앗기면서도 부지런히 짐을 풀고 살림을 정리했다. 강이 태어나고 값싼 커피포트와 전자레인지 정도를 들였을 뿐 가전이나 가구라고 부를 것도 없이 아끼며 살아왔기 때문에 사실은 크게 손댈 건 없었다. 오히려 강이 앙증맞은 손으로 껴안고 구르던 유아용 책과 장난감 들을 추려서 다 내버리고 나니 이만한 작은 집에서도 셋이서 오밀조밀 살아갈 수 있겠다 싶어 마음이 부듯이 차올랐다.

단지 내 슈퍼마켓에서 장을 보고 강의 먹을거리를 두 손 무겁게 사 들고 돌아오면서 주이는 2인용 소파 정도면 거실에 놓을 수 있지 않을까 고심했다. 그러나 임대 보증금을 계속 올려서 갚아나가면 월세가 줄어든다고, 정오가 조경이 잘 조성된 단지 내 보도블록을 밟으면서 다짐하듯 "3백만 원을 납부하잖아? 그럼 월세도 17,500원씩 줄어들게 된다고" 말했기 때문에, 주이가 소리 내 대꾸한 건 "그래, 그러자!"라는 말이 다였다.

주이와 정오는 1학년 생활을 '본격적으로' 시작한 강의 씩씩한 어깨를 저녁마다 토닥이면서 숟가락을 움직였다. 설거지를 하고, 샤워를 하고, 이부자리를 편 다음에 뒤엉켜 잠들었다.

5월 초로 접어들면서, 강이 '진짜 1학년'이 되었다는 담임의 격려로 뒤늦은 상장을 받아 왔을 때 정오는 주이에게 말했다. "이제 이 좁은 밥상도 버리는 게 좋겠어."

주이는 구운 고등어의 살을 발라서 강의 밥숟갈 위에 올려주다 말고 정오를 바라보았다. 정오는 흰밥 좋아하는데 생각하면서도 매번 — 의식적으로 아니 강박적으로 — 잡곡을 섞었기 때문에 정오가 시무룩해하지 않나 신경이 쓰이던 참에 주이는 조금 놀라서 "응?"하고 되물었다. 영상 하나를 봤는데 아이를 잘 가르치려면 거실을 서재화해야 한다더라고 정오가 웅변하듯 말했다. "우리는 거실과 부엌이 합쳐져 있으니까 이런 거 괜찮지 않을까?"라면서, 정오가 가구 사진이 뜬 휴대폰 화면을 주이에게 내밀었다. 기역자로 꺾인 패브릭 소파와 짧은 길이의 나무 벤치가 마주 보고 있고, 그 사이 가운데로 네모난 식탁이 놓인 모양새였다. 어쩔까, 60만 원이라는 거금을 써도 되는 걸까, 주이는 고민스러웠는데 "좋지! 나는 찬성!"이라고 강이 소리를 지르는 바람에 어이없이 웃어버렸다. 강이 기뻐하니까 나쁘지 않겠다 싶어서 "나도 좋다"라고 정오에게 말했다. 좋았어, 좋지, 좋다,로 이어지는 삼박자가 흥겹게 느껴졌다.

"아이보리는 식빵색, 그레이는 비둘기색." 그날 밤 강은 씻을 때도, 샤워하고 나와서 헤어드라이어로 머리카락을 말릴 때도, 이불을 펴고 누워서도, 아이보리가 좋을지 그레이가 좋을지 색상을 제법 신중히 고민하다가 눈썹을 잔뜩 찌푸리고 잠들었다. 정오가 검지로 강의 미간을 눌러 주고, "내가 한 주에 만 원씩 저금했거든. 50만 원은 될 거야. 그걸로 보태서 사자"라고 주이의 곁에 누워 속삭였다. "다 좋아." 그리고 주이는 무거운 눈꺼풀에 짓눌려서 "오늘 참 너무 웃긴 일이 있었는데 말이야……"라는 정오의 말은 듣지 못했다. 정오가 다 옳다고, 정오만 믿고 따르면 뭐든 정오의 말대로 되리라고 생각하면서 주이는 모로 누워 기절하듯 잤다.

어제 있었던 '참 너무 웃긴 일'에 대해서 정오는 다음 날 저녁에 다시 이야기했다. 연산 숙제 다 하고 일기도 썼다는 강이 노트를 들고 와서 "이건 나, 이건 엄마, 이건 아빠" 하고 손가락으로 짚어주고 옆구리에 붙어 앉아 귤을 찹찹 까먹을 때였다. "외근 나가느라 지하철을 탔는데"라고밖에 말을 안 했으면서 정오는 입술 새로 바람 빠지는 소리를 내며 웃었다. 자리가 나서 냉큼 앉았는데 옆 사람이 전화기를 손에 쥐고 '심정지'라고 적고 있더라는 거였다. "전화기도 컸는데 글자 크기는 또 왜 그리 크던지……" 하면서 유쾌한 손동작을 곁들여 떠들어댔다. 주이는 잠자코 그의 말을 들었다.

주이가 알기로 정오는 열여덟의 나이에 보육 시설을 나

와 조경 회사에 취업했다. 대표는 고작해야 마흔여섯에 삶을 마쳤는데 사인은 심장마비였다. 늘 출근 시간보다 훨씬 이르게 사무실에 들어서던 정오는 옷깃을 구기듯 부여잡고 쓰러져 있던 대표를 가장 먼저 발견한 직원이었다. 경찰 신고와 부검과 장례 절차에 이르기까지 혼이 빠져 쫓아다녔을 정도로 정오는 대표와 각별했다. 사적인 자리에서는 그를 '형님'이라고 불렀다. 그러나 대표는 정오를 제외한 직원 모두에게도 형님이었다. 형님 또한 보육원 출신이었고, 사업체를 꾸리는 동안 직원 대부분을 보호 종료 아동들로 고용했으니까. 동료들은 정오가 대표를 얼마나 마음 깊이 의지하는지 알지 못했다. "배고파, 주이야." 정오는 발인까지 마치고 해쓱한 얼굴로 주이의 고시원 앞으로 찾아왔다. 회사에서 같이 일할 때도 퇴근 시간만 되면 주이 앞으로 바짝 다가와 "저 배고파요, 주이 씨" 하던 정오라서, 주이는 정오의 슬픔을 — 그 크기와 무게를 — 미처 다 알아차리지는 못했다. 주이는 정오를 데리고 고시원 건물 뒤편의 순댓국집으로 향했다. 그리고 정오가 괜찮다는데도 순대를 따로 시켜서 국그릇 안으로 더 넣어주었다. 정오도 주이의 숟가락 위로 순대를 자꾸만 얹었다. 정오는 다음 날에도, 그다음 날에도 계속 찾아와서 배가 고프다고 했다. 그럴 때의 정오는 허기지고 쓸쓸해 보였다.

이후로 정오는 가끔씩 자다가도 땀범벅으로 깨어나곤 했다. 형님의 얼굴이 그릴 듯 선연했다고, 음성이 여전히 따스했다고, 그 큰 손으로 머리통을 쓰다듬어주며 '괜찮다'라고 말했다며 정오는 이따금 잠에서 깨어 젖은 눈으로 멍하니 앞을 주시했다. "형님이 아니었다면 사람 구실 못 하고 살았을지도 몰라. 짐 싸서 보육원 나왔을 때 나는 한 번 더 버림받은 기분이었거든." 주이는 잠이 덜 깬 채로도 손바닥에 힘을 주고 정오의 등허리를 쓸어내렸다. 능란한 위로의 말을 하지 않아도 된다고, 그저 옆에 있어주는 거라고, 기억조차 나지 않는 어린 시절부터 아버지에게 귀가 닳도록 들어왔으니까.

아버지는 주이에게 잔소리가 많았지만 옛날얘기도 잘 해줬다. "내가 가진 건 오로지 닭이었어. 주이 네가 입이 트였을 땐 '아빠'보다 '꼬꼬'가 먼저였을걸?" 전쟁 이후 철책선 부근에서 양계장을 꾸렸던 할아버지가 돌아가시고 주이의 아버지가 물려받은 건 닭 5백 마리였다. 새벽같이 눈을 떠서 눈앞이 캄캄해질 때까지 닭들의 뒤치다꺼리를 하다 보면, 불어날 땐 수천 마리도 넘어갔다고 했다. 그러다 불시에 전염병이라도 돌면 감염되지 않은 수백 마리의 닭마저도 살처분시킨 뒤 휙 고꾸라졌다고. 그래도 아버지는 굴하지 않고 다시 닭을 데려와 길렀다. 어느 날엔가

"다시 돌아가야겠습니다"라며 엄마가 떠나간 뒤로도 아버지는 설비를 점검하고 비료를 고심하면서 닭과 주이를 함께 먹이고 재웠다. 엄마가 없었어도 주이는 그다지 슬프지 않았다. 아버지가 닭보다 자신을 더 사랑한다는 걸 알았으니까. 아버지는 두 팔 벌려 주이를 안아주고, 집으로 돌아가는 길엔 어깨에 올려서 목말을 태웠다. 세상 높이 올라가 흔들거리는 안온한 기분은 아버지만이 만들어줄 수 있는 거였다.

"애초에 사고였거든. 절에서 기른 여자를 내가 좋아해서, 평생 속죄하는 마음으로 너를 길렀어." 아버지가 그 말을 들려준 건 주이가 열한 살 무렵, 원인 모를 큰불이 나서 홀딱 타버린 양계장을 깨끗이 밀어버리고 스무 평짜리 컨테이너 주택을 지었을 때였다. "빚을 갚아야 해서 아버지가 벽돌을 못 산다"라고 아버지는 소주 반병에 취해 울먹였다. 주이는 겁이 많은 아버지의 까맣고 쭈글쭈글한 손등을 바라보면서 맹물을 마셨다. "너를 두 돌 지나서까지 길러놓고는 떠나기 전에 네 엄마가 그러더라. 덕분에 산 부처님을 안아보고 갑니다. 제때 공양하며 사세요." 동자승으로 길러진 어머니는 성인이 되어 뒤늦은 방황으로 전국을 떠돌다 파주 근방까지 흘러왔다고 했다. 어머니가 일손을 돕는 대신에 잠시 머물 수 있겠느냐고 묻자 아버지는 흔쾌히 — 덜덜 떨면서 — 고개를 끄덕였다고. "곰 아니고 사람이니까 무서워 마세요." 어머니의 목소리가 나긋하고 또 얼굴도 예뻐서 아버지는 순식간에 속이 울렁거렸다고 했다. 출가해서 사람 노릇 하며 지낼 수 있지 않을까 고민하던 시기에 아버지를 사랑하게 되면서 어머니는 어떤 마음의 혼란을 겪었을까? 아이까지 낳았는데 왜 그저 삶이 이끄는 대로 주저앉아버리고 싶지 않았을까? 주이는 얼굴도 목소리도 모르는 어머니가 그립지는 않고 다만 궁금하기만 했다. "네 엄마가 널 가졌다기에, 순리대로 살자고 했지. 나는 순리대로 살 자신이 있는 놈이니까 고민하지 말고 같이 있자고." 아버지는 빚을 더 내서 컨테이너 옆에 작은 창고도 지었다. "내 모가지를 비틀어도 이제 절대 닭은 안 친다"라면서 호기롭게 총기 수리를 시작했다. 야산을 타고 내려오는 멧돼지나 고라니로부터 닭을 지키려고 아버지는 경찰청에서 소지 허가 받은 총기류를 오래 소유했는데, 어느덧 총기 손질이 유일한 취미가 된 탓이었다. 아버지는 실탄 없는 총기를 헝겊으로 정성스레 닦아내며 말했다. "순리대로 사는 거 별 게 아니다, 비가 오면 처마 밑에 뛰어 들어가고, 강에 가면 돌을 던져보고, 파도가 밀려오면 발도 적셔보면서…… 뭐 그런, 좀 있어 보이는 말을 하려고 했거든." 그런데 '있어 보이는 말'

을 하려는데 어머니가 풉, 웃었다고 했다. 거절당했나, 싶어 초조해지려는 사이에 "돌에 가면 강을 던진다고요?" 하더니 어머니가 더 크게 깔깔거렸다고. "말이 헛나간 참에 용기를 내서 네 엄마 손을 냉큼 잡고 큰소리쳤지. 내가 던져줄게요, 돌에, 강이라도!"

아버지는 주이가 때때로 아주 미세하게 멈춰 서 있는 걸 감지하듯 알아내는 유일한 사람이었다. 총기 수리 업체 운영을 위해 허가증을 발급받으려고 총포 소지 허가 재신청 서류를 만들던 때에, 정신건강의학과 전문의 진단서나 소견서가 필요하다던 담당 부서 직원의 설명을 듣고 고개를 갸웃대다가, 아버지는 주이의 손을 잡고 병원으로 향했다. "우리 애도 같이 좀 봐주세요." 진료실에서 대기하며 아버지는 무서웠을까? 서류를 떼어 병원 밖으로 나서면서는? 그랬대도, 아버지는 내색하지 않고 주이를 돌봤다. 밥 먹을 때 반주로 소주잔을 비우면서 "우리 주이. 우리 산 부처님" 하며 눈가를 훔쳐대는 버릇을 딱 끊었다. "주이야, 주이야." 그저 입이 닳도록 부르면서, 살면서 맞닥뜨릴 수도 있는 많은 상황에 대해 거듭 알려주었다. 인사하고 사귀고 헤어지는 모든 과정에서의 소소한 법칙들을. 주이는 밤마다 자는 척 눈을 감고 "기분을 다스려야 해, 네 기분은 너만 다스릴 수 있단다" 하고 토닥이는 아버지의 자장가를 들었다. "누구나 다 아프다. 혼자 있으면 안 돼. 모르는 사람들과 알아가야 해. 어른이 된다는 건 그런 거야……" 아버지가 누누이 강조하던 말들을 주이는 어렴풋이 기억했다. 어떤 말들은 단단히 박혔다. "중요한 건 말이다, 주이야." 아버지가 몸을 낮추고 목소리도 낮출 때, 주이는 여러 번 듣고 또 들은 이야기인데도 저절로 숨을 죽였다. "친해지지 않아도 되지만 싸우지도 마라. 사람이지 곰이 아니거든." 아버지는 또 덧붙였다. "그래도 좀 고약할 거다. 원래 그래."

대체로 아버지의 걱정 어린 잔소리를 달고 살면서, 주기적으로 아버지가 운전하는 트럭의 조수석에 타고 시내 병원을 오가면서, 주이는 자신의 상태가 소아 우울증에서 시작된 양극성기분장애라는 걸 차츰 알게 됐다. 충동성과 경직성을 동반한 약간의 우울감이 주이의 안쪽 어딘가에 매몰돼 있어서 매일 같은 양의 약물을 복용하며 그것을 조절했다. "행여 나쁜 일을 겪으면 곰과 싸웠다고 생각해라. 곰과 싸웠으니 얼마나 지치고 힘이 들겠어. 너를 싫어하거나 남을 미워할 필요는 없는 거야." 절대로 혼자 살아갈 수 없는 세계에 던져놓았으니까, 아버지는 당연히 하나뿐인 딸이 남들과 잘 지내며 살아갈 수 있을지가 두려웠을 것이다. 주이는 내심 서운했지만 자라면서 아버지를,

전부는 아니더라도 적당히 이해하게 됐다. 강을 낳아 기르면서는 더더욱. 어느 부모가 아이를 낳아놓고 죄스럽지 않을 수 있을까? 그 아이가 열일곱이 되자마자 실업고교 기숙사에 떼어놓게 될 줄 알았더라면? 그 아이 스물둘에 영원히 고아로 남겨둘 줄 알았더라면?

날림으로라도 컨테이너를 짓겠다고 자꾸만 냈던 빚이 수익 없이 불어나기만 해서 아버지는 그나마도 땅을 처분해 갚아야 했다. "이 땅이 어떤 땅인데……" 아버지는 두 팔로 머리를 감쌌다. "주이 네 할아버지 말이다, 갈비뼈가 죄다 으스러진 적이 있어. 군 병원 응급실 침대에 아버지가 미라처럼 붕대로 칭칭 감긴 채로 누워 있었는데, 잔뜩 겁먹은 아홉 살짜리한테 손짓해 오라고 하더니 귓속말로 겨우 그러시지 뭐냐. 이 애빈 곰과 싸웠다고. 곰과 싸워서 살아남은 거니까 괜찮다고." 아마 곰은 아니고 살찐 멧돼지 정도한테나 속절없이 들이받혔던가 그랬을 텐데 어려서는 그 말을 꼼짝없이 믿었다고, 아버지는 말했다. "곰과 싸운다, 인간은 누구나. 그러니까 우린 괜찮아. 다 괜찮다." 아버지는 에너지를 모두 다 소진한 듯 노곤한 낯빛으로 주변을 휘둘러보고, 주이에게 손을 내밀었다. "가자. 어디든 가서, 또 살자."

빈털터리로 먹고 자야 하는 건설 현장으로 주이를 데려

갈 수 없어서 고심하던 아버지는 실업고교를 찾았다. 낮에 일하고 밤에 공부하면 힘은 들겠지만 그래도 고등학교 졸업장은 있어야 한다고 우기는 아버지의 말을 들어주려고 주이는 기숙사로 들어갔다. 전국의 현장을 떠돌며 먼지 묻히고 일해야 해서 데려가기가 어렵다더니, 아버지는 처음 내려간 울산에서 일하다가 죽었다. 철근이 머리 위로 떨어졌다고. 주이는 아버지의 부고를 알리는 전화도 제때 받지 못했다. 회사로 걸려 온 전화를 대표가 정오에게 전해주어서, 외부에서 작업하던 그가 주이를 찾아 사무실로 들어왔었다. 주변 모두가 말리는 바람에 주이는 아버지의 시신을 제대로 보지 못했다. 염할 때 정오가 대신 들어갔는데 아버지의 으깨진 몸통을 정오가 보고 돌아와 "좋은 데 가실 거야"라고 말해줬다. 자기 아버지도 아니면서 눈이 퉁퉁 부어가지고 뭉개지는 발음으로 '괜찮아' 소리도 제대로 못 내는 정오를, 주이는 기력 없이 바라보았다.

때때로 주이는 축축하게 늘어지는 몸을 간신히 일으켰다. 사투하듯 하루하루를 보냈다. 나는 곰과 싸우고 있다…… 우울이 찾아오면 주이는 방바닥에 누워서 곰을 향해 잽을 날리는 자신을 상상했다. 원 펀치, 투 펀치를 야무지게…… 곰의 안면을 향해서…… 레프트, 라이트, 훅, 훅. 아무리 오랜 시간이 걸려도 곰은 결국 쓰러졌다. 쓰러지는 건 끝내 주이가 아니라 곰이었다. 아버지가 옳았다. 아버지의 말대로 되었다. 곰이 쓰러지면 — 주이의 귀에는 정말 쿠쿵! 소리가 들렸다 — 주이는 엉덩이를 털고 일어났다. 곰과 싸웠으니까 피곤한 게 당연하지. 맞지. 서서히 몸을 움직였다. 그럴 때면 아버지가 좀더 오래 살았다면 어땠을까 내심 섭섭해졌다. 칠순이나 팔순 잔치 때 농담처럼 에둘러서 아버지를 안심시켜줄 수도 있었을 텐데. 아버지, 나는 남이 아니라 나와 잘 지내고 있어요. 그러니 걱정 마요.

"아니 근데 나도 모르게 자세히 보니까, '심정지'가 아니더라고." 정오가 계속 말했다. "그럼?" 주이가 물었다. "'심정지'가 아니라 '심정자 누님 건강하세요'였어." 정오는 키들거렸다. "그게 뭐야!" 주이가 과장되게 웃었다. "그러니까 말이야, 우습기도 하고 괜히 허탈하더라니까." 정오가 고개를 흔들었다.

그날 밤 주이는 귤을 잔뜩 까먹고 손톱이 노래져서 잠든 강에게 이불을 덮어주고 부엌으로 다시 나왔다. 좁디좁은 상을 펼치고 가계부를 꺼내 들어 살폈다. 그러다 무심결에 볼펜으로 '심정지'라고 적어보았다. '얼핏 보면 정말 놀랐겠는데.' 그러고 보니 언제였지, 정확히 떠오르지 않지만 지난해 언젠가 정오는 그런 말도 했었다. "손님 이름이 소생술이잖아? 깜짝 놀랐어"라고. "그런 이름도 있어?" 주이가 되물었을 때 정오는 눈을 가늘게 뜨며 장난스럽게 대꾸해왔다. "자세히 보니까 소상술이었어, 웃기지?" 주이는 강 옆에 바짝 붙어 누운 정오를 바라보면서 '심정지' 옆에 '소생술' 세 글자도 함께 적었다. 살려내고 싶었던, 살려낼 수 있었던, 그러나 절대로 그럴 수는 없었을 거라는 무력감이 정오에게 드리워져 있는 걸 주이도 모르지 않았다. 그것을 농담인 양 풀어놓는 정오의 쓰라린 고독감도. 일평생 거둬질 리 없는 거대하고 두꺼운 암막을 이불처럼 덮고 잔다, 아침에 다시 깨어나서 잘 접어놓고 나갔다가 돌아오면 다시 덮고 누워…… 주이는 가계부에 숫자는 하나도 적지 않았다. 이미 쓴 글자들에 볼펜으로 여러 번 줄을 그어 진하게 만들었다. 심정자 누님도, 소상술 씨도 건강하세요.

*

팔다리가 어떻게 움직이는지 알 수 없이 허방을 짚듯 경찰서 문을 열고 들어갔을 때, 강은 입구 벤치에 담임교사와 함께 앉아 있었다. 주이를 발견한 강이 품 안으로 달려들었다. "선생님, 어떻게 된 거예요?" 교사도, 교사 곁으로 다가든 경찰도 "아니 그게……"라며 말을 줄였는데, 경찰이 한마디를 보탰다. "상대 부모가 막무가내더라고요."

주이는 머릿속이 하얘져서 잘 알아들을 수가 없었다. '어린아이들끼리 지내다 보면 충분히 있을 수 있는 사고일 뿐이라고 생각한 상대 부모가 도리어 화가 났다, 아홉 살짜리를 폭행 가해자로 몰아서 상대 아이도 큰 정신적 충격에 휩싸였다, 그리고 사고가 나기 전에 강의 손에 연필이 쥐어져 있었다는데 그것으로 상대 아이도 위협을 느꼈으니 학교폭력이 아니냐고 주장하고 있다, 부모와 연락이 안 되니까 고소부터……'라는 요지의 이야기를, 정오가 마침 뒤따라 들어와서 다 들었다. 주이는 불현듯 전화기를 꺼내 확인했다. 모르는 번호로 걸려 온 부재중 전화가 목록에 떠 있었다. "강이 어떻게 다치게 된 건지 알고 싶다고 하셔서 그 애 부모님께 연락을 드렸거든요." 담임이 입술을 맞물었다. "초 1, 2짜리들을 데리고 무슨 폭력이니 뭐니 고소를 한다고. 걱정 마세요, 어머니. 이거 다 쇼인데, 상대 부모가 말도 안 통하고…… 어쨌든 데려가세요." 경찰이 끼어들어 상황을 마무리 짓겠다는 듯 아이의 등을 떠밀었다.

얼떨결에 밖으로 내몰린 주이와 정오의 얼굴은 어두웠다. "어떻게 이래요?" 주이가 말했다. 담임은 피로해 보였다. 한동안 말없이 가만 서 있더니 진동이 오는 듯 주머니를 뒤적거려 수신 버튼을 눌렀고, 주이를 향해 전화기를 대뜸 내밀었다. "다시 한 번만 더 내 새끼한테 가해니 뭐니 해봐요, 순순히 안 끝나요." 통화는 일방적으로 끊겼다. 주이는 멍하니 전화기를 건넸다. 담임은 "번거롭게 해드렸네요. 강아, 내일 보자" 하고 뒤돌았다.

집에 돌아와 강이 씻으러 욕실로 들어간 사이에 주이는 정오와 식탁에 마주 앉았다. "오히려 나를 협박했어." 주이는 이 모든 상황이 납득되지 않았다. 안 끝난다고? 순순히? 안 끝나? 정오는 어디를 바라보는지 모를 시선으로 생각에 잠겨 있었다. 잠시 뒤에 강이 수건을 들고 나왔을 때 정오는 강의 머리칼을 만져주고 "밥해 먹자. 엄마랑 쉬고 있어"라고 말했다. 주이는 억울하고 화가 났다. "친해지지 않아도 되지만 싸우지도 마라, 사람이지 곰이 아니거든. 그래도 좀 고약할 거다. 원래 그래." 아버지는 늘 옳았는데, 이번만큼은 믿기지가 않았다. 주이는 정오가 끓여 온 뜨끈한 청국장을 몇 술 뜨지 못했고, 그날 밤 한숨도 잠들지 못했다.

정오는 뜬눈으로 밤을 지새우고 초점 잃은 눈으로 웅크린 주이를 새벽에 발견했다. 정오는 해가 날 때까지 주이의 어깨를 안고 토닥였다. "괜찮아, 다 그래." 남들 다 똑같이 산다고, 지금 안 아프면 곧 아플 거고 오늘 아프고 나면 내일은 좀 안 아플 거라고, 나만 아픈 거 아니고 모두가 아프다고 생각하면 서글프고 억울할 것도 없다고, 정오는 노래하듯 말했다. "그리고 중요한 건 말이야." 정오는 주이 아버지의 흉내를 냈다. "남을 아프게 하면 배로 아파질 거라는 거지." 그래도 주이는 정신을 차리지 못했다.

*

"잠깐씩 나가봐, 햇빛이 좋아."
"나쁘지 않아."
"다 괜찮아져."
……

주이는 '알았다'고 말하고 싶었다. '알았다'고 말하고 아무것도 못 하는 게 아니라 진짜로 바깥에 나가고, 눈부신 햇살 아래 서 있고 싶었다. 나쁘지 않지, 그래 맞지, 다 괜찮아지지? 정오의 말을 따라 하고 싶었다. 하지만 주이의 내부에서는 분명히 뭔가가 나빴고, 나빠지기만 했고, 전혀, 괜찮아지지가 않았다. '이게 아닌데' 싶으면서도 주이는 하염없이 미끄러졌다. 마주 선 곰은 너무 크고 거대해서 주이의 물렁한 잽은 조금도 들어가지 않았다. 서러

왔다.

　강을 데리고 새벽같이 출근해서 학교에 보내던 어느 날 저녁에 정오가 돌아와서 대패삼겹살을 구웠다. "간장으로 양념해서 볶아줄까?" 주이에게 묻다가 답이 돌아오지 않자 정오는 혼자 말했다. "법률 공단이란 게 있다고 해서 가봤어. 무료로 상담해주는 곳이래서. 근데 속상해도, 그냥 해프닝으로 넘기라더라. 상대하면 골치 아픈 '돌아이'들이 세상엔 넘쳐나는 법이라고." 정오는 "어서 와, 밥 먹자"라면서 주이에게 다가와 얼굴을 감싸안아줬다. "돌아이들이 넘쳐나는 법이라고 변호사가 말하니까 진짜 법 같지?" 강이 "나도, 나도 안아줘" 하며 달려와 틈새를 파고들었다.

　또 어느 날 저녁에 정오는 돌아와서 소고기뭇국을 끓였다. "간 좀 봐줄래?" 주이에게 묻다가 답이 돌아오지 않자 정오는 혼자 말했다. "법률 공단에 가서 상담받았다고 했잖아. 거기 아래층에서 글쓰기 강좌도 열고 있더라. 어쩌다 보니까 나도 모르게 서서 엿듣게 됐는데, 머릿속에 떠다니는 생각들을 글로 쓸 줄 알게 되면 마음이 좀 후련해지는 것도 있다나 봐. 실타래처럼 엉켜 있는 걸 술술 풀어서 문장으로 써버리는, 말 그대로 버려버리는." 정오는 "어서 와, 밥 먹자"라면서 주이에게 다가와 어깨를 끌어안아 줬다. "우리도 뭔가 쓰고, 내버려볼까?"

다시 어느 날 저녁에 정오는 돌아와서 양파카레를 만들었다. "고기가 안 들어가도 괜찮지?" 주이에게 묻다가 답이 돌아오지 않자 정오는 혼자 말했다. "이건 내가 정말 처음 말하는 거야. 우리 연애 시작하고 나서 어디 식당에선가 밥을 먹는데 주이 네가 화장실에 갔었나. 그래서 아버지께 걸려 오는 전화를 내가 받았던 적이 있다? 몰랐지…… 아버님하고 처음이자 마지막으로 얘기해본 거였어. 누구냐고 하시는데 너무 당황해서 기계적으로 '남자친굽니다', 어디냐고 물으시기에 '식당입니다' 했더니 아버지가 다른 건 말고 딱 한 가지만 부탁한다고 하시더라. '매끼니 잘 챙기는 것도 수행이니 꼬박꼬박 드세요'라고." 주이는 아버지의 목소리가 언뜻 들려오는 것 같았다. 아버지는 자기도 마음이 약하면서 어린 정오를 놀려먹으려고 전화기 너머에서도 뒷짐을 지고 '어려운 어른' 흉내를 냈을 거였다. "근데 그때 나도 모르게 아버지께 말대꾸를 하고만 거야. '수행이요? 고행이 아니고요?' 먹고사는 일상이 항상 고생스럽잖아. 그저 차가 좋아서 뭣도 모르고 공업사로 이직해 들어왔지만 힘에 부쳤고…… 그리고 봐, 매일같이 쭈그러진 쇠붙이는 잘만 펴대면서 사람의 일그러진 마음 같은 건 도무지……" 정오가 말을 멈춘 짧은 시간에 카레 향이 주이가 기대앉은 방 안으로 끼쳐 들어왔다. "아, 아무튼 그때 아버지가 혼내지도 않고 웃으셨어. 사랑하는 한, 사는 건 고행일 수 없으니 그저 잘 챙겨 먹으며 수행하듯 살면 된다고. 밥 먹는 것도 수행, 잠자는 것도 수행, 사랑하는 것도 수행. 곰과 싸우며 흉포해지려는 자신을 다잡고 하루하루 정비하듯 살자고, 그러셨어." 정오는 "그러니까 어서 와, 밥 먹자"라면서 주이에게 가까이 왔다. 주이가 두 팔로 끌어안은 두 무릎을 펴고 꼭꼭 주물러줬다. 정오의 말이 옳다, 정오가 다 맞다, 정오의 말을 믿을 거다…… 주이는 무거운 몸을 일으키려다가 휘우듬하게 흔들렸다. 잠깐이었다.

늦여름이 되어 주이는 가까스로 원 펀치 투 펀치 스리 펀치를 날려 곰을 쓰러뜨렸다. 밥을 많이 먹고, 잠도 많이 잤다. 진료를 받고, 약도 잊지 않고 챙겼다. 살림을 죄다 뒤집어 대청소를 하던 어느 날에는 짬 날 때마다 인터넷을 켰다. 포털에 로그인해서 지역 카페 'Y타운'의 구인 게시판을 들락거렸다. 주이는 '관내 어린이집 급식실 조리보조 급구'에 올라온 번호로 전화를 걸었다. "여름방학이 끝나자마자 티오가 난 거라서요. 단순 보조로 점심 배식 마무리까지 하루 다섯 시간 정도만 도와주시면 되고요, 하실 일은 뭐 주로 양파 까고 감자 깎고 당근 썰고……" 시급은 적어도 강의 등교를 도와주고 바로 출근할 수 있다는 점이 마음에 들었다. 주이는 기본 증명서와 이력서 등 필요한 서류들을 만들어서 제출하러 갔다. 기관은 의외로 규모가 컸다. 예쁘고 조그마한 아이들이 반반마다 줄지어 서서 뛰거나 떼로 모여 떠드는 모양들이 앙증맞고 귀여워 보였다. 주이는 시끌시끌한 소음에서 빠져나와서야 '강을 낳고 몇 해 동안은 좀처럼 울적하지 않았는데' 하고 새삼스레 깨달았다.

주이는 땀 흘리며 좀더 걷다가 슈퍼마켓에 들렀다. 양파 대짜 한 망을 사 들고 낑낑대며 귀가했다. 엄두도 안 나는 무지막지한 양의 양파를 싱크대 위에 부려놓은 뒤, 주이는 한바탕 청소기를 밀고 세탁기를 돌렸다. 그리고 강을 데리러 학교에 다녀왔다. 강이 더위에 끈끈해진 몸을 시원하게 씻고 나와 숙제를 하는 동안, 주이는 부엌에서 소매를 걷어붙이고 양파 망을 끌렀다. "뭐 해?" 퇴근하고 온 정오가 줄줄 울고 있는 주이를 향해 물었다. 주이는 칼로 양파를 썰면서 눈도 제대로 못 뜨고 말했다. "곰과 싸우고 있어."

가을의 초입으로 접어들며 주이는 바빠졌다. 서류 제출 이후에 단순 면접을 진행했던 근무지 영양사로부터 "커리어는 만드는 것"이라는 다정한 조언을 들은 까닭이었다. 그에게서 주이는 고졸자를 대상으로 추가 과목을 이수하면 보육교사 2급 자격증을 취득할 수 있는 온라인 대학을 추천받았다. 교육부에서 운영하는 거라 학비가 저렴한 게 우선 마음에 들었다. "기분은 다스리는 것, 커리어는 만드는 것." 주이는 한동안 출퇴근길에 울긋불긋한 낙엽을 올려다보며 중얼거렸다. "하고 싶으면 당연히 해봐야지." 정오는 주이를 부추겼다. 주이는 지금껏 일용직에 불과한 단순 업무만 맡아왔는데 공부를 시작해야 한다니, 가능할까 고민스러웠다. 하지만 생뚱맞게도 '커리어'라는 말이 짐짓 싫지 않았고, 가을 학기 추가 등록 기간에 급히 움직여 학비를 냈다. "나도 글쓰기 강좌 신청해서 들어볼까 하는데." 주이가 오리엔테이션 자료집에서 4학기 동안 이수해야 하는 과목들을 훑어보고 있을 때 정오가 말했다. "좋지. 다 좋지." 주이는 호응했다. 기쁜 듯 아닌 듯 슬쩍 웃고 마는 정오의 얼굴이 좋았다.

이후로 주이와 정오는 부쩍 바쁘게 지냈다. 주이는 일을 마치고도 따로 수업을 듣느라 개중에 값이 싼 스터디 카페를 아지트 삼아서 공부했고, 정오는 틈이 날 때마다 손에 책을 쥐고 읽기 시작했다. 여전히 둘이 함께 강을 돌봤다. 정기적으로 병원 진료를 다녀오고, 상처가 흐려진 강의 뺨에 끈질기게 연고를 발라줬다. 저녁이 오면 부엌에 불을 켜고 밥을 차려 먹었다. 설거지를 마치고 주이와 정오와 강이 번갈아가며 씻고 나와 잤다. 나란히 누워 잠들어도, 눈을 뜨면 대자로 가로누워 뻗어 있는 강 때문에 한데 뒤엉킨 꼴이었다.

어느 날에 정오는 "그냥 하나 사봤어"라며 작고 둥근 갓이 달린, 노란색 스탠드를 꺼내 머리맡에 놓아두었다. "이해가 안 되면 소리 내서 읽어보라던데, 선생님이." 때때로 정오는 강이 먼저 잠들면, 글쓰기 강좌 수업 시간에 함께 읽고 토론한다는 단편소설을 꺼내 와서 주이에게 낮은 어조로 읽어줬다. "너 자신이 녹슬게 내버려두지 마라. 앞으로 네가 무엇에 뜻을 두든, 그 무엇보다도 오래가는 건 지성이란다. 설령 네가 모든 것을 빼앗긴대도……"○ 주이는 이불을 목 끝까지 끌어와 덮고, 정오의 나직한 목소리를 들었다. 그럴 때면 놀랍게도, 정오와 함께 맞이할 가깝고도 먼 미래는 이미 도래해 있는 것만 같았다. 모든 게 벌어지고 만 미래의 시간 속을 느슨하게 유영하는 듯 아주 약간 슬프면서 대체로는 평온한 감정에 빠져들었다.

추석 명절 연휴가 끝나고도 교실 바닥재 교체 공사로 어린이집이 며칠 더 쉴 때였다. 주이가 출근하지 않는 기간에 정오도 한여름에 쓰지 못하고 남겨두었던 연차를 썼다. 오전 9시, 주이는 교문 앞에서 강에게 손을 흔들어줬다. 그리고 스터디 카페로 가서 세 시간쯤 공부하고 집으로 돌아왔다. 정오는 주이가 들어온 것도 모르고 식탁에 등을 보이고 앉아 있었다. "나 왔어." 주이가 정오를 불렀으나, 그는 돌아보지 않았다. 노트 한 권을 펼쳐놓고 오른손에 펜을 쥐고 있던 정오는 뭔가 골똘히…… 생각에 잠겨 있는 것 같았다. 이어폰을 귀에 꽂고 집중하는 그의 얼굴이 자못 고요하고 엄숙해 보였다. 주이는 정오를 재차 부르려다가 단념하고, 조용히 방에 들어가 겉옷과 가방을 내려놓고 나왔다. 주이는 '밥 먹자'라고 속삭여서 놀라게 해볼까 하다가 그만두고, 벽에 슬쩍 기대어 앉아 그의 미동 없는 등짝을 바라보았다. 얼마나 시간이 흘렀을까. '달칵' 하는 소리가 들렸다. 정오가 볼펜의 꼭지를 누른 모양이었다. 그리고 또 들렸다. 아래로 빠져나온 볼펜심이 정오의 손안에서 맹렬히 구르는 소리가. 직접 보지 않아도 뭔가가 빠른 속도로 그어지며 노트의 빈칸을 채워나가고 있다는 걸 알 수 있었다. "우리도 뭔가 쓰고, 가차 없이 버려버리자." 언젠가 정오가 했던 말이 슬며시 떠올랐다. 그렇게 생각하니 주이는 정오가 쥐고 있는 게 날카로운 단도와 같이 느껴졌고, 매 순간 모질게 경험해온 인생의 광포한 위기를 베고 또 베어내는 통렬한 감각에 사로잡혔다. 주이는 저도 모르는 새 정오의 긴박한 정적 속으로 나른하게 가라앉았다. 살면서 단 한 번도 겪어보지 못한, 새로움이었다.

○ 캐서린 앤 포터, 「오랜 죽음의 운명」(『캐서린 앤 포터―오랜 죽음의 운명 외 19편』, 김지현 옮김, 현대문학, 2017)에서.

해설

'더 나은 실패'를 위하여

소유정(문학평론가)

　여섯 편의 수록작이 담긴 염승숙의 다섯번째 소설집 제목은 '이미 모든 일이 일어난 미래'다. 시간적으로는 미래를 말하지만, '모든 일'은 그보다 앞서 벌어진 상태이다. 확언 불가능한 시간을 가리키면서도 사건의 발생을 전제할 수 있는 까닭은 무엇일까? 가정하자면 그것은 일종의 암시일 수 있다. 바라는 미래를 그리는 간절한 마음이 실현의 가능성을 높인다고도 하니까. 하지만 소설 속 인물들은 미래를 낙관할 수 있는 여유가 없다. 그들에겐 당면한 위기가 있고 그로 인한 불안이 점점 커져가는 탓이다. 또 다른 가정을 하기 위해서는 방향의 전환이 필요하다. 미지의 시간이 아닌 너무 잘 알고 있기에 모르고 싶은 지금 이 순간으로. 염승숙의 소설에서 미래에 대한 예감은 현재의 일과 무관하지 않다. 따라서 "누구에게도" "미래는 보이지 않는다"(p. 9)는 명제는 현재로 말미암아 틀린 것이 된다. "어디선가 당도할, 부지불식간에 닥쳐올, 꾸준히 예측 가능한 불행"(p. 103)뿐일 미래라면 '이미 모든 일이 일어난 미래'는 결국 반복된 현재와 다르지 않기 때문이다.

『이미 모든 일이 일어난 미래』는 우리가 통과해온 '코로나 시국'을 배경으로 한다. 바이러스의 확산은 단순히 보건의 문제를 넘어서 기존에 존재하던 불평등과 차별을 가시화했다는 점에서도 주목할 만하다. 특정 인종이나 국적에 대한 차별뿐 아니라 격리로 인한 사회적 배제, 백신 접종 여부에 따른 새로운 갈등 형성 등 팬데믹이라는 위기는 우리 사회의 약한 고리를 조명하는 계기로 작용하였다. 또한 감염병은 우리에게 '안전'이라는 개념을 새롭게 정립하게끔 만들었다. 질병으로부터 물리적 안전만이 아닌 심리적 안정이나 경제적 보장, 사회적 연대의 문제와도 연결된다는 걸 깨달은 것이다. 가령 어린이집 긴급 보육으로 아이를 맡기고 출근해야 하는 워킹맘(「프리 더 웨일」), 외부 접촉의 위험을 감수하면서까지 이사할 집을 구하러 다니는 부부의 이야기(「믿음의 도약」)는 복합적 의미에서의 안전을 되돌아보게 한다. 이와 같은 소설에서 인물들은 어떠한 측면에서도 안전하지 않다. 이들을 향한 혐오의 시선은 감출 기색도 없이 적나라해서 차오르는 수치심을 마스크 안에 숨기는 건 결국 약한 이들의 몫이다.

염승숙이 그리는 인물들의 삶은 전부 다르지만 완전히 분절되어 있지 않다. 소설집 곳곳에 삽입되어 있는 반복적인 문구나 겹치는 인물들 그리고 그들의 거주지가 비슷한 풍경의 주택가와 아파트 단지라는 점 등 다양한 요소가 연결되어 이야기를 잇는다. 그래서인지 『이미 모든 일이 일어난 미래』는 원 테이크로 촬영한 한 편의 영화처럼 느껴지기도 한다. 같진 않으나 다르지도 않은, 마침내 하나의 흐름을 갖는 여섯 편의 소설은 결코 안전하지 않을 미래를 향해 있다.

*

수록작 가운데 우선적으로 살펴야 할 작품은 단연 「프리 더 웨일」이다. 주인공 수경은 사별 후 홀로 네 살 아이를 키우는 워킹맘이다. 한때는 소설을 "도달해야 할 미래의 지점"(p. 12)으로 여길 만큼 좋아했으나 지금 그녀는 소설을 쓰지 않는다. "대책 없는 낙관"이나 "무방비한 희망"(p. 50)은 남편 우상우의 죽음 이후 사라졌고, 수경에게 남은 건 오직 "아이를 잘 길러내야 한다는 책임"(p. 28)밖에는 없다. 그 책임을 다하기 위해 자신의 자리를 잘 보전하는 것만이 지금 그녀의 유일한 목표다. 소설 쓰기를 포기한 수경은 학습지 회사의 일원이 되었다. 기혼 여성 우대 채용이라는 회사 방침에 등단 이력이 더해져 경력직으로 입사했지만 동료들은 그녀를 마치 "물 흐리는 한 마리의 이종(異種)"(p. 22)으로 보는 듯하다. 마치 누군가를 밀어내고 그 자리를 차지한 것 같은 기이한 죄책감에 사로잡히면서도 수경은 내내 모른 척으로 일관한다. *Free the Whale!* 도움의 손길을 필요로 하는 이들의 외침까지도.

"모든 *차별을 멈춰라*"라는 의미의 문장은 작은 포스트잇에 적혀 회사 곳곳에 뿌려진다. 회사의 상징인 고래를 겨냥하는 이 문구는 구조적인 병폐를 고발하기 위해 쓰여졌다. 기혼 여성 채용을 확대하며 사회적으로 소외된 이들의 복귀를 적극 장려하는 하는 듯 보이는 회사가 뒤에서는 퇴사를 권고하고 "환부"(p. 34)를 도려내듯 자리를 빼앗고 있었기 때문이다. 위에서부터 시작된 차별은 수직적 구조를 따라 꼬리를 물고 내려왔다. 수경의 선임이었던 '전'이 "이게 다 역차별이라"(p. 47) 분노하며 되갚음하고, '아직' 자신 몫의 책상을 가진 이들이 자리를 잃은 'h'들을 밀어내는 식으로 차별은 또 다른 차별을 낳았다. 구성원 간의 갈등과는 무관하다는 듯 회사는 단기 아르바이트인 '손'들로 이미지를 챙겼다. "손글씨로 전하는 그런 '진정성'이"(p. 35) 소비자의 마음을 사로잡을 수 있을 거라는 알량한 믿음으로. 그러나 수경은 자신이 경험하고 목격한 부조리에 대해 끝내 함구한다. 회사에 반기를 드는 행동을 한다면 이제 자리를 뺏기는 건 다른 사람이 아닌 본인일 것이었다.

소설의 마지막 장면에서 작은 포스트잇은 현수막이 되어 회사 외벽에 게시된다. 이는 내부의 문제 역시 더는 간과할 수 없을 정도라는 사실을 반증하는 것이기도 하지만 수경은 동요하지 않는다. 그녀가 자기 안의 "무엇이 건드려진다고"(p. 49) 느낀 건 여느 때와 같이 창문을 열고자 하는 손을 누군가 제재하는 순간이다. 누구의 것인지 모를 경고의 목소리가 올곧게 자신을 향하던 그 순간, 공교롭게도 바깥의 현수막은 힘을 잃고 추락한다.

거대한 외침의 낙하를 목격하는 일이 수경에게 즉각적인 외부 반응으로 나타나지는 않지만 무엇이 건드려졌는가에 대해서는 생각할 여지가 있다. 그건 아마도 수경을 미래로 이끌었던 우상우의 말과 관련이 있지 않을까. 우상우는 보이지 않는 미래에도 무정해지고 싶지 않다고 했다. 한 번 이별했지만 다시 뒤돌아볼 수밖에 없었던 건

"그 비루한 다정함"(p. 50) 때문이었을 것이다. 기약 없는 미래를 비추던 희미한 빛이 사라지고 수경은 누구보다 무감하게 그 자리에 서 있다. 오직 "어울림의 방식"(p. 22)으로만 유효했던 노래를 더 이상 부를 수 없게 된 지금에야 수경은 침묵이 가장 무정하고도 비겁한 방식이라는 걸 깨닫는다. 그건 회사에서 "수치와 모욕을"(p. 48) 견딜 때도, 어린이집의 섬세하지 못한 돌봄을 묵인할 때에도 마찬가지였다. 그렇게 침묵하며 외면하는 것만이 자신의 자리와 아이의 자리를 지키는 길이라고 여겼다. 하지만 그와 같은 방식으로 보전된 미래는 "이상한 아름다움"(p. 13)에 대한 감각도, 기대도 존재하지 않는 폐허일 뿐이다.

수경은 "소설을 쓸 수 없을 것 같다"(p. 51)고 했지만 지금까지 일인칭 화자의 목소리로 이야기가 진행되었음을 떠올려보면, 「프리 더 웨일」은 수경의 소설이기도 하다. 그녀는 비겁했던 자신을 고백하면서 고발한다. "진입할 수 없는 고래의 무리가 있다"고, 그들의 "따라 부를 수 없는 노래"가 이어지는 와중에도 "무리에서 빠져나와 완전히 다른 노래를 부르려는 고래들"(p. 48)이 있다고. 소외되지 않기 위해 이탈한 존재들을 알리는 목소리는 메아리처럼 책을 떠돈다. *Free the Whale!* 누군가에게는 구원이 될 외침은 끝나지 않는다.

*

　수경이 계속해서 침묵하기를 택했더라면 「구옥의 평화」의 구옥과 같은 결말을 맞이했을까? 구옥이 보여주는 노년의 일상은 몹시 단조롭다. 하지만 그러한 '평화'를 만들기 위해 그녀는 시시때때로 찾아오는 모욕의 순간을 견뎌야만 했다. 모두의 부러움을 사던 "흰 피부가 아름다움에서 이상함으로 바뀌는 순간"(p. 120)이나 "교사로서의 품위"를 지키기 위해 "명예퇴직에 동의하고 난 뒤" "하루살이 교감으로 퇴직"(p. 125)하던 날 등 파편적인 기억의 조각에서 구옥은 언제나 무언가를 참는 표정이었다. 그녀가 그토록 인내한 까닭은 앞 소설에서 수경이 제게 주어진 자리를 지키고 싶어 하는 마음과 다르지 않았다. 어떤 일이 있더라도 그 자리에서 제 역할을 충실히 수행해내는 것. 그것만이 나 자신을 지키는 길일 거라는 유일하고도 굳건한 믿음이 지금껏 구옥을 버티게 만들었을 것이다. 그러나 "자기 자신의 흉터를 방치하면 타인의 상처 앞에서도 방관자가"(p. 163) 된다는 걸 이제야 깨닫게 되었다면 어떨까.

　소설은 아파트 단지 내에서 일어난 불미스러운 일에 구옥이 연루되는 것에서부터 시작된다. 사건은 그녀의 유일한 동네 친구이자 여생의 의지가 되어주었던 유자(은자)와 관련이 있었다. 유자의 마지막 모습이 담긴 CCTV 영상에서 그녀는 아이가 숨어든 고무 대야 위에 덩치 큰 서랍장을 올려두고 사라졌다. 제대로 폐기 처리되지 않아 며칠 동안 그 자리에 놓여 있던 서랍장 밑에서 아이는 빠져나오지 못한 채 그대로 숨졌다. 문제는 이것이 우연에 의한 사고가 아니라 고무 대야 안에 누군가 있다는 걸 알면서도 자행된 살인 행위였다는 점이다. 믿을 수 없는 진실과 마주하면서 구옥은 그간의 유자를 돌아본다. 비슷한 처지에도 언제나 다정했던 유자는 "나쁘고 싶지 않다"(p. 123)고 했다. 그 말을 믿고 싶어서 외면한 것들이 있었다. 그건 그녀가 숱하게 경험한 차별에 대한 방관이었다. 의도적으로 편집된 기억들이 제자리를 찾아감에 따라 유자 또한 선명해진다. 다문화 가정 아이들을 "거듭 잘못된 것들"(p. 131)이라 칭하며 욕설을 뱉거나 "다문화 거점 도시 추진 금지" "조선족을 몰아내자"(p. 130)와 같은 문구가 적힌 피켓을 들고 목청 높이는, 심지어 직접 아이를 벌하는 어느 날의 뒷모습까지도.

구옥은 이 모든 장면들을 '그런 거'라고 뭉뚱그리며 "일종의 보호막"(p. 118)을 친다. '그런 게' 아닌 정확한 단어로 표현을 하면 의문이 남았고 판단하게 될 것이었으니까.

유자의 말이나 행동을 문제 삼는다면 그동안의 수치와 모욕을 다시 마주해야 했기에 그녀는 스스로를 멈추고 돌아서기를 택한다. 결과적으로 "나쁘고 싶지 않다"는 유자의 말은 모순이었으나 구옥은 끝내 그 믿음만을 쥐고 있던 셈이다. 역설적이게도 믿음은 상반되는 두 가지의 경로를 통해 구축된다. 하나는 모든 걸 남김없이 보여주는 것, 또 하나는 아무것도 보여주지 않고 덮어두는 것으로. 구옥은 자신에게 익숙한 방식으로 믿음의 자리를 지킨다. "아무렇지 않아 하면 아무것도 아닌 게 되는 거니까 그러니까 **그런 건** 잘 모르겠다고만 생각한다. 물을 수도 없고, 알고 싶지도 않았다고"(p. 135) 중얼거리며.

*

"다른 민족의 피가 섞였지만 한국 사람인 아이와, 한국 사람이지만 한국 사람으로 보이지 않는 구옥은 어떻게 같고 어떻게 다른가"(p. 129). 한 개인의 삶 안에서 반복되는 사건이자 나와 타인이 공통되는 삶의 감각으로 현재성을 공유하는 순간, 도래한 미래의 인기척을 느낄 수 있다. '이미 모든 일이 일어난 미래'에 대한 또 한 가지 해석은 '소진된 미래'라는 가정에서 출발한다. 그러니까 만일 과거의 시점에서 어떠한 학습의 결과로 인해 혹은 이미 착취되었기 때문에 미래의 가능성을 찾을 수 없다면 어떨까.

「진영의 논리」의 주인공은 구옥의 딸 진영이다. 진영의 이야기는 크게 두 갈래, 전 남자친구 '전'과 엄마인 구옥에 관련된 것으로 전개된다. 앞서 본 「구옥의 평화」에서 진영에 대한 언급이 전무하지는 않으나 그다지 특별하지는 않다. "품 안을 벗어난 자식"이지만 "부모로서 좀더 제대로 뒷바라지를 해주었다면 좋았을 거라"(p. 123)는 생각으로 약간의 죄의식을 갖고 있는 구옥은 평범한 엄마처럼 보인다. 그러나 진영의 평가는 조금 다르다. 진영에게 구옥은 "그래도 용서하지 않는다"(p. 155)는 다짐을 하게 만든 사람이다. 이는 유년 시절의 기억과 연관된다. 예컨대 구옥의 시점에서 "시어머니에게 머리채라도 잡힌 날이면 천지분간 못 하는 어린 진영에게 화풀이하듯 욕설을 했다"(p. 124)라는 간명한 서술은 진영의 시점에서 "진영의 가슴께나 목덜미를 쥐고 거세게 흔들 때" "물걸레 자루로 사정없이 엉덩이며 다리를 후려칠 때" "옷과 신발과 가방 따위를 칼이나 가위로 짓이겨놓을 때"와 같이 구체적인 설명으로 나타난다. 왜 그런 일이 벌어졌는지는 알 수 없다. 그저 "진실한 애정을 기반으로, 부모만이 행할 수 있는 정당한 훈육이라고"(p. 154) 여기며 컸을 뿐이다. 그런 결과 진영은 '괜찮냐'는 질문에 괜찮지 않아도 괜찮지 않다고 말할 줄 모르는 사람이 되었다. "그런 기회를 엄마가, 구옥이 제게 준 적이 없었"(p. 153)기 때문이다.

'괜찮지 않다'고 곧장 말할 수 없었던 건 사랑에 있어서도 마찬가지다. 「프리 더 웨일」에서 수경의 선임이었던 '전'은 이 소설에서 진영의 연인으로 다시 등장한다. 그는 자신을 "상식적인 수준의 톤 앤드 매너를 갖"춘 "평범한 사람"(p. 144)으로 소개했으나 습관적으로 혐오의 표현을 사용하고 남성적 우월성을 드러내고는 했다. 시간이 지남에 따라 진영 역시 "이제껏 기피하고 경멸해왔던 이들과 전이 별반 다르지 않다는"(p. 145) 걸 눈치채지만 "보통"의 "평범"한 미래를 위해 그 사실을 외면한다. "보증금 5백만 원에 월세 40짜리 반지하 방"에 사는 강의 노동자 형편으로는 꿈꾸지 못할, 그럼에도 "내심 그리고 바랐던 미래―집, 가정, 아이, 노후―에의 설계"(p. 148)가 "안정된 타인과의 결합만으로 가능"(p. 149)하다면 '전'은 적합한 상대였다. 그러나 끝까지 모른 척하고 넘어갈 수 없었던 건 '전'에게서 익숙한 모습을 보았기 때문이 아닐까. '내 아이'라는 이유로 사랑의 매를 정당화하였던 구옥과 '내 사람'이라는 특별함을 가스라이팅으로 채우는 '전'은 같은 폭력의 얼굴을 하고 있었으니 말이다.

소설의 말미에서 진영은 "스스로 피해자라고 직시"하며 자신에게 "말할 기회"(p. 176)를 앗아간 사람들을 다시 보지 않기로 결심한다. 같은 방식으로 살지 않기 위해서는 모든 것을 재건해야 했다. 무거운 짐을 들고도 도움의 손길을 내미는 사람과 타인의 선의를 걸림돌로 여기는 사람이 공존하는 세상에 통용되는 논리라는 건 존재하지 않을지도 모른다. 모두 각자 옳다고 믿는 법칙을 따르는 것이 지금의 논리라면 논리일 테다. 하지만 타인의 인정 여부와 무관하게 나의 논리를 내세울 수 없다면 그 삶은 금세 균형을 잃을 수밖에 없다. 지금 진영을 덮친 과거에 소진된 미래처럼.

*

진영이 그리고 바라던 미래의 요건들―집, 가정, 아이, 노후―은 생애 주기에 따라 자연스럽게 습득되는 것으로 여겨지나 무엇 하나 그렇지 않다. 또 하나, '보통'의 '평범'한 미래를 꿈꾸는 이들이라면 전부 포기가 어려운 것들이기도 하다. 「믿음의 도약」의 철과 영은 느리지만 조금씩 바라왔던 미래를 만들어나갔다. 가정과 아이, 이제는 집을 마련할 차례였다. 두 사람은 인생에 있어 가장 중요한 선택을 앞두고 있다. 집주인의 요구에 맞춰 전세금을 올리고 계약을 연장할 것인가 아니면 미뤄두었던 부동산 매매를 진행할 것인가. 고민 끝에 그들은 후자를 선택한다. 곧 있으면 학교에 갈 아이에게 "정서적—물질적—으로 안정된 생활환경을" 마련해주는 것을 부모의 "의무와 책임"(p. 59)이라 여겼기 때문이다.

계약 만기 날짜가 다가오는데도 조건에 맞는 집을 찾지 못하자 조바심은 영의 극심한 건강염려증으로 이어진다. 과다 복용에 가까울 정도로 많은 영양제는 건강 이상을 예방하는 것만 아니라 그녀의 소란스러운 마음을 잠재울 수 있는 "자기 위안"(p. 63)의 수단으로도 기능한다. 무언가 하나쯤은 미리 대처할 수 있을 거라는 믿음에 금이 간 건 부부가 나란히 장누수증후군이라는 진단을 받은 이후부터다. 그토록 채우고 싶던 영양이 어디론가 새어 나가고 있었다는 사실이 밝혀지면서 철과 영 사이에도 균열이 생긴다. "상대와 내가 정말로 다르지 않은, 닮은꼴이라는"(p. 61) 확신보다 그동안 몰랐던 낯선 모습에 두 사람은 해소되지 않는 답답함을 느낀다.

그리고 기다림 끝에 새로운 집으로 이사 간 지 하루도 지나지 않아 안에서 시작된 누수는 "폭포수 같은 물"(p. 95)로 가시화된다. 그제야 그들은 이 집을 처음 보았을 때의 "기시감"(p. 96)의 정체를 알아차린다. 철과 영에게 필요했던 건 어쩌면 집이 아니라 모든 의구심을 지울 수 있는 '아무 문제 없다'는 말이었을지 모른다. 불확실한 미래로 건너가야 할 때 확신에 찬 한마디만큼 안심이 되는 건 없을 테니까. 믿음에 배반당한 두 사람은 집주인이 되었지만 세입자일 때와 어느 것도 차이가 없다. 집의 상태와 층수, 참고 기다려야 하는 마음까지도. 많은 걸 잃고도 한 칸도 도약하지 못했다는 결과만이 남았을 뿐이다.

염승숙의 소설에서 인물들이 감각하는 불행한 예감은 아이에 대한 부분이 크다. 정확히는 자신의 삶이 아이에게 대물림될지 모른다는 것이다. 철과 영이 무리해서 아파트를 계약한 이유도 같았다. "빌라거지"(p. 59) 같은 멸시를 제 아이만큼은 몰랐으면 싶었다.

「북극성 찾기」와 「한낮의 정오」의 주인공 또한 아이 때문에 고민한다. 「북극성 찾기」의 주영은 마치 "'세상에 둘도 없는 부모'와 같은 제목의 연극"(p. 215)을 하는 기분으로 아이를 키운다. 형편이 넉넉하지 않아 학원 하나 마음대로 보내지 못하는 게 현실인데, 아이를 위해서인 양 합리화하고 있다는 걸 스스로에게 들킨 뒤로는 내내 불편한 마음을 지울 수 없었다. 이는 "부잣집 딸내미"(p. 199)였던 친구 유라가 앞집에 이사를 오면서 생긴 불안이다. 고등학교 시절 유라와 자신의 다름을 비교했던 것처럼 주영은 이제 유라의 딸과 자신의 아이를 비교한다. 영어 유치원에 다니는 미래와 일반 유치원에 다니는 수정은 이미 출발선부터 다른 것 같다. 이대로라면 문학이라는 꿈을 향해 달리던 궤도를 훌쩍 벗어나 생활에 매진해야 했던 자신의 길을 아이가 그대로 따르지 않을까 싶은 불길한 예감이 들었다.

「한낮의 정오」의 강은 방과 후 수업에서 생긴 사고로 얼굴에 상처를 입는다. 아이의 얼굴을 가로지른 칼자국을 보며 주이는 자신과 정오의 삶에 새겨진 자잘하고 깊은 상흔을 되짚는다. 아이의 천진한 물음처럼 '왜 그랬을까'를 곰곰이 생각하게끔 만드는 흔적 중에는 흉이 진 것도, 별다른 자국이 남지 않은 것도 있었다. 남은 상처보다도 앞으로 얼마나 더 많이 베이고 아파야 할지 몰라 주이는 두려움을 느꼈다. '학폭'에 '맞폭'으로 맞서는 가해 아이의 부모와 사건을 마무리하기에 급급한 학교와 경찰들의 태도 때문이기도 했다. 강의 일로 자꾸만 스스로를 헤집는 주이를 붙잡은 건 남편 정오다. "우리도 뭔가 쓰고, 가차 없이 버려버리자"는 말로 틈을 내어주는 정오 덕분에 주이는 "매 순간 모질게 경험해온 인생의 광포한 위기를 베고 또 베어내는 통렬한 감각"(pp. 273~74)을 느낀다. 눈앞의 두려움을 몰아낸 자리에는 "살면서 단 한 번도 겪어보지 못한, 새로움"(p. 274)이 들이찬다. 이 낯선 감정은 한낮을 온몸으로 만끽하며 현재를 살고 있다는 실감에서 비롯된다. 언제나 미래를 건너보았기에 알지 못했던 현재의 몫을 가득히 쥐어보는 그 순간의 영원한.

*

줄곧 미래를 말해왔지만 염승숙의 소설에서 모든 시작과 끝은 현재에 새겨진다. "인간은 절대, 미래를 살 수 없다는 거. 매 순간 현재만을 살아가는 거잖아"(p. 199). 인물을 통해 한 번 더 강조되는 말에서도 중요한 건 지금 이 순간이다. 이미 모든 일이 일어났다고 여기는 미래 역시 그것을 알아차리는 건 그때의 현재일 테니까. 결국 미래의 영역에서 할 수 있는 건 아무것도 없으며 모든 것은 지금 여기에서 시도되어야 한다. 『이미 모든 일이 일어난 미래』는 지금의 시간을 어떻게 살아야 하는지를 고민하게 만든다. 예측 가능한 미래 때문에 이르게 도착한 불안이나 슬픔을 앓는 것 말고, 수치와 모욕의 순간을 가만히 견디는 것 말고 우리는 무엇을 할 수 있는가? 어떻게 미래와 마주해야 하는가? 염승숙의 소설은 우리가 미지로 여겨야 하는 쪽은 미래가 아니라 '모든 일'이라는 걸 직시하게 끔 한다. 현재의 행위성으로 하여금 미래의 사건들은 이미 발생하였음에도 완결되지 않는다. 그렇기에 침묵을 끝내고 말할 기회를 되찾으려 하거나 반복적인 외침의 시도는 수많은 일에 더해지는 변수가 된다. 베케트의 말처럼 '더 나은 실패'를 위해서라도 어떤 예외를 만드는 일은 반드시 필요하다. 그렇게 미지의 가능성을 만드는 모든 현재에 염승숙의 소설이 계속 쓰일 것이다.

작가의 말

『이미 모든 일이 일어난 미래』의 차례를 문예지에 발표한 순서대로 묶을 수밖에 없었던 이유는 이야기가 하나의 개체가 아닌 전체의 일부로서, 내게서 천천히 흘러나왔기 때문이다. 「프리 더 웨일」을 쓰면서 「믿음의 도약」을 떠올리고, 「구옥의 평화」를 쓰면서 「진영의 논리」를 예비하고, 「믿음의 도약」을 쓰면서 「북극성 찾기」와 「한낮의 정적」을 조금씩 메모하는 식으로…… 어쩌면 나는 소설을 썼다기보다는 세계의 한복판에서 살아가는 인물들의 모습을 바라보았다. 그리고 나 또한 그들 곁에서 또 한 시절을 어지러이 지나온 기분이 든다.

부끄러운 고백을 하자면, 나는 내가 언제든 소설 쓰기를 그만둘 수 있는 사람이라고 생각해왔다. 쓰는 일이 괴로워진다면, 더는 써지지 않는다면 당장 내일이라도 소설을 쓰지 않고 살아갈 수도 있는 게 아니냐고. 무서웠던 것인지도 모르겠다. 소설을 읽고 쓰는 걸 좋아하지만, 그것을 평온히 지속할 힘과 에너지가 부족하다고 느꼈으니까. 이토록 어두운 풀숲 같은 세계에서 매일같이 곰과 싸워대는 심정으로는, 인간이 소설을 계속 써나갈 수 있다는 믿음이란 오만에 가깝지 않은가 싶어서. 이 시대에 소설은 어째서 씌어져야 하고, 소설이 씌어져야 마땅한 것이라면 도대체 어떻게 써야 옳은 걸까…… 나는 겁먹은 얼굴로, 다소 무참하고 조급한 마음으로 소설 쓰기를 지속해온 듯하다. 상상할 수 없는 모든 일이 벌어지고 있는 극단의 현재는, 이미 모든 일이 일어난 미래와 같다고 여기면서.

게으르고 자유로웠던 젊은 날에서 멀어져, 스스로 성실할 것에 대한 강박에 빠졌다가 나는 이제 진실해야 한다는 고요한 사실에 이르렀다. 세계와 거짓 없이 마주하면서, 인간에 대해 그리고 우리에 대해 진실한 자세로 쓰고 싶다. 언제라도 소설 쓰기를 그만두려는 도피적 체념이 아니라 어디까지라도 소설을 써나가기 위한, 무해한 각오가 필요하지 않은가 생각해본다. 이 마음에 변화는 없이 끝끝내 사랑만이 지속되기를.

책 마지막에 실리는 짧은 지면, '작가의 말'에 관심 갖고 오래 들여다봐주시는 독자분이 많이 있다는 걸 안다. 고마운 마음을 전한다. 소설 쓰는 사람은 꽤 긴 시간 '위기'의 장면에 매달려 있기에 공허해지기 쉬운데, 그럴 때 읽어주는 분들의 다정함을 상상하면 위로가 되었다. 우리는 알 수 없는 미래로 매 순간 도달하며 모든 일이 일어나고 있는 유한한 현재에 잠시 머무를 뿐이지만 '함께' 있다는 건 그 자체로 애틋하고 중요하다.

2025년 여름
염승숙

수록 작품 발표 지면

프리 더 웨일 『자음과모음』 2021년 가을호
믿음의 도약 『악스트』 2021년 11/12월호
구옥의 평화 『문학사상』 2022년 6월호
진영의 논리 『현대문학』 2022년 8월호
북극성 찾기 〈문장웹진〉 2024년 1월호
한낮의 정적 『문학과사회』 2025년 봄호